수수께끼
풀이는 저녁식사
후에 2

NAZOTOKI WA DINNER NO ATO DE 2
by HIGASHIGAWA Tokuya

© 2011 Tokuya HIGASHIGAWA

수수께끼 풀이는 저녁 식사 후에 2

謎解きはディナーのあとで 2

히가시가와 도쿠야 지음

현정수 옮김

arte

차례

첫 번째 이야기

⋮

완벽한 알리바이를 원하십니까?

1

주오(中央)선 특별 쾌속전철은 고쿠분지 역을 출발한 뒤로 약 육 분 만에 다치카와 역에 도착했다.

구월 하순의 어느 토요일 오후. 다치카와 역 주변은 수많은 쇼핑 객들과 행인들의 인파로 인산인해를 이루고 있다. 과연 요즘 주오 선 연선 도시에서 가장 잘나가는 거리인 다치카와답다. 실제로 최 근에 주오선 주변에서 다치카와만큼 급격하게 변모한 거리는 없었 다. 역 앞은 깨끗해지고, 멋진 건물들이 들어섰으며 기묘한 오브제 가 이색적인 분위기를 풍긴다. 그리고 어디를 향하는지 좀처럼 알 수 없는 모노레일이 천천히 머리 위를 달린다. 그 광경은 확실히 이 제까지의 주오선의 이미지를 뒤엎는 것이었다. 일부에서는 다치카 와가 이미 기치조지를 뛰어넘었다는 이야기도 한다. 정작 기치조지 사람들은 '뛰어넘었다'라고 티끌만큼도 생각하지 않는 모양이지만……

그런 생각을 하면서 호쇼 레이코는 역 남쪽 출구에 펼쳐진 보행자 전용 공중 회랑으로 나아갔다. 검은 팬츠 슈트에 검은테의 도수 없는 안경, 단정히 묶은 흑발을 흔들면서 걷는 그 모습은 옆에서 보면 영락없는 커리어 우먼이다. 그러나 사실 그녀는 구니타치 경찰서에 근무하는 자타공인의 현직 형사다. 지금은 쇼핑을 하러 온 것이 아니라 그야말로 한창 근무 중이었다.

대형 백화점이 즐비해 있는 북쪽 출구 주변에 비하면 남쪽 출구 주변은 아직 정비가 잘 이루어지지 않은 만큼 재개발의 여지가 남아 있다. 거기서 조금 더 안쪽으로 들어가면 '낡고, 비좁고, 낮은' 싸구려 건물의 삼박자를 갖춘 임대 빌딩들이 늘어서 있는 지역이 나온다. 레이코는 공중 회랑에서 에스컬레이터를 타고 지상으로 내려와서 잠시 걸어서 이동했다. 그러자 곧 눈앞에 세로로 길쭉한 오층짜리 철근 건물이 나타났다. 건물은 전체적으로 지저분한 것이, 언뜻 보면 무너지기 직전 같은 모습이었다. 정면에 걸려 있는 '곤도 빌딩'이라는 간판이 세월의 흔적을 느끼게 했다.

그런 곤도 빌딩의 정면에 도착한 레이코는 손목시계를 확인했다. 오후 두 시 십오분. 고쿠분지의 와카바 연립을 나온 지 고작 십오 분밖에 지나지 않았다. 전철로 이동하는 도중에 시간을 낭비한 부분도 없었다. 즉 십오 분이라는 이 시간이 와카바 연립에서 곤도 빌딩까지 오는 데 걸리는 최단 시간이라고 봐도 되는 것이다. 레이코가 그렇게 결론 내렸던 그때.

다치카와의 길거리에 낯익은 폭음이 울려 퍼졌다. 안 좋은 예감을 느끼고 동쪽으로 눈을 돌리자 그곳에 나타난 것은 명백히 속도 위반을 범하고 있는 영국 차, 은색의 재규어였다. 매끈한 차체가 오후의 햇살을 반사하며 거울처럼 반짝였다. 그것은 가히 직사광선을 맨눈으로 보는 것보다 더 눈부셨다.

레이코는 가벼운 현기증을 느끼면서 자기도 모르게 기도했다.

'제발! 부탁이니까 십 미터 이상 떨어진 곳에서 세워줘!'

그러나 기도와는 반대로, 사람들에게 주목받던 그 재규어는 "끼이익!" 하고 요란한 브레이크 소리를 내면서 레이코의 오십 센티미터 옆에 정확히 멈춰섰다. 지나가는 사람들의 호기심 어린 시선을 뒤집어쓰게 된 레이코는 사람들 앞에서 좋은 구경거리가 되고 말았다.

운전석에서 천천히 나타난 사람은 하얀 양복 차림의 젊은 남자. 그 자리에 있던 사람들의 눈에 그 광경이 어떻게 보였을까. 부잣집 도련님? 아니면 야쿠자의 젊은 간부? 설마 경찰관이라고 생각하는 사람은 아무도 없을 것이다. 그러나 진실은 그 '설마' 쪽이다.

그는 서른두 살의 젊은 나이에 경부의 직함을 단 구니타치 경찰서 최고의 엘리트, 가자마쓰리 경부다. 덤으로 그는 멋진 디자인과 높은 연비로 친숙한 '가자마쓰리 모터스' 사장의 아들이기도 하므로 부잣집 도련님이라는 견해도 아주 틀리지는 않았다. 결국 가자마쓰리 경부를 말하자면, '부잣집 도련님이 야쿠자 간부 같은 패션을 하고서 경찰로 일하고 있다'라는 표현이 가장 정확할지도 모른다.

경부는 차에서 내리자마자, 남에게 보여주려는 듯한 과장스런 몸짓으로 왼팔에 찬 롤렉스를 확인했다. 그러고는 자기보다 먼저 도착한 레이코에게 분하다는 표정을 지었다.

"유감이야. 이 부근의 좁은 도로에서는 재규어의 성능을 발휘할 수 없었어. 내 나름대로 최선을 다한 드라이빙 테크닉으로 시간을 벌었지만."

경부는 그렇게 무의식중에 자기 자랑을 늘어놓으면서 과장스럽게 어깨를 축 늘어뜨려 보였다.

"뭐, 꼴사나운 핑계는 대지 않겠어. 확실히 내가 졌어, 호쇼 형사. 약속대로 오늘 밤은 자네를 최고급 이탈리안 레스토랑에 초대하도록 하지."

"에엣?!"

레이코는 한순간 당황한 뒤에 두 손을 가슴 앞에 짝! 소리를 내며 모으고서 "우와! 저는 한 번이라도 좋으니까 가자마쓰리 경부님과 저녁을 같이 하고 싶었⋯⋯을 리가 없죠, 경부님!"이라고 상사의 눈앞에 얼굴을 가까이 들이대며 말했다. "제가 그런 식으로 기뻐할 거라고 생각하셨나요?"

"기, 기뻐해줘도 되는데⋯⋯."

경부는 레이코의 기세에 슬금슬금 뒤로 물러섰다.

"애초에 '제가 이기면 최고급 이탈리아 요리를 사주세요'라는 약속 같은 건 안 했잖아요! 그런 약속을 할 리가 없죠!"

"할 리가 없는 약속은 아니라고 생각하는데⋯⋯."

"아뇨, 할 리가 없어요!"

레이코는 매몰차게 잘라 밀한 뒤에 말을 이었다.

"애초에 우리는 내기를 하기 위해서 고쿠분지에서 다치카와까지 경쟁했던 게 아니에요. 이건 어디까지나 범죄 수사의 일환이죠. 알리바이 수사를 위해서 필요한 수속이에요. 안 그런가요, 경부님!"

그렇게 말하면서 레이코는 곤도 빌딩을 가리켰다. 그곳에는 몇 대의 경찰차와 경관의 모습이 보였다. 건물 입구에 붙은 노란색 출입금지 테이프는 이곳이 사건 현장임을 말해주고 있었다.

2

다치카와 역 남쪽 출구의 곤도 빌딩에서 사건 발생. 호쇼 레이코가 보고를 받고 현장으로 서둘러 갔을 때는 거리에 아직 사람들의 모습이 뜸한 이른 아침이었다. 하품을 꾹 참으면서 노란색 테이프를 지난 레이코는 계단을 뛰어올라가서 빌딩 삼층에 도착했다.

"늦었습니다. 경부님."

딱히 늦지는 않았지만, 인사 대신 사과를 하면서 레이코는 상사 곁으로 향했다.

그러자 가자마쓰리 경부는 상쾌한 미소와 함께 한쪽 손을 들면서 "뭐, 나도 이제 막 왔어"라고, 마치 약속시간에 늦은 연인을 자상하게 맞이하는 남자친구 같은 태도를 보였다. 이런 상사에게 오늘 하루 종일 신나게 휘둘릴 것을 생각하니, 레이코는 바로 뒤로 돌아 집에 가고 싶은 기분이 들었다. 그러나 뒤로 돌 틈도 없이 경부의 첫 지시가 날아왔다.

"그러면 바로 현장을 보도록 할까. 따라오게나, 호쇼 형사."

경부가 발걸음을 돌리자 레이코도 곧바로 뒤를 이었다. 두 사람은 말없이 계단을 올라 삼층과 사층 사이에 있는 층계참에 다다랐다. 그곳에는 몸이 싸늘히 식은 한 여성이 누워 있었다. 과거에도 비슷한 광경을 여러 번 보아온 레이코이지만 역시 익숙해질 수 없는 장면이었다. 자기도 모르게 눈을 돌리고 싶은 충동을 억누르고 있을 때, 경부가 갑자기 질문을 던졌다.

"호쇼 형사, 이 현장을 보고 뭔가 떠오르는 것은 없나?"

"어, 떠오르는 것……?"

뭔가 있는 걸까? 레이코는 당황하며 현장을 관찰했다.

시체가 된 여성은 겉보기에는 삼십대 정도. 평범한 체격에 통통한 얼굴의 여성이었다. 머리카락은 짧고 용모는 보통. 복장도 아주 수수하다. 갈색 긴소매 셔츠에 통이 좁은 검은 바지. 굽이 납작한 펌프스도 검은색이다. 그런 그녀의 복부에 뭔가에 찔린 듯한 상처가 보인다. 흘러나온 피가 콘크리트 바닥에 낯선 지도를 그리고 있다. 시체 주변에 흉기류는 보이지 않으므로 살인사건이 틀림없음을 알 수 있지만, 그밖에 특별히 떠오르는 것은 없었다. 레이코는 순순히 항복했다.

"죄송합니다, 경부님. 별달리 떠오르는 게 없습니다."

그러자 가자마쓰리 경부는 "이런, 어쩔 수 없군"이라고 말하면서도, 실은 기쁘다는 표정으로 입을 열었다.

"잘 보게, 호쇼 형사. 시체 옆에 흉기가 없지 않나. 즉 이것은……."

네, 살인사건이군요. …… 뭐야, 괜히 항복했잖아!

경부의 알맹이 없는 이야기를 흘려들으면서 레이코는 얼른 시체의 소지품 체크로 넘어갔다.

바지 주머니에서 지갑과 방 열쇠 같은 것이 하나 발견되었다. 지갑 내용물을 검사해보자 현금은 1만 2000엔에 약간의 동전과 신용카드가 두 장, 그리고 운전면허증이 있었다. 재빨리 가자마쓰리 경부가 그것을 받아들고 읽었다.

"피해자의 이름은 간노 유미. 주소는 고쿠분지 시 혼초 삼초메, 와카바 연립 202호인가."

생년월일에서 도출된 피해자의 나이는 서른다섯 살이었다.

그리고 레이코는 문득 깨달았다. 피해자의 소지품에 휴대전화가 보이지 않았다. 이것은 이상하다. 요즘 휴대전화를 안 가지고 다니는 사람도 있던가? 범인이 피해자의 휴대전화를 가지고 간 것이 틀림없었다. 아마도 범인은 휴대전화로 자신의 신원이 밝혀지는 것을 두려워한 것이다. 반대로 말하면 범인은 피해자와 관계가 있는 인물이다. 레이코가 그렇게 추측한 순간.

"내 추리에 따르면 범인은 피해자와 관계가 있는 인물이야. 어째서라고 생각하는가, 호쇼 형사?"

"……."

어째서라고 생각하느냐고 물어봤자 이미 답은 다 나와 있…….

"모르겠다면 내가 알려주지. 포인트는 휴대전화야. 범인은 휴대전화를 훔쳐갔어!"

"……."

레이코는 자기 생각을 도둑맞은 듯한 기분이었다.

경부의 추리를 흘려들으면서, 레이코는 단 한 가지 이해할 수 없는 것에 대해 생각했다. 바로 부하와 같은 수준의 추리를 의기양양하게 늘어놓는 이 남자가 어째서 자신의 상사인가 하는 점이었다.

현장의 상황을 머리에 입력한 레이코와 가자마쓰리 경부는 오층으로 향했다. 곤도 빌딩 오층은 주거 공간으로, 그곳에 건물주가 혼자 살고 있었다.

곤도 간지, 예순일곱 살. 이번 사건의 첫 발견자다.

형사들을 자기 방으로 맞이한 곤도 간지는 어째서인지 위아래가 모두 군청색 운동복 차림이었다. 그는 레이코 일행에게 의자를 권하고는 곧바로 시체를 발견했을 때의 상황을 이야기하기 시작했다.

"오늘 아침 여섯시의 일이지. 나는 매일 아침 조깅을 하는 습관이 있어서 오늘 아침도 평소대로 운동복 차림으로 집을 나섰어. 그런데 계단을 내려가다가 깜짝 놀랐지. 층계참에 여자가 피를 흘리며 쓰러져 있었거든. 죽어 있다는 건 금방 알았어. 아니, 이 건물 사람은 아니야. 나는 이 건물에 입주한 사람이라면 아르바이트생의 얼굴까지 꿰고 있으니까. 죽은 건 전혀 모르는 여자였어. 어쨌든 그

걸 본 나는 급히 집으로 돌아와서 곧바로 경찰에 신고했지."

"잘 알았습니다." 가자마쓰리 경부는 이해했다는 듯이 고개를 깊이 끄덕였다. "그래서 운동복 차림이시군요. 으흠, 그런 거였군요."

건물주이면서도 운동복 차림이라는 점이 경부에게는 최대의 의문점이었던 것 같다. 초점이 제대로 빗나간 경부의 입을 다물게 하려는 듯 레이코가 질문했다.

"어젯밤부터 오늘 아침 사이에 누가 다투는 소리를 듣거나 하지는 않으셨습니까?"

"아니, 어제 저녁부터 오늘 아침까지 계속 집에 있었지만 아무 소리도 못 들었어. 원래 이 건물은 밤중에는 거의 사람이 없어."

"이 건물의 각 층에는 어떤 가게가 들어서 있나요?"

"일층은 금은방, 이층은 접골원, 그리고 오층이 내가 사는 집이지. 음, 삼층하고 사층? 양쪽 다 빈 방이야. 불황 탓에 이래저래 두 달이나 비어 있어."

곤도 빌딩은 가동률이 극히 나쁜 건물인 듯했다. 삼층과 사층이 빈 방이면 계단을 이용하는 사람도 전무할 것이다. 범인은 도회지의 맹점 같은 이 공간을 일부러 범행 현장으로 선택한 걸까.

질문을 마친 레이코와 경부는 곤도 간지에게 인사를 하고 오층의 방을 뒤로했다.

"아마도 범인은 이 건물의 상황을 사전에 충분히 파악했을 게 틀림없어. 그런 뒤에 휴대전화 문자 등을 사용해 간노 유미를 이 건물로 불러낸 거야. 그 여자를 죽이기 위해서. 즉 이것은 주도면밀하게 준비된 계획 살인이란 얘기지. 그렇지 않나, 호쇼 형사?"

특별히 부정할 부분도 특별히 칭찬할 부분도 없는, 정말이지 딱 가자마쓰리 경부다운 추리였다. 그러나 일단은 무난한 추리라고 생각했으므로 레이코는 솔직히 고개를 끄덕였다.

"네. 경부님의 추리대로라고 생각합니다."

이윽고 검시 결과가 공표되었다. 입회한 의사의 견해에 따르면 피해자의 사인은 출혈성 쇼크사. 흉기는 과도나 부엌칼 같은 예리한 날붙이로 추측된다. 치명상이 된 것은 복부의 자상이 틀림없지만, 그 외에도 손등이나 손목 등에 미세한 찰과상이 발견되었다. 그것은 피해자가 범인과 싸웠을 때에 입은 상처일 것이다. 간노 유미가 찔리기 전 저항을 했다는 이야기다.

사망추정 시각은 어제 오후 일곱시부터 아홉시까지, 두 시간 사이였다.

그 정보들을 얻은 뒤, 현장 주변에서 수사원들의 탐문이 시작되었다. 그렇지만 수수한 조사를 좋아하지 않는 가자마쓰리 경부는 이미 다치카와의 현장에 질린 눈치였다. 그는 마치 친구에게 같이 산책을 가자고 청하는 듯한 가벼운 말투로 이렇게 말했다.

"호쇼 형사, 고쿠분지에 가보지 않겠나? 나는 간노 유미의 방이 보고 싶은데."

3

고쿠분지 사람들에게는 화려한 영국 차를 타고 도주하는 무뢰한을 경찰차가 추격하는 듯 보였을지도 모른다. 그러나 사실은 달랐다. 가자마쓰리 경부가 모는 은색 재규어 뒤를 레이코와 평범한 수사관들을 태운 경찰차가 따라가고 있는 것이었다. 겉으로 보기에는 어차피 그게 그거지만.

그렇게 구니타치 경찰서 일행이 고쿠분지에 도착했을 때는 아직 오전이었다. 사건 발생이 이른 아침이었던 탓이다. 어쩐지 오늘 하루가 긴 것처럼 느껴진 레이코는 한숨을 쉬면서 차에서 내렸다.

와카바 연립은 낡은 이층 연립주택이었다. 각 층에 2세대씩 총 네 개 세대가 바깥 복도를 따라 늘어서 있는 단순한 구조였다. 간노 유미의 집은 계단을 올라가자마자 나오는 방이었다.

그곳에는 이미 연락을 받은 연립주택의 주인이 경찰의 도착을 기다리고 있었다. 흰머리의 그 남자는 간노 유미에 대해서 묻자 손에 든 자료를 뒤적이면서,

"직장은 모치즈키 제과. 다치카와에 있는 유명 기업입니다. 그곳 경리과 소속입니다. 우리 연립에 살기 시작한 지 팔 년째죠. 집세도 꼬박꼬박 잘 냈습니다"라고 막힘없이 대답했다. 하지만 그 뒤에는 "그렇지만 얼굴은 잘 기억나지 않습니다. 입주할 때 한 번 만났던 정도라서……"라며 곤혹스러운 듯 대답했다.

간노 유미에 관련된 모든 정보는 계약을 갱신할 때에 나누는 서

류나 통장 입금 기록에 나와 있는 것 정도로, 평소에 잘 알고 지내던 사이는 아닌 듯했다.

집주인이 문을 열어주고, 수사관들은 피해자의 방에 발을 들였다. 두 평이 안 되는 비좁은 부엌과 세 평 정도의 방 하나에 화장실과 작은 베란다로 구성된 독신자용 집이었다. 작은 텔레비전과 간소한 침대, 컴퓨터 책상이나 책장이 눈에 들어오는 정도일 뿐 가구는 많지 않았다. 덕분에 집 안은 깔끔하지만 독신 여성의 집치고는 너무 단출한 인상이었다.

그런 가운데 집 안을 둘러보던 경부는 또 뭘 봤는지 금세 쾌재를 불렀다.

"오오! 이것 보게, 호쇼 형사." 경부는 책장 위에 놓인 액자로 손을 뻗었다. "이건 피해자의 남자친구가 아닐까?"

"확실히 그렇게 보이는군요."

건네받은 액자를 바라보면서 레이코도 고개를 끄덕일 수밖에 없었다.

사진 안에는 생전의 간노 유미가 동년배로 보이는 남성과 얼굴을 가까이 하고 있었다. 화려한 핑크색 옷을 입은 그녀. 그 표정에는 운전면허증 사진과는 비교도 되지 않는 눈부신 미소가 있었다. 한편 남자 쪽은 꽤 잘생긴 미남이었다. 햇살에 그을린 피부에 이목구비가 또렷한 얼굴. 옷 입는 센스도 나쁘지 않다. 그렇지만 미소 지은 그 표정 속에 약간의 그늘 같은 것이 느껴져서 레이코의 직감이 꿈틀했다. 아니, 잠깐 기다려, 호쇼 레이코! 인상만으로 단정하는 것은 좋지 않아. 섣부른 예단은 금물이야!

그러나 엄격하게 자신을 꾸짖으려 하는 레이코 옆에서, 그녀의 어리석은 상사는 경망스럽게도 섣부른 예단에 가득 찬 견해를 줄줄 늘어놓았다.

"이 남자, 어쩐지 수상하군. 정말로 이 여자와 좋은 관계였을까? 정말로 사랑하고 있었을까? 어차피 그냥 불장난이었겠지? 애초에 이렇게 겉모습을 중시하는 훈남 스타일의 남자는 가장 믿을 수 없는 법이야. 그렇게 생각하지 않나, 호쇼 형사?"

"……."

레이코는 눈앞에 실존하는 겉모습을 중시하는 훈남 스타일의 남자를 빤히 바라보면서, 그가 스스로 그런 이야기를 한다면 분명 틀림없을 거라고 생각했다.

"말씀대로입니다, 경부님. 저도 이런 남자는 신뢰할 수 없다고 예전부터 생각하고 있었습니다."

"오오, 뭔가 좀 통하는걸, 호쇼 형사!"

아뇨, 그렇지도 않아요, 경부님. 레이코는 마음속으로 중얼거리고서 이야기를 사진 속의 남자로 돌렸다.

"어쨌든 이 남자의 신원을 확실히 밝히는 게 먼저이겠군요. 단서는 분명히 이 집 안에 남겨져 있을 겁니다."

미묘하게 어색한 분위기 속에서 레이코와 가자마쓰리 경부는 다른 수사원들과 함께 집을 수색했다. 그 결과, 컴퓨터에 남겨진 기록이나 편지 등으로 간노 유미가 만나던 상대가 누구인지 간단히 알

아닐 수 있었다. 그녀가 친하게 지내는 남성은 단 한 명, 에자키 다테오라는 인물이었다.

에자키 다테오는 간노 유미가 일하는 모치즈키 제과의 동료였고 다치카와에 살고 있었다.

피해자의 집을 한바탕 뒤엎은 후, 레이코와 경부는 피해자의 옆집인 201호를 노크했다.

집주인의 말에 따르면 이 집에 사는 사람은 도다 나쓰키, 스물한 살, 인근 대학에 다니는 학생이라고 했다. 실제로 열린 문틈으로 얼굴을 보인 것은 동그란 얼굴의 여자였다.

"누구세요?"라고 커다란 눈으로 묻는 그녀를 향해서 가자마쓰리 경부는 영화배우 같은 세련된 몸짓으로 경찰 신분증을 꺼내 보였다. 그가 이 일련의 동작을 멋지게 해내기 위해서 평소부터 꾸준한 노력을 계속하고 있는 것을 레이코는 알고 있다(물론 레이코가 그걸 알고 있다는 것을 그는 모른다).

"도다 나쓰키 씨죠? 옆집의 간노 유미 씨에 대해서 물어보고 싶은 게 있습니다만."

갑작스런 형사의 방문을 받은 도다 나쓰키는 마치 이런 사태를 미리 예측하고 있었던 듯했다. 당황하기보다도 오히려 흥미진진하다는 표정으로, "엄마야, 진짜 형사네~"라고 환성과도 비슷한 목소리를 냈다. 그런 뒤에 목소리를 낮추며 오히려 질문을 해왔다.

"저기, 있잖아예, 옆집 언니 죽었다 하는 거 진짜라예? 인터넷에

떴다 해가 함 봤다가 식겁했다 아입니꺼. 다치카와에 있는 건물 계
단에서 칼에 찔렸다믄서예? 맞는갑다, 진짠갑다~. 그 착한 사람이
우야다가 그리 돼뿌렸노. 사람 앞일 진짜 모른다 카드만~."

"……."

조금도 슬퍼하는 듯 들리지 않는 것은 활기찬 간사이 사투리 때
문일까.

가자마쓰리 경부는 한순간 당황하는 표정을 지었지만, 곧비로 정
색을 하고 다시 질문으로 옮겨갔다.

"간노 유미 씨하고는 친한 사이였습니까? 최근에 그 사람에게 뭔
가 이상한 눈치는 없었습니까?"

그런 대략적인 질문에 도다 나쓰키는 기다렸다는 듯이 대답했다.

"유미 언니하고는 밥도 몇 번 같이 먹고 그랬어예. 그런데 유미
언니는 뭐 고민이 있는 것 같더라고예. 아마 남자 때문이지 싶은데.
그 언니, 칠 년 동안 사귄 남자친구가 있는데, 그기 완전 말종이라
가~."

도다 나쓰키의 늘어지는 사투리를 간결하게 정리하면 사정은 이
랬다. 간노 유미는 고민이 있었던 것 같다. 원인은 남자다. 그녀에
게는 칠 년간 사귀어온 남자친구가 있었다. 그런데 그 남자가 몹쓸
남자였다. 그녀를 두고 최근에 젊은 여자와 사귀기 시작했던 것이
다. 새로운 여자는 회사 중역의 딸이었다. 만약 결혼만 하면 말 그
대로 한 방에 인생이 펴게 되는 것으로, 회사에서의 장래도 약속된
것이나 다를 바 없었다. 거기서 그는 매정하게도 칠 년간 사귀어왔

던 여자친구인 간노 유미에게 헤어지자는 이야기를 꺼냈다. 물론 그녀 입장에서는 고분고분히 받아들일 수 있는 이야기가 아니었다. 오히려 간노 유미는 그 남자에게 격렬하게 집착했다. 그 결과 헤어지자는 이야기는 공중에 뜨고, 두 사람 사이는 틀어지고, 이후로는 계속 진흙탕 싸움 같은 빤한 애증극……이라는 것이다.

"전에 같이 술을 마실 때도 유미 언니가 술에 억수로 취해가 '절대 안 헤어질 거야' 이러더라고예. '헤어질 바에야 새 여자친구를 직접 만나서 한소리 해주겠어!' 이라믄서 진짜 무섭구로 막 그랬거든예."

"잠깐만요." 레이코는 간노 유미의 집에서 찾은 사진을 꺼내서 도다 나쓰키에게 보였다.

"간노 유미 씨가 칠 년간 사귀었다는 남자친구가 이 사람인가요?"

도다 나쓰키는 사진을 가볍게 슬쩍 본 것만으로 알아보고 간단히 고개를 끄덕였다.

"맞아예. 유미 언니가 이 사진 전에 함 보여줬으니 틀림없지 싶네예. 이름이 뭐라 하더라, 에자키 뭐시기라 했던 것 같은데……."

도다 나쓰키를 탐문한 성과는 기대 이상이었다. 201호의 문이 닫히자마자 가자마쓰리 경부는 주먹을 쥐며 외쳤다.

"틀림없어. 범인은 에자키 뭐시기야!"

"다테오예요, 경부님. 뭐시기가 아니라."

"그래, 에자키 다테오야. 그 남자는 회사 중역의 딸과 결혼하기

24

를 바라고 있었어. 그런데 칠 년간 사귀어온 간노 유미가 간단히 헤어져주지 않았어. 그 남자에게는 간노 유미의 존재가 방해가 되었던 거야."

"그래서 에자키는 다치카와의 곤도 빌딩으로 간노 유미를 불러내서 살해했다. ……앞뒤는 맞는군요. 그래서 어떡하시겠습니까, 경부님? 지금 바로 다치카와로 돌아가서 에자키의 집을 찾아가보시겠습니까?"

가자마쓰리는 기다렸다는 듯이 엘리트 형사다운 말로 열의를 보이는 레이코를 제지했다.

"일단 기다려보게, 호쇼 형사. 범죄 수사에 섣부른 예단은 금물이야."

"……."

경부님, 그 대사는 그대로 경부님께 돌려드릴게요.

"에자키 다테오는 유력한 용의자임에는 틀림없어. 그러나 수사는 이제 막 시작했을 뿐이야. 서두를 필요는 없어. 어쨌든 일층에 사는 사람들까지 탐문해보도록 하자고."

이렇게 해서 두 사람은 계단을 내려가서 건물 일층으로 향했다. 집주인의 말에 따르면 일층에 있는 두 집 중 하나는 빈 방이었다. 남아 있는 101호에 사는 사람은 마쓰바라 히사코, 쉰 살. 근처의 슈퍼마켓에서 파트타임으로 일하고 있는 독신 여성이라고 한다.

레이코는 곧바로 101호의 문을 노크했다. 그러나 대답이 없었다. 외출 중인가 싶어 반쯤 포기하는 기분으로 조금 세게 다시 문을 두

드렸을 때, 간신히 문 너머에서 인기척이 났다.

문을 열고 얼굴을 보인 것은 뚱뚱한 중년의 여성이었다. 화장기 없는 얼굴에 큰 불상의 머리를 연상시키는 파마머리. 졸린 듯이 두 눈을 껌뻑이고 있다. 입고 있는 추리닝은 아마도 잠옷이겠지. 지금 막 일어나서 당황하며 현관에 모습을 보인 분위기였다.

경부는 조금 전과 마찬가지로 경찰 신분증을 스마트하게 제시했다. 그런 뒤 역시 조금 전과 같은 질문을 했다.

"마쓰바라 히사코 씨죠? 이층에 사는 간노 유미 씨에 대해서 묻고 싶습니다만."

"으음……."

마쓰바라 히사코는 조금 전의 도다 나쓰키와는 달리, 금방 상황을 파악하지 못한 눈치였다. 그러나 경찰 배지와 가자마쓰리 경부, 그리고 레이코의 얼굴을 번갈아가며 보더니 간신히 상황을 인식했는지 "아아, 형사님이군요"라고 큰 목소리로 말했다.

그 순간, 뿜어져 나온 술 냄새에 레이코는 자기도 모르게 반걸음 물러섰다. 술을 적잖이 마신 것 같았다. 현관에서 엿보이는 거실 바닥에는 커다란 술병과 맥주병들이 볼링 핀처럼 늘어서 있었다.

가자마쓰리 경부도 그녀의 숨결을 피하는 몸짓을 하며 물었다.

"간노 씨를 아십니까?"

"네, 202호 여자죠? 뭐, 안다고 해도 가끔씩 스쳐 지나가는 정도지만. 그러고 보니 어제 저녁에도 봤던가……."

마쓰바라 히사코의 말에 레이코는 깜짝 놀랐다. 가자마쓰리 경부도 돌리고 있던 얼굴을 다시 중년 여성 쪽으로 돌렸다.

"저, 정말로! 정말로 본 겁니까, 간노 유미 씨의 모습을! 그건 몇 시쯤입니까!"

앞으로 바짝 다가오는 경부에게 두려움을 느꼈는지, 마쓰바라 히사코는 긴장하는 얼굴이 되었다.

"저, 정말이고말고요. 그래요, 그건 어제 오후 일곱시 반이었어요. 내가 일을 마치고 돌아왔을 때 마침 그 여자가 계단을 내려왔어요. 딱히 인사 같은 건 안 했어요. 그냥 지나쳤을 뿐이지. 하지만 얼굴은 똑똑히 봤으니 틀림없어요."

"일곱시 반이라는 시각은 틀림없습니까?"

"네, 그것도 틀림없어요. 방에 돌아가자마자 시계를 봤고, 텔레비전을 켜니까 NHK에서 일곱시 반부터 하는 지역 방송이 시작되었는걸요."

"그러면 틀림없는 것 같군요. 그러면 간노 유미 씨는 어느 쪽으로 갔습니까?"

"글쎄요. 편의점에라도 간 거 아닐까요? 그런 것보다도, 형사님."

마쓰바라 히사코는 참다못했는지 경부에게 물었다.

"이제 그만 알려주세요. 저기, 그 간노라는 여자가 왜요? 뭔가 나쁜 짓이라도 했나요?"

"아, 그게, 그렇지는 않습니다."

경부는 미묘한 표정을 지으면서 사무적인 어조로 담담하게 사실을 전했다.

"간노 유미 씨는 오늘 이른 아침에 다치카와에 있는 어느 건물에서 죽은 채로 발견되었습니다. 저희는 살인사건이라고 보고 수사를 하는 중이고요……."

경부의 입에서 사실을 들은 마쓰바라 히사코는 "에엑!" 하고 숨김없이 놀라는 표정을 지었다. 그리고 믿을 수 없다는 말투로 "살해됐다고요? 그 여자가?"라고 되물었다.

"네, 유감스럽게도."

경부는 짧게 대답하고서 도다 나쓰키에게 했던 것과 같은 질문을 반복했다.

"간노 유미 씨하고는 친한 사이였습니까? 최근에 그 사람에게 뭔가 이상한 눈치는 없었습니까?"

그러나 마쓰바라 히사코는 곧바로 얼굴을 찡그리더니, 입을 'ㅅ' 자로 만들면서 대답했다.

"조금 전에도 말했잖아요, 딱히 친한 사이는 아니었다고. 지나칠 때에 인사도 안 할 정도라고요. 그러니까 이상한 것이 있느냐고 물어도……."

그래도 경부는 그녀에게 정보를 얻어내려고 몇 가지 질문을 계속 던졌다. 그러나 그녀의 대답은 모두 모르겠다, 알지 못한다 같은 내용 없는 것들뿐이었다. 그 대답에는 예상 밖의 대사건을 접하고, 거기에 조금도 엮이고 싶지 않다는 그녀의 방어적 태도가 강하게 배어나오고 있었다.

결국 더 이상의 수확은 거두지 못하고 두 사람은 101호를 뒤로 했다.

그래도 성과는 충분했다. 검시 결과에 따르면 피해자의 사망추정 시각은 어제 오후 일곱시부터 아홉시까지의 두 시간. 그러나 마쓰바라 히사코의 증언에 따르면 간노 유미는 어제 오후 일곱시 반 시점에 아직 살아 있었다. 이것을 이어서 생각하면……

"피해자의 사망추정 시각은 오후 일곱시 반 이후부터 아홉시까지의 한 시간 반이라는 얘기군요."

"아니, 실제로는 더 좁혀질 거야. 오후 일곱시 반에 고쿠분지에 있었던 간노 유미는 그 뒤에 다치카와에서 살해되었어. 누군가에게 끌려갔든 자기 발로 이동했든, 다치카와까지 움직이는 데 걸리는 시간 중에도 피해자는 살아 있었다는 얘기니까."

그리고 경부는 갑자기 레이코에게 물었다.

"고쿠분지와 다치카와 사이는 차로 몇 분이 걸릴까?"

"차보다 전철 쪽이 빠르지 않을까요, 경부님?"

레이코의 별 생각 없는 이 한 마디가 가자마쓰리 모터스 상속자의 쓸데없는 자존심에 불을 붙였다.

"이봐, 바보 같은 소리 하지 말라고, 호쇼 형사. 당연히 자동차 쪽이 전철보다 빠르지. 진 핵크만도 자동차로 전철을 앞질렀었잖아."

"〈프렌치 커넥션〉이었죠. 그건 영화예요. 실제로는 일반도로를 구불구불 달리는 자동차와 철로 위를 똑바로 달리는 전철과는 승부가 되지 않아요. 아시겠습니까, 경부님? 고쿠분지와 다치카와 사이의 철로는 자를 대고 그은 것처럼 일직선으로 나 있어요."

"모르겠나, 호쇼 형사? 인간이 역과 건물 사이를 뚜벅뚜벅 걸어 다니는 동안에도 자동차는 맹렬한 속도로 달리고 있다고."

자기주장을 굽히지 않는 두 사람의 쓸데없는 논쟁이 한동안 이어졌다. 그때 레이코가 한 가지 제안을 했다.

"그렇다면 한번 시합해볼까요? 제가 전철이고 경부님이 차. 동시에 와카바 연립을 출발해서 다치카와의 곤도 빌딩까지 누가 먼저 도착하는지."

"좋았어. 바라던 바야. A급 라이선스의 운전 실력을 보여주지."

"……."

또 자기 자랑인가요, B급 경부님…….

레이코는 흘러내린 안경을 밀어 올리면서 "그러면 결정됐군요"라고 말했다. 그리고 이기기 위해서는 수단을 가리지 않을 것이 틀림없는 상사에게 꼼꼼하게 못을 박았다.

"일단 말씀드리겠는데요, 경부님. 공공도로에서 주행속도는 상식 범위 내로 부탁드립니다. 그리고 반칙을 쓰기는 없기예요."

"반칙이라니, 무슨 소리지?"

"패트롤 라이트 사용은 금지란 얘깁니다."

"아, 알고 있어. 그런 걸 내가 왜 쓰겠나!"

그렇게 말하면서 경부는 유감스러운 듯이 '칫' 하고 혀를 찼다.

이렇게 고쿠분지와 다치카와 사이의 가장 빠른 이동수단을 겨루는 경쟁은 레이코와 가자마쓰리 경부 두 사람의 승부로 발전했다.

다만 기억의 어디를 찾아보아도 이 승부에 최고급 이탈리아 요리가 걸리는 장면은 존재하지 않았다.

4

그리고 이야기는 간신히 처음 장면으로 돌아온다. 시합 결과, 곤도 빌딩에 먼저 도착한 것은 레이코였다. 늦게 온 가자마쓰리 경부는 경황이 없는 틈을 타서 그녀에게 은근슬쩍 저녁 약속을 제안했다가 거절당한 참이다.

"······그래, 자네가 말한 대로야, 호쇼 형사. 이 경쟁은 간노 유미 살해사건의 해결에 필요한 수속이야. 이탈리아 요리하고는 상관없어."

간신히 당초의 목적을 떠올린 걸까, 아니면 유혹을 거절당한 어색함을 얼버무리기 위해서일까(아마도 후자 쪽 같은 기분이 드는데). 경부의 표정은 사건을 마주하는 진지한 수사관의 그것으로 변해 있었다.

"고쿠분지의 와카바 연립에서 다치카와의 곤도 빌딩까지 이동에 걸리는 시간은 전철로 십오 분 남짓. 이번 시합 결과로 그것이 최단 시간이라고 확인되었다. 그런데 간노 유미는 오후 일곱시 반에 와카마 연립을 나간 것이 마쓰바라 히사코에게 목격되었다. 그렇다는 얘기는······."

가자마쓰리 경부는 미간에 주름을 만들면서 깊이 생각하는 시늉을 했다. 그리고 실제로는 깊이 생각하지 않아도 알 수 있는, 초등학교 덧셈 수준의 결론을 냈다.

"틀림없어. 간노 유미가 곤도 빌딩에 도착한 것은 아무리 빨라도 오후 일곱시 사십오분. 그 여자가 살해된 것은 그 이후야. 이것과 검시 결과를 이어서 생각해보면, 범행 시각은 오후 일곱시 사십오분부터 밤 아홉시까지의 한 시간 십오 분이라는 얘기가 돼."

당초, 두 시간의 폭이 있던 범행 시각이 단축되어 수사는 현격한 진전을 보인 것이다. 이 성과에 만족한 가자마쓰리 경부는 끝내 가장 중요한 인물과의 대결을 소리 높여 선언했다.

"이렇게 되면 그 남자와 직접 만나봐야겠군. 그 사진에 찍혀 있던 훈남 스타일의 남자, 에자키 뭐시기하고!"

"경부님, 그 표현이 마음에 드셨나요? 장난치다 보면 실수하게 될 걸요."

"뭐, 괜찮아. 그건 그렇고 에자키 다테오의 주소는 후지미초였지. 여기서 걸어갈 수 있을 정도의 거리인데…… 아니, 분명히 차로 가는 편이 나을 거야!"

경부는 바로 이때라는 듯이 애차의 문을 열어서 레이코를 불렀다.

"자, 호쇼 형사. 내 재규어 조수석에 타도록……."

"걸죠."

레이코는 열린 문을 쾅, 하고 닫으며 말했다. "형사는 직접 발로 뛰는 것이 기본이에요"라고 말하고 차가운 미소를 짓는 레이코. 문에 손가락이 찍힐 뻔했던 경부는 비명을 지르며 뒤로 물러섰다.

실제로 레이코는 경부의 재규어에 한 번도 탄 적이 없었다. 권유받을 때마다 늘 거부해왔던 것이다. 이유는 자기도 잘 모르겠지만 그냥 왠지 모르게, 정말로 왠지 모르게이지만 이 은색 재규어는 수컷 같은 기분이 들어서 견딜 수가 없었다. 그것도 발정 난 수컷. 물론 자동차에 수컷도 암컷도 발정기도 없다는 건 잘 알고 있지만…….

결국 두 사람은 평범한 경찰차를 타고 에자키 다테오가 사는 곳으로 향했다. 주오선과 오메(靑梅)선이 갈라지는 부근에 서 있는 사층짜리 임대 아파트. 그곳이 에자키 다테오의 집이었다.

이층 구석에 있는 어느 방 문 앞에 서서 가자마쓰리 경부가 초인종을 눌렀다. 이윽고 문에서 얼굴을 보인 사람은 사진 속에서 그늘진 미소를 짓고 있던 그 남자가 틀림없었다.

경부는 늘 하듯이 멋지게 배지를 내보이는 것까지는 좋았지만, 깜빡 "에자키 뭐시기…… 아니, 에자키 다테오 씨죠?"라고 말하며 자폭하고 말았다. "저, 저, 저희는 구니타치 경찰서의……."

"쉿!"

갑자기 에자키 다테오가 경부의 말을 막듯이 검지를 입 앞에 세웠다.

"알고 있습니다. 그렇게 큰소리 내지 마세요. 어쨌든 안으로 들어오시죠."

모처럼 폼 잡을 기회를 망쳐버린 경부는 착잡한 표정으로 실내에 발을 들였다. 레이코도 뒤를 따랐다. 넓지는 않지만 고급스러운 느낌이 드는, 차분한 분위기의 집이었다. 삼십대 독신 샐러리맨이 살기에 충분하고도 남을 정도의 주거 공간이라 할 수 있었다. 에자키는 두 사람에게 의자를 권하며 먼저 입을 열었다.

"형사님들이 제게 온 이유는 알고 있습니다. 간노 유미에 대한 일 때문이죠?"

간노 유미 살해사건은 낮부터 각종 뉴스 방송 등에서 보도되고 있었다. 에자키가 경찰의 방문을 예측한 것은 어찌 보면 당연했다.

"이미 알고 계신다면 이야기가 빠르겠군요. 몇 가지 질문에 대답해주시겠습니까?"

부탁하는 말이지만 경부의 태도는 다짜고짜 밀어붙이는 느낌이었다.

"우선 간노 유미 씨와의 관계에 대해서. 에자키 씨는 그 여자와 사귀고 계셨죠?"

"네. 그 여자하고는 회사 동기거든요. 자연스럽게 친해져서 꽤 오래전부터 사귀어온 관계입니다. 하지만 헤어졌습니다. 한 달 전쯤에요."

"그렇습니까. 그런데 오래 사귄 여자친구와 헤어지는 게 서로 힘들지 않았는지요? 어떻습니까, 문제없이 헤어지셨습니까?"

"글쎄요. 문제가 있었는지 없었는지……. 하지만 그 사람도 이해해준 거겠죠. 서로 어른이니까요."

"호오. 그건 훌륭하군요. 응?! 그런데 잠시만요, 에자키 씨."

경부는 문득 뭔가 마음에 걸린다는 눈치로 고개를 기울었다.

"칠 년간 사귄 끝에 '회사 중역의 딸과 결혼할 수 있을 것 같으니까 이제 너하고는 헤어질게' 같은 말을 듣고서 이해해주는 서른다섯 살 먹은 여자가 과연 세상에 있을까요? 저는 좀처럼 믿을 수가 없군요."

레이코는 속으로 혀를 내둘렀다. 가자마쓰리 경부는 전반적으로 장점이라곤 없는 상사지만, 이번 경우처럼 용의자를 흔들 때에 보이는 파충류처럼 기분 나쁜 언동은 그 누구도 흉내 낼 수 없다. 자신이 용의자였다면 발바닥으로 짓밟아버리고 싶을 정도다. 분명히 에자키도 같은 충동을 느끼고 있을 것이 틀림없다. 그러나 인내심이 강한 용의자는 발바닥을 보이지는 않았다.

"무슨 말이 하고 싶으십니까, 형사님. 저를 의심하고 계시는 겁니까?"

"허허, 의심이라뇨."

그렇게 말하면서도 경부는 여기가 승부처라고 파악했는지 곧바로 본론을 꺼냈다.

"에자키 씨, 당신은 어제 저녁에 어디에서 뭘 하고 계셨습니까?"

"어라, 알리바이 조사입니까? 역시 저를 의심하시는군요."

"아뇨, 알리바이 조사라뇨. 어느 분에게나 물어보는 통상적인 질문입니다."

한순간, 경부와 용의자의 시선이 교차했다.

잠깐의 침묵 뒤에 에자키 다테오가 천천히 입을 열었다.

"뭐, 좋습니다. 대답을 하죠. 어제 저녁이죠? 어디보자, 확실히 회사를 나온 것은 저녁 여섯시였습니다. 곧바로 집에 돌아올 생각이었는데, 퇴근하다가 우연히 아는 사람을 만나서요. 예전에 회사에서 같이 일했던 후배인 도모오카 히로키라는 남자입니다. 최근에는 연락을 안 하고 지냈는데, 요즘에는 운송 회사의 창고에서 일하고 있다더군요. 근처에 방을 얻어서 혼자 살고 있다고 해서 그대로 그 친구의 집까지 놀러갔습니다. 경륜장 근처에 있는 낡은 연립 이층입니다. 이름은 '수 아파트'였던가 할 겁니다. 거기서 그 친구에게 저녁을 얻어먹었습니다. 저는 괜찮다고 거절했지만, 저쪽이 신경을 쓰는 것 같아서요. 게다가 그 친구는 요리를 아주 잘합니다. 웬만한 요리사 급의 실력으로 볶음밥 이인분을 눈 깜짝할 사이에 뚝딱 만들어줬습니다. 이야, 그건 정말 맛있었죠."

"그, 그건 몇 시쯤이었습니까?"

"오후 일곱시 전후일까요. 고시엔(甲子園)에서 벌어지는 한신 대 히로시마 경기 위성중계를 보고 있었습니다. 4회 초의 히로시마 공격에서 히가시데가 안타를 치고 소요기가 보내기 번트. 히로세가 삼진이고 구리하라가 외야플라이……."

"0점이군요. 아니, 4회 말 공격은 됐습니다."

경부는 에자키에게 다음을 재촉했다.

"당신은 그 도모오카 씨라는 사람과 계속 같이 야간경기 중계를 보고 있었습니까?"

"아뇨, 그렇게 오래 있지는 않았습니다. 그 친구도 야근이 있다고 해서 볶음밥을 먹고 나서 바로 자리를 떴습니다. 집을 나온 건 일곱시 반이었을까요."

"일곱시 반! 일곱시 반에는 이미 도모오카 씨와 헤어졌군요!"

"아뇨, 조금 더 같이 있었죠. 길을 찾기 힘들 거라면서 다치카와 거리까지 그 친구가 저를 바래다주었거든요. 그래서 도모오카하고 헤어진 것은 일곱시 삼십오분쯤일 겁니다."

"그러면 일곱시 삼십오분 이후에는 혼자 계셨군요! 알리바이는 없군요!"

가자마쓰리 경부의 흥분은 최고조에 달한 듯했다. 이미 이것이 알리바이 조사라는 것을 감추려고도 하지 않는다. 확실히 에자키의 이야기는 사건의 핵심에 가까워져 있었다. 레이코와 경부는 긴장한 얼굴로 용의자의 다음 말을 기다렸다. 그러자 에자키는 의외로 간단히 고개를 저으며 말했다.

"아뇨, 혼자였던 건 아닙니다. 도모오카와 헤어진 뒤에 저는 바로 눈에 보인 찻집에 들어갔으니까요. 가게 이름은 '루팡'이었습니다. 그 가게에 들어간 건 일곱시 사십분 정도였을까요. 카운터에 수염 난 주인이 있었죠. 그 뒤에는 커피를 리필하면서 두 시간 정도 그곳에 머물러 있었습니다. 그렇다는 얘기는 가게를 나온 건 아홉시 반쯤이겠군요. 그러고 나서 집에 돌아왔고, 그 뒤로는 계속 혼자였으니까 알리바이라고 할 수 있는 건 없습니다만……."

이렇게 자신의 이야기를 마친 에자키 다테오는 묵묵히 있는 형사에게 물었다.

"그런데 간노 유미는 언제쯤 죽었습니까? 저도 질문에 대답했으니 형사님들도 대답해주셔도 될 텐데요."

"……흠."

경부는 떨떠름한 얼굴로 고개를 끄덕이고 패배감에 가득 찬 목소리로 대답했다.

"범행이 있었던 시각은 어제 오후 일곱시 사십오분부터 아홉시 사이로 추정됩니다."

그때 에자키의 얼굴에 나타난 것은 '우와!'라는 환희, 그리고 어째서인지 '응?'이라는 당황스런 표정이었다. 그는 자신의 알리바이가 성립한 것에 안도하기보다 먼저 의아하다는 표정으로 물었다.

"일곱시 사십오분부터? 저기, 형사님. 그 사십오분이란 건 대체 뭡니까? 아주 구체적인 시간이군요. 뭔가 근거라도?"

"물론 대강 정한 숫자는 아닙니다. 어제 오후 일곱시 반에 같은 연립에 사는 아주머니가 간노 유미 씨의 생전 모습을 목격했습니다. 자세한 설명은 생략합니다만, 오후 일곱시 사십오분이라는 시각은 그 사실에서 합리적으로 추정한 것입니다."

"허어, 그렇군요……."

에자키는 다시 조금 생각에 잠기는 몸짓을 보이다가, 다시 기쁨과 안도의 표정을 지었다. "어쨌든 그 일곱시 사십오분부터 아홉시 사이에 저는 계속 찻집 루팡에 있었습니다. 제가 루팡에 들어간 건 일곱시 사십분경이니까요. 그렇다면 저의 알리바이는 완벽하잖습니까. 그 시간에 제가 가게에 있던 건 수염 난 주인이 증명해줄 겁니다."

에자키 다테오는 안도하는 미소를 지으면서 형사들을 바라보았다. 가자마쓰리 경부는 지기 싫어하는 성격을 발휘해서, "확인해볼 때까지는 단정할 수 없습니다"라고 최대한 허세를 부리며 대꾸했다.

레이코도 마찬가지로, 우쭐하는 용의자의 표정을 씁쓸하게 바라볼 수밖에 없었다.

5

그날 저녁, 호쇼 레이코와 가자마쓰리 경부는 다치카와 거리의 찻집 루팡을 방문했다. 루팡은 다치카와 역에서 걸어서 십 분 정도 떨어진 장소에 있었다. 그곳을 찾아간 목적은 물론 에자키 다테오가 이야기한 알리바이의 진위 확인을 위해서였다. 그 결과는 어떤 의미에서 충분하고도 남을 정도였다.

카운터에는 턱수염을 기른 주인이 앉아 있었다. 조용한 인상의 중년 남성이다. 그는 어젯밤에 구석 자리에 앉아 있던 양복 차림의 손님을 잘 기억하고 있었다.

"커피 두 잔으로 두 시간 정도 머물러 계셨죠. 처음 오는 손님이었습니다."

전날의 전표나 계산대의 기록 등으로, 그 손님이 어젯밤 일곱시 사십분에 커피를 주문했고 아홉시 반쯤에 계산을 마친 것 등도 확인되었다.

어느 것이나 에자키 다테오의 증언대로였다. 그것뿐만이 아니다. 가게에 있던 여러 손님들도 그 양복 차림의 남성에 대해 기억하고 있었다. 듣기론 루팡은 단골손님이 많은 곳이라서, 처음 보는 손님은 그것만으로도 눈에 띈다고 한다.

"예를 들자면, 저기 손님은 처음 온 사람이죠."

단골 중 한 명이 창가 자리를 가만히 가리켰다.

그곳에는 다리를 꼰 검은 옷의 남자가 영자 신문을 얼굴 앞에 들고서 커피를 마시고 있었다.

경부는 그 남자의 모습을 한 번 보고는 금방 단골손님 쪽을 다시 돌아보며 그들 앞에 에자키 다테오의 사진을 내밀었다. 주인과 단골손님들은 그곳에 찍힌 미묘한 미소의 남성을 가리키면서 "틀림없습니다" "그래요, 이 남자였어요"라고 저마다 단언했다.

완벽했다. 간노 유미가 살해된 것은 오후 일곱시 사십오분부터 아홉시 사이. 그리고 에자키 다테오는 그 시간 동안 이 찻집 구석 자리에 머물러 있었다. 그런 그가 곤도 빌딩에 나타나서 간노 유미를 살해하는 것은 몸이 두 개가 아닌 이상 불가능하다.

이렇게 간노 유미 살해의 주요 용의자, 에자키 다테오의 알리바이가 성립했다.

"협조해주셔서 감사합니다."

신사적인 태도로 주인에게 인사를 한 가자마쓰리 경부는 문을 밀고 가게를 나갔다. 그러나 문에 달린 도어벨 소리가 채 멈추기도 전에 "에에잇, 어떻게 이럴 수가!"라고 태도를 뒤바꾸며 외쳤다. 그러고는 도로변에 심어진 철쭉으로 척척 다가가더니, "빌어먹을, 오늘 하루 동안의 수사는 모두 공친 건가!"라고 한탄했다. 그리고 철쭉 잎사귀를 마구 쥐어뜯으면서 신음했다.

"분명히, 분명히 그 녀석이 범인이라고 생각했는데!"

"경부님! 거기다 화풀이 하시면 안 돼요! 나들 보고 있고, 게다가……."

신고당하면 어쩔 건가요? 레이코가 귓가에 속삭이자 경부는 '앗' 하는 얼굴을 하더니, "그건 곤란하군"이라고 말하며 정신을 차렸다. 곧바로 잎사귀를 던져버린 그는, 아무 일도 없었다는 듯이 하얀 양복 소매를 털고 흐트러진 머리카락을 정돈하고는 여유 있는 표정을 지었다.

"뭐, 괜찮아. 생각해보면 수사는 이제 막 시작했을 뿐이야. 첫날은 다 이런 법이지. 앞으로 수사하기 나름이야. 아아, 그렇지. 그러고 보니!"

경부는 갑자기 기억났다는 듯이 손가락을 튕기더니, 그 손끝을 레이코 쪽으로 향하며 말했다.

"바쁘다 보니 잊고 있었어, 미안하네, 호쇼 형사."

"……네?"

"그 왜, 잊었나? 오늘 밤은 자네를 최고급 이탈리안 레스토랑에 초대한다는 약속을……."

"안 했어요! 할 리가 없잖아요!"

다치카와 거리에 쩌렁쩌렁 울려 퍼지는 레이코의 절규. 가자마쓰리 경부는 보이지 않는 목소리의 압력에 굴한 듯, 등부터 철쭉 위로 넘어졌다.

"그럼, 내일 또 현장에서 만나세!"

그런 말을 남기고 가자마쓰리 경부는 빛의 속도로 차를 타고 떠나갔다.

멀어져가는 후미등의 불빛을 바라보면서 레이코는 길었던 하루의 피로를 느끼며 한숨을 쉬었다. 피로의 절반 이상은 저 골치 아픈 상사 때문에 느낀 것이 틀림없었다. 실제로 오늘의 경부는 평소 이상으로 레이코에게 아주 적극적이었다. 그런 자세로 살인범을 뒤쫓아주었으면 좋겠는데. 아니, 기대하지 않는 편이 낫다. 가자마쓰리 경부의 손에 의해 기대는 항상 배반당하고 불안은 항상 현실이 된다.

"뭐, 나쁜 사람은 아니지만."

자리에 없는 상사에 대해 최소한의 예의를 갖추는 자상함을 보이면서, 레이코는 휴대전화를 꺼내서 평소의 번호를 호출했다.

"끝났어. 바로 와줘."

전화 너머에서는 '알겠습니다'라는 목소리가 울렸다.

"그러면 삼십 초 내로 가겠습니다."

뭐, 삼십 초?! 그건 아무리 그래도……

깜짝 놀라는 레이코의 귓가에서 휴대전화 통화가 끊겼다. 그로부터 십 초, 이십 초……. 길가에 서 있던 레이코는 주위를 휘휘 둘러봤지만 뭔가가 나타날 기미는 보이지 않았다. 그리고 딱 삼십 초 뒤. 레이코의 등 뒤에서 갑자기 울리는 도어벨. 돌아보니 찻집 루팡의 문 너머에서 장신의 남자가 영자 신문을 접으며 걸어오고 있었다.

어둠 속으로 녹아들 것 같은 다크 수트와 어둠 속에서 반짝이는 은테 안경. 머리카락을 깔끔하게 쓸어넘긴 단정한 얼굴의 남자는 레이코 앞으로 걸어오더니 '공손함'이란 단어를 그림으로 그린 듯한 우아한 몸짓으로 인사했다.

"오래 기다리셨습니다, 아가씨."

"……."

레이코는 말을 잃었다. '오래 기다리셨습니다'라고?! 말도 안 되는 소리. 기다리고 뭐고…….

"당신, 이 가게 창가에 앉아 있었잖아, 가게야마!"

"그렇습니다."

가게야마는 주눅 드는 기색도 보이지 않고 천천히 인사했다.

가게야마는 호쇼 가문의 집사 겸 운전수다. 레이코를 태우고 구니타치에 있는 자택과 직장(즉 구니타치 경찰서나 살인 현장 등) 사이를 오가는 것이 그의 일이다. 그래서 레이코는 그가 차를 타고 나타날 거라고만 생각하고 있었다. 설마 찻집 계산대에서 커피 요금을 내고 문의 도어벨을 울리면서 영자 신문을 한 손에 들고 나타날 거라고는 꿈에도 생각하지 않았던 것이다. 정말이지 신출귀몰에도 정도가 있다.

"스토커나 사립탐정처럼 내 뒤를 미행했구나. 아버지의 지시야?"

"당치도 않은 말씀. 일에 지치신 아가씨를 맞이하러 나왔던 것뿐입니다."

"창가에서 내가 일하는 모습을 관찰했으면서. 설마 당신이었을 줄이야."

"깨닫지 못하신 것도 무리는 아닙니다. '찻집에서 영자 신문을 읽고 있는 사람에게는 아무도 말을 걸고 싶어하지 않는다'라는 널리 알려진 법칙을 이용했습니다."

"처음 듣네, 그런 법칙은."

레이코는 이제 됐다는 듯이 고개를 돌리며 말했다.

"그런 것보다, 차는 어떻게 했어? 견인당한 건 아니겠지?"

"문제없습니다. 차는 저쪽의 100엔 주차장에 세워두었습니다."

"100엔 주차장?! 거짓말이겠지?!"

레이코는 설마 하고 생각하면서도 가게야마가 가리키는 방향으로 눈을 돌렸다.

거짓말이 아니었다. 그곳에는 보통 차 세 대 크기의 공간을 꿰차고 들어선 거대한 리무진이 주차 중이었다. 비정상적인 광경에 눈을 휘둥그레 뜨는 레이코에게 가게야마가 진지한 목소리로 말했다.

"아가씨, 혹시 300엔 있으십니까?"

6

호쇼 레이코는 가게야마가 운전하는 리무진을 타고 그녀의 자택인 호쇼 저택으로 귀가했다.

호쇼 저택은 구니타치 모처에 세워진 거대한 저택이다. 본관과 별관, 별채에 정자 등, 건물의 숫자는 두 손으로 세도 모자랄 정도다. 부지 면적도 광대해서 구니타치 교외에 이것을 능가하는 건물은 없다. 아니, 딱 한 곳 있다. 후추(府中) 시에 있는 도쿄 경마장이다. 물론 격이 다르지만.

언뜻 보기에 쓸데없는 이 저택을 세운 범인(?)인 호쇼 세이타로는 철강, 조선, 항공기 산업부터 정보통신, 전기와 가스, 더 나아가서는 영화나 연극에 본격 미스터리 소설까지 한손에 주무르는 거대 재벌 '호쇼 그룹'의 창설자이자 회장이다. 그런 세이타로의 외동딸이 바로 호쇼 레이코였다.

그러니 최고급 이탈리아 요리 따위야 레이코 자신이 바란다면 매일이라도 먹을 수 있다. 벼락부자 느낌을 풀풀 풍기는 부잣집 도련님과 굳이 그것을 건 승부 따위를 할 리가 없는 것이다.

레이코는 집에 돌아오자마자 묶은 머리를 풀고, 검은테의 도수 없는 안경을 벗고, 검은 팬츠를 벗어버렸다. 대신 화려한 핑크색 원피스를 걸치고 아가씨다운 모습으로 변신했다. 그리고 저녁 식사는 최고급 이탈리아⋯⋯가 아니라 극히 평범한 프랑스 요리였다.

평소대로 그릴 야채에 샐러드, 렌즈 콩 수프, 닭고기 소테로 식사를 마친 레이코는 와인글라스를 한손에 들고 창가의 소파에서 밤바람을 맞으면서 우아하게 차분한 한때를 보내는 중이었다. 그러나 이런 상황이어도 머리를 스치는 것은 가자마쓰리 경부……가 아니라 경부가 완벽할 정도로 굴욕을 맛본 한낮의 사건이었다.

그런 생각을 하고 있던 레이코에게 갑자기 누군가 말을 걸었다.

"아무래도 용의자에게는 완벽한 알리바이가 있는 것 같군요."

가게야마였다. 와인병을 들고서 레이코 곁에서 대기하고 있는 이 남자는, 언뜻 보기에는 집사 역할을 하는 충실한 하인 그 자체다. 그러나 그 이유만으로 그가 옆에 있는 것은 아니었다. 그의 진짜 목적은 레이코의 이야기였다. 이 가게야마라는 남자는 수수께끼처럼 난해한 살인사건 이야기를 몹시 좋아해서, 레이코가 맡은 어려운 사건에 때때로 고개를 들이밀곤 했던 것이다.

"어째서 그렇게 생각하지? 용의자에게 완벽한 알리바이가 있다고 말이야."

"찻집 루팡에서 가자마쓰리 경부가 한 발언이나 태도를 보고 그렇게 파악했습니다. 가자마쓰리 경부가 크게 낙담하는 모습은 말 그대로 '범인이라 확신하던 용의자의 알리바이가 성립해서 몹시 분해하는 형사' 그 자체로 보였습니다만, 틀렸습니까?"

"아니, 틀리지 않았어. 말 그대로 딱 그 자체야."

이건 가게야마의 통찰력을 칭찬하기보다는 행동에 모든 것이 다 드러나버리는 가자마쓰리 경부의 경박함을 불쌍히 여겨야 할 사례일 것이다.

"그래서, 용의자는 어떠한 알리바이를 주장하고 있습니까?"

"잠깐 기다려! 누가 사건에 대해서 이야기해준다고 했어? 이번 사건은 이제 막 시작됐을 뿐이야. 미궁에 빠지는 건 나중 얘기야."

"미궁에 들어간 다음에 이야기하는 것이나 지금 여기서 이야기하는 것이나 결국 똑같다고 생각합니다만."

"뭐, 그건 그럴지도…… 하지만 싫어! 절대 안 할 거야! 이유는 알겠지!"

레이코는 고개를 픽 돌리듯이 소파에서 몸을 비틀었다. 가게야마는 은색 안경을 살짝 밀어 올리며 말했다.

"혹시 아가씨는 제가 아가씨의 이야기를 듣고서 또 늘 그렇듯이 '멍청이'라는 둥, '눈은 폼으로 달고 다니느냐'라는 둥, '레벨이 낮다'라는 둥, '빠져 있으라'라는 둥, 마음대로 무례한 발언을 연발하지 않을까 하는 추측을 하고 계시는 겁니까?"

"……"

아니, 추측이고 뭐고, 이미 신나게 연발하고 있다고!

자기도 모르게 이맛살을 찌푸리는 레이코에게, 가게야마는 가슴에 손을 대고 안정감 있는 목소리로 말했다.

"부디 안심하십시오, 아가씨. 이 가게야마도 호쇼 가문에서 일한 지 약 반년. 일에도 익숙해지고 어르신이나 아가씨와의 신뢰관계도 깊어지고, 집사로서 몇 단계 성장을 이루었다고 자부하고 있습니다. 이제는 아가씨가 마음 상하실 만한 짓은 일체 하지 않습니다."

"…… 정말? 거짓말이지? 거짓말이야, 거짓말!"

아가씨를 바보 취급하는 것을 취미로 삼는 이 집사가 마음을 바꿀 턱이 있겠는가. 절대 믿을 수 없다.

그러나 만약 사실이라면, 그의 변화된 모습을 확인해보고 싶은 기분도 든다. 다만 그것을 확인하기 위해서는 사건 이야기를 해야만 하는데…….

레이코는 왠지 모르게 속고 있는 자신을 느끼면서도 결국 유혹에 굴복하고 말았다.

"좋았어, 사건에 대해서 이야기해줄 테니까 잘 들어."

간노 유미 살해사건의 상세한 사정에 대해 레이코가 이야기를 마치자, 가게야마는 깊이 고개를 끄덕였다.

"요컨대, 유일한 주요 용의자인 에자키 다테오에게는 완벽한 알리바이가 있다. 그것이 이번 사건의 포인트로군요. 그러면 우선 확인하겠습니다만, 아가씨는 에자키 다테오가 범인이라고 생각하십니까? 아니면 다른 누군가일 가능성도 있다고 생각하십니까. 부디 아가씨의 예단과 편견에 찬 견해를 들려주십시오."

"그렇게까지 딱 부러지게 이야기하니 오히려 속이 후련하네."

레이코는 이왕 이렇게 되었다면 어쩔 수 없다는 듯이 편견에 찬 견해를 이야기했다.

"솔직히 나는 에자키 다테오가 범인이라고 생각하고 있어. 강한 동기가 있고, 아마도 뭔가를 감추고 있는 것 같거든. 애초에 인간적으로 신뢰할 수 없는 타입이야. 야심가이고 타산적이고, 생기긴 잘 생겼지만 냉혹하고 박정하고, 허세에 넘치고 자기애가 강하고, 친구는 많지만 진짜 친구는 없고, 분명히 마마보이일 거야. 그리고 자동차와 양복을 좋아하고……."

"그만두십시오, 아가씨. 아무리 그래도 그런 예단과 편견은 형사 자격을 박탈당할 수준입니다."

"누가 박탈당할 수준이란 거야!"

레이코는 집사의 말을 일축하고 날카롭게 노려보았다.

"어쨌든 나는 에자키 다테오가 간노 유미를 살해한 진범이라고 생각하고 있어. 알리바이가 걸림돌이 되고 있지만."

"알겠습니다. 그러면 아가씨가 저에게 기대하시는 것은 '범인 찾기'가 아니라 '알리바이 깨뜨리기'라고 이해해도 괜찮겠군요."

"그래. 우선 지금은 그쪽으로 생각해줘."

"알겠습니다. 그러면 '범인은 에자키 다테오다'라는 것을 전제로 하고 이번 사건을 생각해보기로 하겠습니다. 그 경우, 문제가 되는 것은 에자키 다테오가 가자마쓰리 경부님에게 직접 이야기한 알리바이 증언입니다. 그런데 아가씨는 그 남자의 증언을 가까이에서 듣고 뭔가 기묘하다고 생각하신 점은 없었습니까?"

"글쎄, 특별히 기묘한 점은 없었지. 이야기하는 태도도 당당했고, 이야기는 구체적이고 시간적인 모순점도 없었어. 증언 내용은 찻집의 주인이 보증했으니까 틀림없고. 완벽한 알리바이야. 그러니까 내가 난처해하고 있는 거잖아."

대체 무슨 소릴 하고 싶은 거야? 레이코는 자기도 모르게 눈빛으로 가게야마에게 그렇게 물었다. 그러자 가게야마는 소파에 앉은 레이코의 귓가에 얼굴을 가까이 가져가며, 그의 생각을 아주 억제된 말로 전했다.

"실례입니다만, 아가씨는 여전히 멍청이이시로군요. …… 좋은 의미로."

레이코는 글라스에 남은 와인을 단숨에 비우고 잠시 마음을 가라앉혔다.

그렇구나, 그렇구나. 확실히 가게야마는 집사로서 몇 단계의 성장을 이룬 것 같다. 실제로 반년 전의 가게야마는 자기가 모시는 아가씨를 '멍청이'라고 불러놓고도 반성의 빛조차 보이지 않고 시치미 떼는 얼굴을 했었다. 그런데 지금은 어떤가. 아가씨의 기분을 배려해서 소극적이기는 하지만 '좋은 의미로'라고 한 마디 덧붙일 정도의 분별력을 익히고 있다. 훌륭하다. 이 비약적인 진보는 상을 받아 마땅할지도…….

"……가 아니라 웃기는 소리 하지 마, 이 폭언 집사!"

레이코는 내동댕이치듯이 빈 글라스를 테이블에 놓고 벌떡 일어나며 외쳤다.

"여전한 건 당신 쪽이잖아!"

"어라, '좋은 의미로'라는 말은 효과가 없었습니까. 평소의 언동을 반성해서 부드럽게 돌려 말했다고 생각했었는데, 그것 참 유감이로군요……."

"유감이고 나발이고 없어! 애초에 '멍청이'에게 '좋은 의미' 같은 게 어디 있냐고!"

"그것도 그렇군요. 그러면 저의 무례를 부디 용서해주시기 바랍니다."

가게야마는 인사만큼은 교과서대로 착실히 하고서, 진지한 얼굴로 하던 이야기를 다시 꺼냈다.

"그렇지만 아가씨, 에자키 다테오의 알리바이 증언에 대해서 아가씨가 아무런 기묘한 점도 발견하시지 못했다는 점. 그것에 대해서는 역시 아가씨의 주의력 부족은 부정할 수 없다고 생각됩니다. 왜냐하면 그 남자의 증언에는 실로 기묘하고 부자연스러운 점이 명백히 존재하기 때문입니다."

"그런가?" 레이코는 분노의 창끝을 거두고 다시 소파에 앉았다. "어디가 기묘한데?"

"다시 한 번 에자키의 증언에 대해서 생각해보도록 하죠. 그 증언은 전반과 후반으로 나뉘어 있습니다. 전반은 에자키가 오후 여섯시경에 퇴근하다가 도모오카 히로키라는 친구와 길에서 만나고, 도모오카의 집에 초대받아 저녁을 함께하고, 일곱시 삼십오분에 다치카와 길에서 헤어졌다는 이야기죠. 후반은 에자키가 도모오카와 헤어진 직후에 찻집에 들어가서 아홉시 반까지 그곳에서 시간을 보냈다는 부분입니다. 아직도 기묘하다고 생각하지 않으십니까?"

"아니, 전혀……. 무슨 말을 하고 싶은 거야?"

"제가 기묘하다고 생각하는 것은 그 남자의 알리바이 전반 부분입니다. 도모오카 히로키라는 남자와의 교류에 대한 증언입니다만……. 이거, 필요합니까? 저에게는 아무 쓸데없는 이야기로 생각됩니다만, 아가씨는 어떻게 생각하십니까?"

"그러네. 확실히 쓸데없는 증언이야. 범행이 있었다고 생각되는 시각은 오후 일곱시 사십오분부터 아홉시 사이. 에자키와 도모오카가 함께 있던 건 그 시간대보다 전이니까 사건하고는 관계가 없지. 하지만 그건 어쩔 수 없어. 경부는 그 사람에게 일곱시 사십오분부터 아홉시까지의 알리바이를 물은 게 아니야. 대충 '어젯밤에는 어디서 뭘 하고 있었습니까'라고 물었는걸. 그래서 에자키는 사건과 관계없는 시간대의 사건도 말할 수밖에 없었던 거야."

"그렇군요. 그건 지당한 말씀입니다만." 가게야마는 안경 안쪽의 눈동자를 빛냈다. "사건과 깊이 관련된 시간대의 사건보다 더욱 자세하게 말할 필요가 어디 있겠습니까?"

"응?!"

레이코는 소파 위에서 가게야마의 옆얼굴을 올려다보았다.

"무슨 소리야?"

"에자키의 증언 전반과 후반은 그 정보량이 압도적으로 차이가 나고 있습니다. 에자키의 증언에 따르면 도모오카 히로키라는 인물은 이전에 회사를 같이 다녔던 후배로, 지금은 운송 회사의 창고에서 근무. 경륜장 근처의 '수 아파트'에서 혼자 살고 있다. 같이 먹은 저녁 식사 메뉴는 볶음밥이고, 같이 본 야구 경기는 한신 대 히로시마. 덤으로 에자키는 경기의 진행 과정까지 이야기하려고 했습니다. 그렇지요?"

"응, 확실히 그랬지."

"한편 후반의 증언은 어떻습니까. 이쪽은 참으로 간단합니다. 가게 이름이 루팡이고, 수염 난 주인이 있다. 커피를 마시면서 두 시간 남짓 그곳에 있었다. 에자키는 그 정도의 정보만을 전했습니다. 왜 그 남자는 더 많은 것을 이야기하지 않았을까요? 가게의 분위기, 주인의 나이, 수염의 모양, 커피를 몇 잔 리필했는가, 다른 손님은 있었는가……. 이야기할 것은 많이 있었을 텐데."

"저기…… 그건 어느 시간대의 증언이 중요할지 에자키가 몰랐기 때문이 아닐까? 그래서 이야기의 전반만 묘하게 자세해져버렸다든가."

"아아, 안 됩니다. 아가씨."

가게야마는 곧바로 오른손을 저었다.

"범인은 에자키 다테오가 틀림없다. 저희는 그것을 전제로 추리를 진행하고 있습니다. 그리고 에자키가 범인이라면 실제 범행 시각이 몇 시 몇 분인가는 누구보다 그 남자 본인이 가장 잘 알고 있지 않겠습니까. 그렇다면 어느 시간대의 증언이 나중에 중요한 의미를 갖게 되는지, 에자키는 잘 알고 있었을 겁니다."

"그렇구나, 확실히 그러네."

"그럼에도 불구하고 에자키는 범행 시각인 일곱시 사십오분부터 아홉시라는 시간대에 대해서 소홀하다고 생각될 정도의 증언밖에 하지 않았습니다. 그러는 한편으로 그는 어째서인지 사건과 관계없어 보이는 시간대에 대해서는 지나치게 자세한 증언을 남기고 있죠. 이 차이는 대체 무엇에 기인하는 걸까요?"

"……."

레이코는 말없이 가게야마의 말을 기다렸다.

"생각할 것도 없습니다. 왜 에자키는 루팡에서 있었던 일을 대강 증언하고 끝냈는가. 그는 이 시간대를 중요시하지 않았기 때문입니다. 그럼 왜 에자키는 도모오카와 만났던 일을 상세히 증언했는가. 그는 그 시간대를 중요시했기 때문입니다."

"잠깐. 중요시했다는 얘기는, 이 경우에는 즉…… 진짜 범행 시각?! 에자키와 도모오카가 같이 있었던 오후 여섯시경부터 일곱시 삼십오분까지가 진짜 범행 시각이었다는 거야?!"

"그렇습니다"라고 말하고 가게야마는 공손히 인사했다. "거기에 검시 결과도 고려하면 오후 일곱시부터 일곱시 삼십오분까지의 사이, 라고 좁힐 수 있습니다."

"하지만 그건 이상해. 왜냐하면 간노 유미는 오후 일곱시 반에 고쿠분지의 와카바 연립 앞에서 일층에 사는 아주머니, 마쓰바라 히사코에게 목격되었어. 거기서 다치카와까지 최소 십오 분은 걸려. 다치카와로 이동하자마자 살해되었다고 해도 범행 시각은 일곱시 사십오분 이후가 되는 계산이 나와."

"말씀하신 대로입니다. 그렇다면 이렇게 생각할 수밖에 없습니다. 그 마쓰바라 히사코의 목격 증언은 사실이 아니다, 라고."

"에엑!"

레이코의 뇌리에 파마머리를 한 마쓰바라 히사코의 모습이 떠올랐다.

"그건 무슨 얘기야? 마쓰바라 히사코가 누군가 다른 사람을 간노 유미라고 착각했다는 거야? 아니, 그건 생각할 수 없어. 그 여자는 간노 유미의 얼굴을 똑똑히 봤다고 단언했으니까."

"네, 착각했거나 잘못 본 것은 아닙니다. 그렇다는 것은, 마쓰바라 히사코는 상대가 경찰이라는 것을 알고서 일부러 거짓 증언을 했다는 얘기가 됩니다. 다만 그 여자는 범인이 아닙니다. 범인은 어디까지나 에자키 다테오. 그게 추리의 전제입니다."

"그러면 범인도 아닌 마쓰바라 히사코가 왜 경찰을 상대로 거짓말을 했지?"

"문제는 그 부분입니다. 거짓말에도 여러 가지 종류가 있습니다. 허위 증언에 의해서 실제로 다치카와에 있는 사람을 마치 고쿠분지에 있었던 것처럼 경찰이 믿게 만든다. 이러한 거짓말을 일반적으로 무엇이라 부르는지, 아가씨도 당연히 아실 거라고 생각합니다만."

듣고 보니 확실히 아는 말이다. 익숙하다고 말해도 좋다.

"일반적으로 뭐라고 부르는지는 모르겠지만, 경찰에서는 '알리바이 공작'이라고 부르지."

"일반적으로도 알리바이 공작입니다. 그리고 알리바이 공작이란 것은 대개 범죄자가 용의선상에서 빠져나가기 위해서 하는 것입니다."

"확실히 그렇지. 하지만 그거, 무슨 소리야? 마쓰바라 히사코가 에자키의 공범자라는 얘기야?"

"아뇨, 에자키의 가짜 알리바이를 입증시켜주는 공범자는 도모오카 히로키입니다. 그러면 마쓰바라 히사코는 누구의 거짓 알리바이를 입증할 생각이었는가. 마쓰바라 히사코의 증언으로 다치카와의 '현장'에 '부재'했음을 '증명'할 수 있었던 인물은 확실히……."

가게야마는 한 박자 쉬고, 그 이름을 말했다.

"간노 유미입니다."

"어……?"

의외의 이름에 레이코는 말을 잃었다.

"마쓰바라 히사코의 증언에 의해서 간노 유미는 오후 일곱시 반에 고쿠분지에 있었다고 여겨지고 있습니다. 만약 같은 시각에 다치카와에서 살인사건이 일어나면, 간노 유미는 알리바이가 성립이 되어서 용의선상에서 벗어날 수 있게 되겠죠. 뭐, 어차피 범인과 공범자가 말을 맞춘 것뿐인 조잡한 알리바이 공작이죠. 효과가 있을지는 의문입니다만, 아마추어가 생각하는 가짜 알리바이란 이 정도겠지요."

"무, 무슨 소리를 하는 거야, 가게야마. 간노 유미는 범인이 아니라 피해자잖아……."

"아뇨, 아가씨. 간노 유미는 피해자임과 동시에 범인이기도 합니다. 어젯밤, 간노 유미는 마쓰바라 히사코를 공범으로 삼아 알리바이 공작을 꾀하고, 자신을 버린 증오스런 남자인 에자키 다테오에게 몰래 복수의 칼날을 겨누려고 했던 것입니다. 그렇지만……."

가게야마는 한 번 숨을 두고, 불쌍하다는 어조로 추리의 결말을
고했다.

"그렇지만 간노 유미는 에자키 다테오의 역습으로 살해되고 말
았던 것입니다."

7

"이번 사건은 전형적인 과실치사 사건입니다. 다만 몇 가지 우연
과 착각이 겹쳐졌기 때문에 이야기가 조금 복잡해졌습니다……."

그렇게 말하며 가게야마는 이번 사건에 대해서 순서를 따라 이야
기하기 시작했다.

"어제 오후 일곱시 반경, 마쓰바라 히사코가 간노 유미의 모습을
목격했다고 이야기한 그 시각, 실제로 간노 유미는 다치카와의 곤
도 빌딩 삼층이나 사층에 있었겠지요. 그곳에 휴대전화 문자 같은
것으로 불려나온 에자키 다테오가 나타납니다. 간노 유미는 칼을
들고 달려들었지만 상대는 완력이 좋은 남성입니다. 그 결과, 간노
유미는 흉기를 빼앗기고 오히려 에자키의 손에 의해 찔려 죽고 말
았습니다. 우발적으로 살인을 저지른 에자키는 일단 현장에서 달아
났습니다."

"흉기와 휴대전화는 그 남자가 가지고 갔구나. 그리고 그 남자는

어떡한 거야?"

"십 분 정도 지난 일곱시 사십분, 에자키는 찻집 루팡에 나타납니다. 그리고 커피를 마시면서 아홉시 반까지 두 시간을 그곳에서 보냅니다. 이 점은 에자키 본인이나 수염 난 찻집 주인이 증언한 대로입니다. 에자키는 이 찻집에서 아마도 이후의 처신에 대해 생각했겠죠. 간노 유미를 죽이고 말았다. 그러나 처음에 칼을 휘두른 것은 저쪽입니다. 정당방위가 성립할 케이스인지도 모릅니다. 그러나 설령 법적으로 무죄라도 실제로 사람을 죽였다는 사실은 큰 문제입니다. 중역의 딸과 결혼해서 앞으로 출세가도를 걸어가려던 에자키에게, 이건 아마도 큰 타격일 겁니다. 아니, 결혼 이야기 자체가 백지가 될 공산이 크겠죠. 숙고한 끝에, 그는 사실을 밝히지 않기로 마음먹습니다. 그렇지만 침묵하는 것만으로는 부족합니다. 에자키와 간노 유미의 관계는 머지않아 경찰이 알게 됩니다. 경찰이 에자키를 의심의 눈초리로 보는 것은 피할 수 없습니다. 거기서 에자키는 그것에 대한 방위책을 생각합니다."

"그게 가짜 알리바이였구나."

"네. 루팡에 있는 동안의 알리바이는 문제없습니다. 문제는 루팡에 오기 전, 가장 중요한 범행 시각인 오후 일곱시 반경의 알리바이가 없는 것이었습니다. 그래서 에자키는 루팡을 나와서 그 걸음으로 도모오카의 자취방으로 향했겠죠. 그리고 사정을 설명하고 나름대로의 보수를 제시하고서 도모오카의 협력을 받아냈습니다. 도모오카를 공범자로 선택한 것은 루팡의 근처에 사는 지인이라는 점이 컸겠죠. 두 사람은 상의한 끝에 가짜 알리바이를 날조합니다. 그것이 '회사에서 퇴근하던 길에 우연히 만나서 도모오카의 자취방으로'라는 그 시나리오입니다. 이로써 에자키는 회사를 나온 직후인 오후 여섯시경부터 루팡을 나서는 오후 아홉시 반까지 거의 빈틈없는 알리바이를 주장할 수 있게 됐습니다. 그 남자는 그 시나리오를 몇 번이나 반복해서 머릿속에 입력했겠죠."

"만반의 준비를 갖춰두고 경찰이 조사하러 오기만을 기다렸다는 거구나."

"그리고 이야기는 오늘로 이어집니다. 이른 아침에 간노 유미의 시체가 발견되고 수사가 시작됩니다. 와카바 연립에 사는 여대생, 도다 나쓰키의 증언으로 금방 에자키 다테오의 이름이 용의자로 떠오릅니다. 그리고 아가씨와 가자마쓰리 경부는 같은 연립의 일층에 사는 아주머니인 마쓰바라 히사코의 방을 방문합니다만, 문제는 이 장면입니다. 여기서 양자 사이에 기묘한 착각이 발생했습니다만, 아가씨는 깨닫지 못하셨습니다."

"무, 무슨 소리야. 착각이라니?!"

"아가씨는 말씀하셨지요. 마쓰바라 히사코는 '이제 막 잠에서 깨서 당황하며 현관에 모습을 보인 듯한 분위기'로 '술 냄새'를 풍기고 있었다고. 요컨대 그 여자는 술을 마시고 낮까지 자고 있었던 것입니다. 토요일은 파트타임 일이 비어 있던 거겠죠. 그런 상태에서 손님이 와서 당황하며 현관으로 나와 보니 상대는 형사였다. 거기서 형사가 말합니다. '간노 유미 씨에 대해서 물어보고 싶습니다만.' 그 여자는 조금 생각하고 상황을 이해합니다. 아니, 이해했다고 생각합니다. 그리고 그 여자는 묻지도 않은 대답을 합니다. '그 여자라면 어제 저녁에도 봤어요.'"

"아, 그렇구나! 마쓰바라 히사코는 형사가 찾아온 목적을 착각했구나."

"그렇습니다. 형사들은 '누군가에게 살해된 피해자'인 간노 유미에 대해서 물었습니다. 그렇지만 마쓰바라 히사코는 그렇게 생각하지 않습니다. 그 여자는 아직 간노 유미가 살해된 것을 모르니까요. 그래서 그 여자는 형사들이 '에자키 다테오 살해 의혹을 받는 용의자'인 간노 유미에 대해서 물어보러 왔다고만 생각한 것입니다. 거기서 그 여자는 당초의 계획대로 간노 유미의 결백을 증명할 가짜 알리바이를 말해버렸던 것입니다."

"당사자가 죽어버린 이상, 전혀 의미가 없는 가짜 알리바이네."

"네. 그렇습니다만 마쓰바라 히사코는 그것을 깨닫지 못합니다. 그 여자는 간노 유미가 살해된 사실을 가자마쓰리 경부의 입으로 듣고, 그때야 비로소 자신의 착각을 깨달았겠죠. 그렇지만 이미 때가 늦어서, 그녀는 가짜 알리바이를 말하고 난 뒤였습니다. 이제 와서 거짓말을 했다고는 말할 수 없습니다. 무서워진 그녀는 간노 유미와 자신이 관계없다는 점을 강조하고 형사들과의 대화를 끝냈던 것입니다."

"나하고 경부는 그런 그 여자의 거짓 증언을 덥석 물었지. 고쿠 분지에서 다치카와까지 이동에 걸리는 시간을 확인하고, 범행이 있었던 시각을 오후 일곱시 사십오분부터 아홉시까지로 도출했어."

"그리고 무대는 에자키 다테오의 아파트로 옮겨갑니다. 가자마쓰리 경부가 에자키에게 어젯밤의 알리바이를 물었습니다. 에자키는 도모오카 히로키와 만들어낸 그 가짜 알리바이를 이 타이밍이라는 듯이 이야기합니다. 그렇지만 그것은 쓸데없는 짓이었습니다. 이 의미는 아시겠죠? 그렇습니다. 애초에 가짜 알리바이는 필요하지 않았던 것입니다. 에자키의 알리바이는 그가 이젯밤 일곱시 사십분부터 아홉시 반까지 루팡에 있었다는 그 사실만으로 충분히 성립되었던 것입니다."

"우리가 일곱시 사십오분부터 아홉시까지, 라는 잘못된 범행 시각을 믿고 있었으니까."

"네. 하지만 에자키는 자신도 모르는 사이에 자신에게 완벽한 알리바이가 성립되었다고는 꿈에도 생각하지 못합니다. 그래서 에자키는 머리에 입력해둔 가짜 알리바이를 필사적으로 이야기합니다. 그는 여전히 가짜 알리바이 시간대가 중요하다고 생각하고 있었으니까요. 덕분에 그의 증언은 전반 부분에 너무 쏠려서 전체적으로 밸런스가 안 맞게 되고 말았습니다. 그 부분에서 그의 책략에 약간의 빈틈이 생기게 된 것입니다."

가게야마의 이야기는 일단락되었다. 레이코는 한숨을 내쉬고 글라스의 와인으로 목을 축였다.

"그야말로 책사가 책략에 빠진 꼴이네. 그러고 보니 에자키는 자기 알리바이가 성립했다는 걸 알았을 때 기쁜 듯 당혹스러운 듯한 기묘한 표정을 지었지. 그건 알리바이가 성립한 것은 기쁘지만 자기 생각과는 다른 방법으로 성립했기 때문이었구나."

"그렇습니다. 그 남자는 그때야 비로소 자기가 쓸데없는 가짜 알리바이를 이야기했음을 깨닫고 내심 후회하고 있었겠죠. 그런데, 아가씨."

"왜 그래?"

소파에 앉으며 레이코는 가게야마를 바라보았다.

"와인을 마시고 계시는 듯합니다만, 그래도 괜찮으시겠습니까?"

"그러네."

와인글라스를 한 손에 든 레이코는 썩 좋은 기분이 되어 말했다.

"아무래도 사건의 수수께끼도 풀렸으니, 차라리 성대하게 돔 페리뇽이라도 딸까? 당신도 마실래?"

"아뇨, 그런 의미가 아니라."

가게야마는 갑자기 레이코 옆에 앉더니 극히 정중한 말투로 그녀에게 말을 걸었다.

"실례입니다만, 아가씨. 조금 전부터 태평스럽게 소파에 앉아 비싼 와인이나 벌컥벌컥 들이키며 이걸로 하나 끝냈다는 얼굴을 하고 계시는데, 정말로 그래도 괜찮으시겠습니까?"

탕! 하고 테이블에 글라스를 놓고 레이코는 사납게 일어서서 아가씨로서의 위엄을 보이려는 듯이 외쳤다.

"가게야마, 다시 한 번 말해봐!"

"천하태평하게 소파에 앉아서 비싼 와인이나 벌컥벌……."

"두 번 말하지 않아도 돼! 아니, 그런 건 한 번도 말하지 말란 말이야!"

레이코는 분노와 곤혹과 굴욕, 그리고 약간의 불안을 느끼면서 가게야마에게 물었다.

"대체 무슨 소리야? 소파에 앉아 쉬면서 술 좀 마시면 안 돼? 사건은 해결되었잖아?"

"아뇨, 아가씨. 해결된 것은 이론상일 뿐입니다. 현실의 사건은 지금 이러는 사이에도 움직이고 있습니다. 아직 모르시겠습니까?"

"뭐, 뭘 말이야? 모르겠어. 아직도 뭐가 일어난다는 거야?"

"잘 생각해주십시오."

가게야마는 평소 이상으로 진지한 얼굴로 말했다.

"마쓰바라 히사코입니다. 그 여자는 간노 유미가 에자키 다테오를 살해하려던 것을 알고 있었습니다. 알리바이 공범자이니까 당연합니다. 그리고 그 여자는 그 계획이 실패로 끝나고 간노 유미가 살해된 것을 오늘 알게 되었습니다. 그러면 간노 유미는 누구에게 죽임을 당했는가? 마쓰바라 히사코만은 그 답을 단번에 간파했을 것입니다. 간노 유미는 자기가 죽이려던 자의 역습으로 죽었다고."

"아!"

가게야마의 말이 맞다. 마쓰바라 히사코의 입장에서 보면 당연히 그런 결론을 내릴 수 있다. 특별한 추리력도, 관찰력도, 형사도, 집사도 필요없다.

"마쓰바라 히사코는 '에자키 다테오가 간노 유미를 죽였다'는 사실을 알고 있어."

"그리고 떠올려주십시오. 가자마쓰리 경부는 에자키의 알리바이를 심문할 때, 간노 유미의 생전 모습이 어젯밤 일곱시 반에 같은 연립에 사는 아주머니에게 목격되었다는 취지의 설명을 했습니다. 그리고 에자키만은 이 아주머니의 거짓말을 한순간에 간파했을 것입니다. 어젯밤 일곱시 반에 간노 유미가 고쿠분지에 없었던 것은 다치카와에서 그녀를 살해한 에자키 본인이 가장 잘 알고 있을 테니까요. 그러면 그 남자는 경찰을 향해 거짓 증언을 한 이 아주머니가 대체 누구라고 생각했을까요?"

"그렇구나! 가게야마가 추리한 것과 마찬가지네. 에자키는 그 아주머니가 간노 유미의 가짜 알리바이를 증명하는 공범자라는 걸 깨닫고 있어. 그렇다는 얘기는…… 아!"

레이코는 짧은 비명을 지르며 외치듯 말했다.

"그렇다는 얘기는 '그 아주머니는 '에자키 다테오가 간노 유미를 죽였다'는 사실을 알고 있다'라는 것을 에자키 다테오가 알고 있는 거구나! 아아, 복잡해!"

"복잡해도 그럴 가능성은 높다고 생각합니다."

그렇다면 에자키에게 마쓰바라 히사코는 아주 위험한 인물이란 이야기가 된다. 그녀의 증언 하나로 이 살인사건의 진상이 백일하에 드러나게 되는 것이다. 에자키가 이 상황을 묵묵히 받아들일 것이라고는 생각되지 않는다.

"응?! 하지만 에자키는 그 아주머니가 마쓰바라 히사코라는 것을 모르잖아……."

아니, 설령 그렇다고 해도 상관없다. 지금 와카바 연립에는 여대생과 아주머니밖에 살지 않으니까 표적을 착각할 리는 없다. 레이코의 몸에 긴장감이 퍼졌다.

"간신히 당신이 한 말의 의미를 이해했어. 확실히 태평스럽게 소파에 앉아 쉬면서 비싼 와인을 벌컥벌컥 마시며 이걸로 하나 끝냈다는 표정을 지을 상황은 아니네."

지금 이러는 동안에도 에자키 다테오는 마쓰바라 히사코의 입을 봉하기 위해 고쿠분지를 향하고 있을지도 모르는 것이다. 레이코는 옆에 대기하고 있는 충실한 시종에게 곧바로 명령을 내렸다.

"가게야마, 가장 빠른 차를 준비해! 페라리면 되겠어, 얼른!"

그렇게 이야기했을 때, 테이블 위에서 레이코의 휴대전화가 벨소리를 연주했다. 안 좋은 예감을 느끼면서 액정 화면을 들여다보니, 발신자는 가자마쓰리 경부. 레이코는 눈으로 가게야마를 제지하고 휴대전화를 귀에 댔다. 들려온 것은 전에 없이 긴박한 경부의 목소리였다.

"호쇼 형사인가? 나다. 큰일이 벌어졌어. 오늘 아침 사건과 관계된 일인데."

"네…… 어…… 네? 마쓰바라 히사코가…… 네…… 중상을 입고…… 경찰병원이군요…… 그렇습니까…… 바로 가겠습니다…… 그러면 조금 뒤에……."

레이코는 경부와의 짧은 통화를 마치고 휴대전화를 닫았다. 그리고 옆에서 대기하는 가게야마에게 새로운 지시를 내렸다.

"페라리는 됐어. 평소의 리무진으로 준비해줘."

"무슨 일입니까?"

가게야마는 미심쩍은 얼굴을 하며 물었다.

"가자마쓰리 경부님의 긴급 연락이 아닌지요?"

"맞아. 와카바 연립의 마쓰바라 히사코의 방에 강도가 들었대."

"에자키 다테오로군요. 그래서 마쓰바라 히사코는 중상을 입고 경찰병원에?"

어두운 표정을 짓는 가게야마에게 레이코는 웃음을 참으면서 사실을 말했다.

"아니, 병원에 실려간 건 에자키 다테오 쪽이야. 마쓰바라 히사코는 오늘 밤도 술을 마시고 있었거든. 마구잡이로 술병을 휘둘러서 칼을 든 에자키를 때려눕혔대."

술에 취한 아주머니는 최강이구나. 어이없어하는 레이코 앞에서 가게야마의 표정이 한순간 미소 짓듯 풀어졌다.

"에자키 다테오가 역습을 당한 것이로군요. 그것 정말 다행입니다."

두 번째 이야기

⋮

살인할 때는 모자를 잊지 마시길

1

때는 여름의 연장전 같은 더운 구월이 지나가고, 거리의 풍경에도 간신히 가을다운 분위기가 떠돌기 시작한 시월 중순의 오후. 거대 재벌 '호쇼 그룹' 총수의 딸, 네 글자로 요약하면 '부호영애(富豪令愛)'인 호쇼 레이코는 구니타치 시의 중심가를 방문했다.

붉은 미니 원피스를 차려입은 그 모습은 길을 걷는 뭇 남성들의 시선을 끌어모은다. 개중에는 만용을 부려서 말을 걸려고 생각하는 자도 있다. 그러나 영애의 등 뒤에 그림자처럼 자리하는 다크 수트를 입은 남성의 존재가 그들의 접근을 허락하지 않았다.

차에 타면 운전수, 거리를 걸으면 보디가드, 쇼핑할 때는 짐을 드는 것부터 영수증까지 처리해주는 그는 호쇼 가의 집사, 가게야마다.

레이코와 가게야마는 다이가쿠 길의 좁은 골목 한 곳에 위치한 어느 점포에 도착했다. 덩굴이 얽힌 낡은 외관. 중후한 나무 문. 내걸린 놋쇠 간판에는 'CLOCHE'라고 적혀 있다.

그 유려하면서도 읽기 힘든 장식 문자를 가리키면서 레이코는 의기양양하게 주석을 달았다.

"클로슈…… 프랑스어로 '종(鐘)'이라는 의미야."

그리고 그녀는 옆에 대기한 집사를 향해서 장난치는 여자아이처럼 미소를 지었다.

"여기는 종을 파는 가게야. 멋지지?"

가게야마는 표정을 바꾸지 않은 채로 은색 안경을 손끝으로 밀어 올리며 말했다.

"모자 가게로군요. 클로슈에는 '종 같은 형태의 모자'라는 의미도 있습니다. 애초에 아가씨가 오래간만의 휴일을 종을 구입하는 데 소비하실 리가 없습니다."

"뭐, 그건 그렇지만."

머쓱해진 레이코는 무뚝뚝한 집사에게 삿대질을 하며 항의했다.

"당신 말이지, 내가 농담을 했으니까 조금은 '빵 터지네요~' 하고 반응해주면 어디 덧나? 어쩐지 내 농담이 전혀 안 먹히는 것 같잖아."

"아뇨, 결코 그럴 생각은 아니었습니다. 하지만 '빵 터지네요~'는 좀…….."

난처한 얼굴의 가게야마를 곁눈으로 보면서, 레이코는 마음속으로 기분을 추스렸다. 그런 레이코가 '클로슈'의 문 앞에 서자, 가게야마가 기민한 동작으로 무거운 문을 열었다.

한 걸음 가게 안으로 발을 들이자 다른 세상이 펼쳐졌다. 차분한 분위기의 간접조명을 받고 있는 가게 안은 다양한 색과 형태의 모자들로 가득 차 있었다.

"와아, 레이코 씨!"

가게 안에서 레이코를 맞이한 것은 젊은 여성이었다.

하얀색 블라우스에 체크무늬 스커트, 하늘색 카디건이라는 소녀 같은 옷차림. 머리 위에 니트 베레모를 쓴 그녀는 이 가게 여주인의 외동딸 후지사키 미우다. 단골손님인 레이코와 이 가게의 2대째 주인인 미우는 자연스럽게 오래 알고 지낸 사이다.

그런 후지사키 미우는 달을 보며 뛰어오르는 토끼처럼 레이코 앞에서 폴짝폴짝 세 번을 뛰었다.

"와주셨군요! 최근에 전혀 얼굴을 못 봐서 걱정했어요. 일이 많이 바쁘신가요?"

"좀 그래. 요즘에는 쇼핑할 상황이 아니었어. 어쨌든 구니타치 주변에서 매월 한 건꼴로 살인사건이 일어나니까."

태연한 어조로 살벌한 이야기를 하는 레이코의 직업은 구니타치 경찰서의 현직 형사다.

귀한 집 아가씨가 가질 만한 직업은 아니다. 그러나 재벌의 딸이라는 정체를 감추고 일개 형사로 보내는 하루하루는 자극적이다. 직장에서 예쁘게 꾸미는 걸 즐길 수 없는 것이 불만이기는 하지만.

"오늘은 느긋하게 계시다 가세요, 레이코 씨. 그런데 이쪽 분은?"

미우가 가게야마의 모습을 신기한 듯 올려다보았다. 그러고 보니 미우와 가게야마는 첫 대면이었다. 레이코는 둘을 소개시켜주고, 미우와 가게야마는 이마를 서로 부딪칠 만한 거리에서 엉거주춤 인사를 나누었다.

그리고 미우는 좋은 아이디어가 떠올랐다는 듯이 가게 입구로 달려가더니 문에 걸려 있던 'OPEN'이란 표찰을 뒤집었다. '클로슈'는 한순간에 클로즈드, 'CLOSED'로 변했다. 아직 낮인데도 임시 휴업이 된 것이다.

"꼭 그럴 것은 없는데. 어쩐지 미안하네."

"괜찮아요, 괜찮아요." 미우는 손바닥을 휘휘 저으며 말했다. "어차피 어머니는 쇼핑을 한다면서 가게를 비웠고, 게다가 뭐니 뭐니 해도 레이코 씨는 우리 가게에서 최고의 호구…… 아니, 최고의 고객이니까요!"

"응?!"

지금 여기에 없는 맹수의 입에 대한 얘기가 나온 것 같은 기분이…… 레이코가 의혹의 시선을 보내자 모자 가겟집 딸은 크게 당황하며, "어, 어쨌든!"이라고 침묵을 메우듯이 말을 이었다.

"레이코 씨에게 보여드리고 싶은 모자가 많이 있어요. 다가오는 계절에 딱 어울리는 멋진 것들뿐이에요."

얼른 가져올게요! 그런 말을 남기고 미우는 가게 안으로 모습을 감췄다.

"도망쳤구나, 후지사키 미우."

돌아오면 조금 전의 '호구' 발언의 진의를 물어봐야겠네. 레이코는 그렇게 단단히 마음먹었지만, 그런 그녀의 분노도 오래 가지는 못했다. 미우가 가지고 온 모자들이 곧바로 아가씨의 쇼핑 중추신경을 자극했기 때문이다.

가게 구석에 있는 응접세트. 골동품 같은 전기스탠드의 조명을 받은 널찍한 테이블. 그곳에 쭉 전시되어 있는 것은 클래식하고 엘레강스한 것부터 최신 유행의 캐주얼한 스타일까지 다양한 종류의 모자들이었다. 소파에 앉은 레이코는 숨을 내쉬면서, "아아, 그냥 호구 취급을 받아도 괜찮을지도 몰라"라고 중얼거릴 정도로 눈앞의 광경에 마음을 빼앗기고 말았다.

그런 레이코의 모습에 위험을 느꼈는지, 가게야마가 그녀의 귓가에 주의를 촉구했다.

"괜찮으십니까, 아가씨."

"뭐, 뭐야, 걱정은 필요 없다니깐."

레이코는 소파 위에서 고개를 붕붕 저었다.

레이코는 모자를 몹시 좋아한다. 모자만큼 여성의 마음을 즐겁게 하는 것은 없다, 라는 생각까지 하고 있다. 보석이나 모피나 핸드백도 매력적이지만, 그것들은 의외로 일상적인 장식품에 지나지 않는다. 백로의 깃털이 붙은 캐플린, 진홍색 장미로 장식된 클로슈, 핑크색 리본으로 장식한 카노티에. 그것들이 빚어내는 비일상성은 모자이기 때문에 가능한 것이다. 혹은 쓸데없는 짓의 극한, 이라고 불러도 좋다. 어쨌든 이 나라에서는 깃털장식이 된 모자를 구입할 장소는 있어도 그걸 쓰고 외출할 장소는 거의 없다. 구니타치 경찰서에서 근무한다면 더욱 그렇다.

그래도 레이코는 모자를 산다. 왜냐? 레이코는 말한다.

그곳에 모자가 있으니까!

그런 이유로, 완전히 호구까지는 아니더라도 호랑이를 보고 정신줄을 놓아버린 순간의 지능 수준으로 떨어진 레이코는 눈앞의 미끼를 물듯이 모자 하나에 손을 뻗었다.

"이거, 멋지네!"

검은 레이스로 장식된 벨벳 해트를 머리에 얹고, 레이코는 옆에 선 가게야마에게 의견을 구했다.

"어때? 이거, 어울려?"

"훌륭합니다. 아주 잘 어울리십니다. 아가씨의 고귀한 인상이 돋보입니다."

"이것도 좋네."

파란 리본이 묶인 펠트제 클로슈를 쓰고 같은 질문을 했다.

"아주 잘 어울리십니다. 시크하면서도 화려한 분위기가 납니다."

"그러면 이쪽은?"

이번에는 인조모피로 만들어진 낙타색 베레모다.

"잘 어울리십니다. 아주 캐주얼하고 귀여운 인상으로……."

"이건?" 리본 플라워로 장식된 펠트제 캐플린.

"네, 어울리십니다."

"이건?" 검은 가죽 카스케트.

"어울립니다."

"이건?" 타탄체크의 셜록 모자.

"어울립니다."

"그러면 이건?" 표백하지 않은 마로 만들어진 전등갓.

"네, 잘 어울리고말고요."

"……."

"……."

지나칠 정도로 긴 침묵 뒤에, 레이코는 결정했다.

"이거, 살게. 얼마야?"

레이코가 내민 전등갓을 앞에 놓고, 미우는 몹시 난처한 표정을 지었다.

"저기, 레이코 씨. 이거 파는 물건이 아니에요. 그렇다기보다 이건 모자도 아니고요."

"알아. 하지만 우리 집사는 내 머리에 이것이…… 전등갓이 어울린다고 하고 있어. 즉 내 머리는 백열전구란 얘기지."

"어흠!"

일부러 헛기침을 크게 하고서 가게야마는 필사적으로 해명을 시도했다.

"저기, 아가씨. 그…… 제가 말씀 드리고 싶었던 것은…… 아니, 아무것도 아닙니다."

천하의 가게야마도 이번만큼은 아무런 변명도 떠오르지 않았던 것 같다.

부디 용서해주십시오, 하고 고개를 숙이는 집사에게 레이코는 너

그러운 태도로 "뭐, 좋아"라고 용서해주었다.

"그런 것보다……."

레이코는 전등갓을 전기스탠드에 돌려놓고, 진지한 시선을 미우에게로 향했다.

"실은 오늘은 모자를 사기 위해서 온 것이 아니야. 지금 내가 맡고 있는 사건에 대해서 미우의 의견을 듣고 싶어서 찾아왔어. 협조해줄 수 있을까?"

"네, 그건 상관없지만 제가 힘이 될 수 있을까요?"

"물론이지. 그 사건에는 모자가 깊이 관여되어 있어. 잠깐, 지금 자세한 이야기를 해줄게. 다행히 여기에는 우리 말고는 아무도 없으니까."

그렇게 말한 뒤에 레이코는 지금 간신히 그 존재를 깨달은 듯한 태도로, "으음, 가게야마. 당신은 듣지 않아도 돼. 나는 당신과 상의하고 있는 게 아니니까. 그렇다고 해도 자연스럽게 듣게 되는 것은 어쩔 수 없지만"이라고 선심 쓰는 말했다.

"네, 아가씨."

가게야마는 모든 것을 이해했다는 듯이 엄숙히 대답했다.

"그러면 두 분께서 말씀 나누시길. 저는 여기서 별 생각 없이 듣고 있겠습니다."

그런 집사의 모습을 곁눈으로 확인하고, 레이코는 기묘한 사건을 상세히 이야기하기 시작했다.

2

그것은 2주 정도 전인 시월 삼일, 토요일 오전의 일이다. 구니타치 시의 남쪽, 난부(南武)선 야호 역에서 걸어서 수 분 거리에 있는 낡은 건물 안에서 젊은 여성의 변사체가 발견되었다.

호쇼 레이코는 신고를 받고 곧바로 현장으로 달려갔다.

일층 부분에 셔터가 내려진 그 이층 건물은 창고처럼 보이기도 했고 차고처럼 보이기도 했다. 그러나 잠시 관찰해보니 그곳은 차고도 창고도 아니었다. 부서진 간판에서는 '요네야마 자동차 공장'이란 글자를 읽어낼 수 있었고, 닫힌 셔터에는 더러워진 페인트로 '자동차 정비'란 글자가 적혀 있었다. 그 건물은 영업을 정지한 자동차 정비공장인 듯했다.

검은색 팬츠 수트에 검은테의 도수 없는 안경이라는 수수한 패션으로 무장한 레이코는, 순경의 안내를 받으며 폐공장 입구로 향했다. 닫힌 셔터 옆에 있는 입구는 부엌문처럼 작았다. 그것을 열고 안에 들어가자, 콘크리트와 철골이 사방을 둘러싼 삭막하고 텅 빈 공간이 나왔다. 예전에 그곳이 자동차 정비공장이라는 것을 나타내는 흔적은 한구석에 버려진 기계류의 잔해와 바닥에 밴 기름 냄새뿐이었다.

"여어, 좋은 아침이야, 아가씨."

귓가 바로 옆에서 그 목소리를 들은 레이코는 "히익!" 하고 외치며 자기도 모르게 몸을 돌려 상대의 얼굴에 오른손 훅을 날릴 뻔했다. 조금만 더 나갔으면 위험했을 것이다. 레이코는 주먹을 등 뒤로 감추며 "아, 경부님, 수고하십니다"라고 부끄러움을 감추는 듯한 미소를 지으며 인사했다.

가자마쓰리 경부는 레이코의 미소를 어떻게 해석했는지, 얼굴에 함박웃음을 지으면서 말했다.

"차고에 젊은 여성의 변사체인가. 살인사건의 예감이 드는군."

"경부님, 이곳은 차고가 아닙니다. 원래는 자동차 정비공장이었다고 합니다."

"그런가? 그러면 내가 섣불리 넘겨짚었군. 이 건물이 가자마쓰리 저택에 있는 차고와 많이 닮아서 무심코 그렇게 단정하고 말았어. 다만 우리집의 차고는 이것보다 두 배는 넓고 재규어가 세 대에 로터스가 두 대, 그리고 벤츠에 BMW, 볼보, 시트로엥……."

그렇게 무의식중에 자랑을 늘어놓는 가자마쓰리 경부는, 유명 자동차메이커 '가자마쓰리 모터스' 창업가의 아들이다. 세 글자로 요약하면 '도련님'이다. 그런 그의 이야기를 레이코는 태연히 흘려듣는다. 호쇼 저택의 차고는 그가 자랑하는 그것보다 확실히 세 배는 넓을 것이다. 사정이 있어서 재규어는 한 대도 없지만, 그건 제쳐두고…….

레이코와 경부는 철제 계단을 올라가서 이층으로 향했다. 거기서 두 사람이 본 것은 폐공장의 이층이라고는 생각할 수 없는 의외의 광경이었다.

바닥의 콘크리트가 드러나 있는 것은 일층과 똑같다. 그러나 그곳에 놓여 있는 것은 침대와 테이블 같은 가구들. 한구석에는 작은 부엌도 있다. 천장에는 호화로운 건지 지저분한 건지 구분할 수 없는 샹들리에 스타일의 조명기구가 달려 있다. 작지만 일단 창문도 있다. 커튼의 색도 핑크색이라 이 통일감 없는 국적불명 분위기의 방이 여성의 방인 듯하다고 간신히 상상할 수 있었다.

"폐공장 이층이 주거 공간으로 개조되어 있군. 꽤나 멋진 방인걸."

그러나 그 멋진 공간에 넘쳐나는 것은, 험상궂은 경찰 관계자들뿐이다. 감식과가 눌러대는 카메라에서 플래시가 번쩍이고, 제복 경관이 이리저리 오가는 혼돈으로 가득 찬 실내. 그런 가운데에 레이코 일행이 안내받은 곳은 화장실 근처에 있는 또 하나의 작은 방. 즉 욕실이었다. 아니, 정확히는 목욕탕이라고 해야 할까.

그곳은 일반 가정에서 볼 수 있는 욕실과는 상당히 다른, 특수한 공간이었다. 눈에 띄는 것은 타일이 붙은 바닥 중앙에 놓인 타원형의 하얀 욕조. 그것도 단순한 욕조가 아니었다. 장식성이 강한 고양이발 형태의 다리가 달린 서양식 욕조였다. 알기 쉽게 말하자면 영화 속 마릴린 먼로나 브리짓 바르도가 거품 속에서 섹시하고 미끈하게 빠진 다리를 드러내 보이는 장면에 주로 등장하던 그 욕조 말이다. 레이코는 이런 고양이발 모양의 다리가 달린 욕조를 왕년의 헐리우드 영화 속, 혹은 자택의 욕실에서밖에 본 적이 없다.

욕조에 물을 채우기 위한 수도꼭지는 화려한 금색. 욕조 바닥에 있는 배수구를 막은 고무마개는 검지만, 그것을 연결하는 체인은 역시 금색이다. 샤워 헤드는 어째서인지 고개를 쳐든 코브라를 본

뜬 형태다. 이것은 조금 악취미다.

그런 욕실의 욕조 안에 전라의 젊은 여성이 물에 빠진 채로 죽어 있었다.

"흠, 명백히 입욕 중에 사망한 것 같은데……. 이 여성의 신원은?"

먼저 도착했던 형사 중 한 명이 경부의 질문에 대답했다.

"사망인 신원은 가미오카 미키, 이십육세. 이 방에 살던 사람입니다. 시체를 발견했던 사람은 구보 사나에라는 동년배 여성으로 가미오카 미키의 친구라고 합니다."

알았다, 라고 경부는 고개를 끄덕이고 욕조로 눈길을 주었다. 그러나 그의 시선은 한순간 시체 위로 던져졌을 뿐, 곧바로 천장을 향했다. 그리고 다시 시체 위로 돌아왔나 싶더니 이번에는 벽으로. 세 번째는 시체로 향하다가 이번에는 바닥으로. 경부의 시선은 좁은 공간을 이리저리 방황했다.

"왜 그러시나요, 경부님?"

수상한 거동을 보이는 상사에게 레이코는 솔직하게 물었다.

"아니, 그게." 경부는 콧등을 긁으면서 말했다. "여자의 나체를 빤히 바라보는 행위란 아무래도…… 특히 자네 같은 여자 앞에서 그러는 건 더욱 부담스러워서……."

"무슨 소릴 하는 겁니까, 경부님!"

레이코는 어이가 없어서 외쳤다.

"이상한 배려는 하지 마세요. 애초에 시체를 흘끗 봐서 무슨 수사를 한다는 겁니까. 괜찮다고요, 뚫어져라 쳐다봐도!"

"아니, 뚫어져라 쳐다보라니……."

레이코의 말에 경부는 당황했지만, 금방 마음을 추스른 듯 말했다.

"잘 알았어. 그러면 그렇게 하지. 이상한 남자라고 생각하지 말라고, 호쇼 형사."

"생각 안 해요!"

그렇다기보다 이미 꽤 오래전부터 이상한 남자라고 생각하고 있었다고요!

레이코의 말에 등을 떠밀리면서 경부는 간신히 전라의 시체에 얼굴을 가까이 했다. 레이코도 마찬가지로 그의 등 뒤에서 다시 시체의 상태를 관찰했다.

가미오카 미키는 욕조 가장자리에 등을 기대고 다리를 앞으로 뻗은 자세로 죽어 있었다. 이목구비가 단정한 얼굴은, 화장기가 없는데도 화려한 인상을 준다. 어깨까지 늘어진 머리카락은 아름다운 갈색으로 염색되어 있다. 드러난 가슴은 보기 좋은 반구형이다. 그러나 눈으로 보이는 범위에서는 그 하얀 피부에 외상다운 외상은 보이지 않는다. 칼에 찔려서 피를 흘린 곳도 없고, 머리를 얻어맞은 흔적도 없다. 목이 졸린 것도 아닌 듯했다.

"이 여자, 왜 죽었는지 잘 모르겠군. 혹시 자연사 아닌가?"

확실히 겉으로만 보기에는, 가미오카 미키는 그냥 목욕 도중에 죽은 듯 보였다.

다만 그녀의 하반신 상태를 분석하는 것은 현재로선 불가능했다.

왜냐하면 유백색의 반투명 물, 그리고 그 표면에 떠 있는 거품이 시체의 하반신을 완전히 가리고 있었기 때문이다.

유백색 물과 거품의 정체는 입욕제인 듯했다. 실제로 비누나 샴푸가 들어간 작은 상자 안에는 입욕제 봉지가 있었다. 그걸 확인한 경부는 등을 펴며 중얼거렸다.

"내가 사용하는 것과 같군……."

"입욕제 말인가요?"

"아니, 이 욕조. 내 욕실에 있는 것하고 똑같아."

레이코는 고양이발 형태의 하얀 욕조 안에서 거품 목욕을 하며 섹시 포즈를 취하는 가자마쓰리 경부의 모습을 상상하고 구역질을 했다. 왜 쓸데없는 정보를 흘리는 거야, 이 양반!

그런 부하의 마음을 알 리 없는 가자마쓰리 경부는 하얀 욕조에 등을 돌리고 말했다.

"우선 첫 발견자인 구보 사나에의 이야기를 들어보자고."

레이코와 가자마쓰리 경부는 이층의 소란을 피해서, 일층 입구 근처에서 구보 사나에와 대면했다.

긴장한 표정으로 형사들 앞에 나타난 구보 사나에는 회색 파카에 청바지 차림이었다. 쇼트커트가 어울리는 활달해 보이는 여성이었다. 죽은 가미오카 미키와는 같은 대학에 다닌 사이로, 졸업 후에는 같은 노래 주점에서 아르바이트를 하고 있었다고 했다. 그런 그녀는 시체를 발견한 경위를 묻자 막힘없이 이렇게 대답했다.

"오늘은 저하고 미키 둘 다 아르바이트를 쉬는 날이라서 같이 놀러가기로 했어요. 제가 미키의 집에 데리러 오기로 약속하고요. 그래서 오전 열시에 오토바이를 타고 이 집에 도착했죠."

레이코는 폐공장 앞에 한 대의 오토바이가 주차되어 있던 것을 떠올렸다. 그건 구보 사나에의 오토바이였던 모양이다.

"문이 열려 있었어요. 건물 안에 들어간 저는 이층을 향해 큰 소리로 미키의 이름을 불렀죠. 그런데 몇 번을 불러도 대답이 없더라고요. 아직 자고 있는 건가, 하고 이층 계단으로 올라갔어요. 하지만 침대가 텅 비어 있었어요. 방에 인기척도 없고. 이상하다고 생각해서 둘러보니 욕실 문이 반쯤 열려 있고, 안에서 불빛이 새어나왔어요. 샤워라도 하고 있나보다 생각해서 문틈으로 안을 들여다봤죠. 그랬더니 욕조 안에서 이렇게, 여자의 다리가 쑥 하고 나와 있었어요. 처음엔 미키 녀석이 장난치는 거라고 생각했는데, 어쩐지 느낌이 이상해서 안에 들어갔죠. 그랬더니…… 욕조의 물속에 미키가 가라앉아 있고……."

"욕조의 물속에 가라앉아 있었다?!"

팔짱을 끼고 듣고 있던 가자마쓰리 경부가 고개를 들었다.

"잠깐만요. 가미오카 미키 씨는 욕조 안에서 어떤 자세를 취하고 있었습니까?"

"그러니까 이렇게…… 상반신이 완전히 물속에 잠겨 있고, 다리가 욕조 밖으로 뻗어 나와 있는 모습이었어요. 저는 깜짝 놀라서 미키의 윗몸을 두 팔로 들어 올려서 미키의 얼굴이 물 밖으로 나오도록 자세를 바꿔줬죠. 하지만 소용없었어요. 이미 미키는 숨이 끊어져 있었어요."

"그러면 우리가 본 그 피해자는 당신이 움직인 뒤의 상태로군요. 발견했을 시점에서는 가미오카 미키 씨의 얼굴은 물속에 가라앉아 있었다……. 즉 그 사람은 익사해 있었다는 얘깁니까?"

"네, 그렇게 보였죠. 가끔씩 있잖아요, 목욕하다가 익사하는 경우."

"확실히 그렇죠. 술에 취했거나 졸거나 몸 상태가 갑자기 안 좋아진 경우 등, 다양한 경우를 생각할 수 있습니다. 뭔가 마음에 짚이는 점은 없습니까? 가미오카 씨가 욕실에서 익사할 만한 가능성에 대해서."

"글쎄요, 모르겠네요. 미키 녀석, 술은 좋아했지만 수영은 잘했을 텐데……."

"아뇨, 수영을 잘하고 못하고는 이 경우엔 관계없습니다."

가자마쓰리 경부는 구보 사나에의 엇나간 말에 딴죽을 걸고서, 곧바로 다른 질문으로 넘어갔다.

"피해자를 발견했을 당시에 뭔가 눈에 띈 것은 없었습니까? 가미오카 씨의 상태라든가 욕실의 상태 등, 뭐든지 좋습니다."

그러자 구보 사나에는 조금 생각한 뒤에 고개를 들었다.

"미키가 죽은 것하고 관계가 있는지 어떤지는 모르지만, 미키의 몸을 물속에서 끌어 올리려고 했을 때, 좀 이상하다고 생각했어요. 물의 양이 조금 적은 게 아닐까 하고."

"물의 양이라고 하면 욕조 안에 남아 있는 물이군요."

납득이 가지 않는다는 표정으로 경부는 옆에 있는 부하에게 확인 했다. "그랬던가, 호쇼 형사?"

레이코는 안경 가장자리에 손가락을 대는 몸짓을 하며 욕실의 상태를 돌이켜보았다.

"듣고 보니 남아 있는 물의 양이 꽤 적었던 기분이 듭니다. 시체의 가슴이 완전히 노출될 정도의 수위였으니까요. 그래서는 목욕 중에 감기에 걸릴지도 모르죠."

"그렇군. 하지만 반신욕이라는 입욕법도 있다고. 게다가 물의 양이 적다고 해서 익사 위험이 줄어드는 것은 아니야. 뭐, 신경 쓰이는 이야기지만 사건하고는 관계없겠군."

간단히 단언하는 가자마쓰리 경부를 보고서 레이코는 경계심을 키웠다. 과거의 경험으로 미루어 보아, 이 경부가 중요시하는 점은 중요하지 않고, 중요하지 않다고 잘라 말하는 점이 사건 해결의 열쇠를 쥐고 있던 경우가 많았기 때문이다. 다만 가미오카 미키가 단순히 사고를 당한 것이라면 해결의 열쇠를 찾는 것 자체가 애초에 필요 없지만.

구보 사나에는 뭔가를 기대하듯이 가자마쓰리에게 물었다.

"미키가 죽은 건 그냥 불행한 사고? 그렇죠, 형사님?"

"아뇨, 단정하기에는 이릅니다. 실제 사인은 검시와 해부 결과를 기다려야만 합니다. 가령 익사가 틀림없다는 결과가 나온다고 해도 그 사람이 누군가의 힘에 의해 억지로 욕조의 물속에 가라앉아 있었을 가능성은 남습니다. 그 경우에는 살인이 됩니다."

"살인이라니, 설마……."

"있을 수 없는 얘기는 아닙니다. 예를 들면 이 집에 강도가 들었다면? 폐공장을 개조한 이 주거 공간은 방범상으로는 상당히 부실한 구조입니다. 보세요."

그렇게 말하며 경부는 일층 입구의 문손잡이 부근을 가리켰다.

"입구의 열쇠는 특수한 것도 아니고, 체인 록도 붙어 있지 않습니다. 어떻게든 열쇠만 복제하면 간단히 침입할 수 있겠죠. 범인은 열쇠를 사용해서 입구로 당당히 침입했고, 이층에서 목욕 중인 가미오카 씨를 욕조에 빠뜨려서 살해한 뒤에 금품을 빼앗아 달아났습니다. 그런 시나리오를 생각할 수 없는 것은 아닙니다. 그렇지!"

가자마쓰리 경부는 갑자기 손뼉을 치며, 자신이 떠올린 것을 말했다.

"당신은 다시 한 번 이층의 집 안을 살펴봐주세요. 뭔가 사라진 것이 없는지 체크해주셨으면 합니다. 물론 아는 범위에서만 이야기해도 상관없습니다."

그 정도는 쉬운 일이죠, 라고 말하며 구보 사나에는 경부의 제안을 받아들였다. 레이코와 경부는 재빨리 구보 사나에를 데리고 폐공장 이층 계단을 다시 올라갔다. 구보 사나에가 진지한 표정으로 가미오카 미키의 방을 훑어보는 동안, 그 옆에서 레이코도 그 특징적인 공간을 열심히 관찰했다.

창가에는 커다란 침대. 이불 위에는 가미오카 미키가 목욕 직전에 입었다고 여겨지는 옷가지가 흩어져 있다. 방의 중앙에는 앤티크한 테이블과 의자가 한 쌍. 테이블 위에는 잡지가 두 권. 모두 젊은 여성에게 인기 있는 패션 잡지다. 벽 쪽에는 낡은 목제 장식 선반. 장식으로 놓여 있는 것은 피규어나 봉제 인형들이다. 텔레비전이나 오디오류는 방구석에 한데 모여 배치되어 있다. 전화나 팩스는 보이지 않는다. 휴대전화가 있으면 충분하겠지. 그러고 보니 휴대전화는 어디 있지? 컴퓨터는 가지고 있지 않았을까?

그런 생각을 하는 레이코의 옆에서 가자마쓰리 경부가 구보 사나에에게 물었다.

"어떻습니까. 뭔가 평소와 다른 점은?"

"글쎄요, 잘 모르겠네요. 원래도 대충 이런 느낌이었다고 생각하는데."

그렇게 대답한 구보 사나에는 그 시선을 방 한구석에 있는 부엌으로 돌렸다.

싱크대 옆에 가스레인지와 작은 냉장고가 있었다. 간단한 요리 정도는 만들 수 있을 만한 설비가 갖춰진 공간이었다.

그러나 가미오카 미키가 식사를 매일 이곳에서 해 먹었다고는 도저히 생각할 수 없었다. 일단 외손잡이 냄비나 물을 끓이기 위한 주전자는 있지만, 그 이외의 조리기구가 하나도 보이지 않은 까닭이다. 그 대신에 냉장고 위에는 전자레인지가 떡 하니 자리 잡고 있었다.

"미키는 요리하는 타입이 아니었어요. 자기가 할 수 있는 요리는 라면 끓이는 것 정도라고 했어요. 그거 말고는 냉동식품을 전자레인지로 데우는 정도였다고 했고."

그녀의 말을 뒷받침하듯이 냉장고 안에는 냉동식품이 꽉 차 있었다. 한편 아래쪽 냉장실 문을 연 순간, 레이코는 자기도 모르게 놀라 외쳤다.

"경부님! 마요네즈하고 마가린밖에 없어요!"

그러나 다른 식재료가 몽땅 사라져버린 것이 아니었다. 구보 사나에의 설명에 따르면, 평소에도 냉장실에는 마요네즈와 마가린만 있고, 냉장고는 냉동식품을 오랫동안 보관하는, 그런 상자로 이용돼왔다고 한다. 요컨대 부엌의 상태는 평소와 다르지 않다. 그것이 구보 사나에의 견해였다.

"그 밖에는 화장실이나 욕실이죠. 그리고…… 응?! 이 문은 뭘까?"

양쪽으로 열리는 문을 열어보니, 그곳은 널찍한 옷장이었다. 사람이 안에 들어갈 수 있는, 이른바 '워크 인 클로젯'이라고 불리는 형태였다. 레이코가 발을 들이자, 가자마쓰리 경부도 흥미 있다는 듯 뒤를 이었다.

"호오, 꽤 많은 옷이 있군. 내 옷장 정도는 아니지만."

경부의 옷장 얘기에 전혀 흥미가 없는 레이코는 무시하고 계속 관찰했다. 실제로 옷의 양은 상당했다. 행거에 걸려 있는 셔츠나 스커트가 굵은 폴의 한쪽 끝부터 끝까지 빼곡하게 걸려 있다. 단순히 숫자가 많은 것뿐만이 아니다. 옷이 몇 점인가를 체크해보니 대다수가 젊은 여성에게 인기 있는 브랜드의 옷으로, 개중에는 10만 엔 이상 가는 고가의 옷도 있었다. 아무래도 가미오카 미키는 옷에 돈을 쓰는 타입 같았다.

그때, 레이코의 눈에 미스터리한 물체가 띄었다. 옷장 구석에 있는 세로로 긴 선반이었다. 컬러 박스 두 개를 세로로 이어붙인 듯한 형상으로, 전부 여덟 칸이었다. 기묘하게도 이 포화 상태인 옷장 안에서 이 선반만 텅 비어 있었다.

애초에 이 선반은 무엇을 넣기 위한 것이었을까. 가방이나 액세서리 선반은 따로 있는 것 같은데…….

그런데 그때 "어라?!" 하는 작은 외침이 들렸다. 돌아보니 어느샌가 레이코 등 뒤에 와 있던 구보 사나에가 레이코와 마찬가지로 텅 빈 선반을 응시하면서 멀뚱한 표정을 짓고 있었다.

"이상하네…… 여기에는 모자가……."

모자?! 레이코와 가자마쓰리 경부가 저도 모르게 서로 얼굴을 마주보았다. 그런 두 사람의 시선을 나란히 받으면서, 구보 사나에는 문제의 선반을 가리키며 외치듯 말했다.

"이상해요…… 이상해……. 이 선반에 있던 모자가 없어……. 미키는 모자를 아주 좋아해서, 이 선반 가득히 모자를 채워놓았는데. 그게 전부 없어졌어!"

3

가미오카 미키의 변사사건이 모자 도난사건이라는 기묘한 수수께끼를 끌고 나왔을 즈음, 레이코는 일단 이야기를 멈추고 모자 가겟집 딸을 바라보았다. '어떻게 생각해?'라고 시선으로 묻는 레이코에게, 후지사키 미우는 앳된 얼굴에 호기심 가득한 미소를 지으며 입을 열었다.

"그 가자마쓰리라는 분, 아주 매력적인 남성이네요. 레이코 씨, 나중에 꼭 그 경부님을 이 가게에 모셔와주세요."

"뭐어?!"

레이코는 미우의 반응에 아연실색했다.

"경부님이 마음에 들었어?!"

"물론이죠. 그도 그럴 것이, 허영심 많고 사려 깊지 못한 부잣집 아들이라니, 최고잖아요. 분명히 레이코 씨 이상 가는 절호의 호구가 되어줄 거예요!"

"아아, 그런 의미구나……."

다 상관없지만, 미우. 너 지금 확실히 호구라고…… 레이코 씨 이상 가는 호구라고, 그렇게 말했겠지! 레이코는 분노를 느끼면서도, 한편으로는 장사에 여념이 없는 미우의 모습에 혀를 내둘렀다. 이 여자애에게는 못 당하겠다. 말 그대로 모자를 벗어 경의를 표하고 싶은 심정이다.

"좋아. 가자마쓰리 경부라면 언제라도 소개해줄 테니까 마음껏 호구로 삼아. 그런 것보다⋯⋯." 레이코는 기억났다는 듯이 본론으로 돌아갔다. "그래, 모자야, 모자!"

"죽은 여자의 옷장에서 모자가 사라졌었죠. 그런데 모자 말고 없어진 건 없었나요?"

"좋은 질문이야, 미우. 실은 없어진 것은 그밖에도 있었어. 휴대전화하고 노트북 컴퓨터야. 틀림없이 누군가가 훔쳐간 거지. 자기에게 불리한 정보를 숨기기 위해서."

"그렇다는 얘기는, 그 여자의 죽음은 단순한 목욕 중의 사고가 아니라 살인사건이라는 말씀인가요?"

"그래 맞아. 검시와 해부 결과에 의하면 가미오카 미키가 욕조 속의 물을 마시고 익사한 것은 사실이래. 사망추정 시각은 새벽 한시 전후. 다만 불의의 사고는 아니야. 왜냐하면 시체의 다리, 특히 넓적다리 부근에 강한 힘으로 압박한 것으로 추정되는 멍이 남아 있었어. 아마도 누군가가 목욕 중이던 가미오카 미키의 다리를 잡고 억지로 들어 올린 거지. 욕조 안에서 가미오카 미키의 몸은 거꾸로 세워지고, 머리가 물속에 잠겼어. 그 여자는 그대로 저항도 하지 못하고 익사했지. 어느 정도 체력이 필요한 일이긴 하지만 누구라도 가능한 범죄야. 시간도 걸리지 않아. 하지만 그 살인과 모자의 도난이 어떻게 이어지는지, 그게 수수께끼야."

"경부님이 말한 것처럼 강도의 범행이라고 보는 건 안 될까요?"

"도둑맞은 것이 현금이나 귀금속이라면 강도 살인일 가능성도 있겠지만, 모자라면 좀⋯⋯. 모자를 훔치기 위해서 살인까지 하다니, 그런 비정상적인 모자 애호가가 있을 것 같아?"

"그것도 그러네요. 레이코 씨는 모자 애호가지만, 형사고……."

음, 그건 무슨 의미야? 형사가 아니라면 용의 대상이 되었을 거란 얘기야? 레이코가 가볍게 쏘아보자, 미우는 실언을 얼버무리듯이 '에헤헤' 하고 웃었다.

"참고로 도둑맞은 모자는 구체적으로 어떤 종류의 모자였나요?"

"으음, 그게 확실하지가 않아. 구보 사나에도 옷장 선반에 있는 모자를 가까이에서 잘 본 적은 없는 것 같아. 가미오카 미키의 방에 들렀을 때에 옷장 선반에 모자가 늘어서 있는 것을 몇 번인가 본 것뿐이래. 그래서 정확한 숫자나 종류는 모른다고 하더라고. 선반의 숫자로 보면 여덟 개 정도가 틀림없겠지만."

"그 모자들은 정말로 살인범이 훔쳐간 걸까요? 어쩌면 사건하고는 무관하게 그 여자가 처분한 건 아닐까요? 예를 들면 한꺼번에 중고로 팔아버렸다든가."

"확실히 그 가능성은 부정할 수 없지. 실제로 가자마쓰리 경부도 처음에는 '도둑맞은 모자가 살인사건의 수수께끼를 풀 열쇠다!'라고 땅땅거렸지만 최근에는 '모자? 이보게, 호쇼 형사. 아직도 그런 것에 현혹되고 있나……'라는 느낌이지."

"어쩐지 '미궁에 빠지기 직전' 같은 분위기네요, 이야기만 듣기로는."

"그래서 내가 이렇게 모자 전문가인 미우의 의견을 들으러 온 거잖아."

이건 물론 표면적인 구실이다. 실제로 레이코의 이야기 전부는 미우가 아니라 가게야마를 향해서 하고 있는 것이다. 그러나 그 가게야마는 시치미 떼는 얼굴로 레이코의 옆에 대기하고 있을 뿐이었다. 참기 힘들어진 레이코는 뜻하던 바는 아니지만 가게야마를 향해 슬쩍 말을 던져보았다.

"당신, 이제까지 내 이야기를 별 생각 없이 듣고 있었겠지. 그래서 좀 어때? 뭔가 신경 쓰이는 점 같은 건 없었어? 있었다면 말해봐."

그러자 집사는 망설임 없이 "그러면 두 가지만"이라고 대답하고 곧바로 질문으로 넘어갔다.

"우선 첫 번째. 피해자의 모자는 전부 없어졌습니까, 아니면 옷장 선반에 있던 모자만 없어졌습니까. 어느 쪽인지요?"

"전부는 아니야. 옷장 구석에는 다른 모자들이 남아 있었어. 골판지 박스에 들어간 상태로. 범인은 눈에 띄는 모자만을 훔쳐간 것 같아."

"그러면 남겨져 있던 모자의 종류와 특징은 아십니까?"

"지금 여기서 전부 이야기할 수 있는 건 아니지만."

그렇게 전제를 하고 레이코는 기억을 더듬었다.

"그렇지, 대부분이 캐주얼한 느낌의 모자였어. 와인레드색 벨벳 해트나 갈색 인조 모피로 만든 카스케트, 검은 가죽 캡, 하얀 펠트 베레모, 그리고 파란 데님 클로슈, 그리고⋯⋯."

"충분합니다, 아가씨."

레이코의 말을 막듯이 가게야마는 말했다.

"어, 괜찮아? 뭐야, 벌써 뭔가 알아낸 거야?"

레이코는 금방이라도 결론을 말해주길 원했지만, 가게야마는 "그러면 두 번째"라고 이야기를 넘겼다.

"피해자인 가미오카 미키는 대체 무엇으로 생계를 꾸리고 있었습니까? 이야기를 듣기로는 몹시 사치스럽다고 할 정도는 아니었어도 그 여자의 살림살이는 썩 괜찮았던 듯한 눈치입니다. 개장한 폐공장의 이층에서 살고, 고양이발 형태의 다리가 달린 욕조를 애용하고, 옷장 안에는 명품 브랜드의 옷이 가득. 덤으로 모자 컬렉션까지. 이만한 생활을 노래 주점 아르바이트만으로 꾸리고 있다고는 도저히 생각할 수 없습니다. 생각하건대, 가미오카 미키에게는 생활비를 원조해주는 남자가 있던 것은 아니었을까요?"

그렇구나, 가게야마는 변함없이 예리하다. 레이코는 그의 지적을 간단히 수긍했다.

"네가 본 대로야. 수사 결과, 가미오카 미키 주변에는 세 명의 남자가 있음이 드러났어. 그 여자의 사치스런 생활은 그들의 원조로 유지되고 있던 모양이야."

"주요 용의자로군요."

가게야마의 말에 레이코는 고개를 끄덕이고, 이번에는 그 세 명의 남성에 대해 이야기하기 시작했다.

4

호쇼 레이코와 가자마쓰리 경부는 사건 당일부터 사흘 사이에 세 명의 중요 인물을 차례로 방문했다.

우선은 사건 당일, 시월 삼일 토요일 오후, 형사들은 경찰차를 타고 무사시노(武野)선 신(新)고다이라 역 부근에 있는 신흥 주택지에 도착했다. 차에서 내린 레이코 일행의 눈앞에는 신축 단독주택이 있었다. 커다란 차고와 넓은 정원을 가진 꽤 넉넉한 살림이었다.

문패에는 '요네야마 쇼이치'라고 적혀 있었다.

요네야마 쇼이치는 자동차 정비와 수리를 하는 '요네야마 자동차공장'의 사장이다. 요컨대 살인 현장인 그 폐공장의 등기상 소유자다. 요네야마는 몇 년 전에 고다이라에 새 자동차 정비공장을 지었고, 그러면서 구니타치의 낡은 공장을 폐쇄했다고 했다.

"즉 요네야마는 폐쇄된 공장 이층에 젊은 불륜 상대를 살게 했던 거군. 사장의 특권으로."

"불륜 상대라고 단정할 근거는 없습니다, 경부님. 게다가 뭔가요, 사장 특권이라니?"

그러나 어쨌든 양자의 관계는 신경이 쓰인다. 그렇게 생각하면서 레이코는 대문의 초인종을 눌렀다.

현관에서 나타난 요네야마 쇼이치는 쉰 살 전후로 보이는 풍채 좋은 남자였다. 적은 머리숱에 검은테 안경. 햇볕에 그을린 피부에는 나이에 어울리는 주름이 새겨져 있다.

형사들이 찾아온 의도를 전하자, 그는 이미 그런 상황을 예상했다는 듯이 대답했다.

"사건에 대해서는 들었습니다. 슬슬 오실 거라고 생각했습니다."

그렇게 말하고서 요네야마는 형사들을 응접실로 들였다. 테이블을 사이에 두고 용의자와 마주한 경부는, "구니타치 경찰서의 가자마쓰리입니다"라고 과시를 하듯이 자기소개를 했다.

그 순간, 요네야마의 표정에 미묘한 변화가 생겨났다.

"가자마쓰리입니까. 드문 성이군요. 혹시 가자마쓰리 모터스의 관계자이십니까?"

"하하, 설마요. 자주 착각하곤 하더군요. 상속자가 아니냐고."

경부는 유쾌하게 웃어넘긴 뒤에, "하지만 만약 그렇다면?"이라고 일단 물어보았다.

"그렇다면 감사장을 드리고 싶군요. 어쨌든 우리 정비공장에 들어오는 고장 난 차 중에서 가자마쓰리 모터스 자동차의 숫자가 가장 많으니까요."

가자마쓰리 모터스는 고장이 잘 나는 차를 대량생산해서 정비공장의 수익에 지대한 공헌을 하고 있는 모양이다.

자기도 모르게 무릎을 치며 웃음을 터뜨릴 뻔한 레이코 옆에서, 경부의 단정한 얼굴이 점차 붉게 물들기 시작했다. 그러나 그의 분노가 한계에 달하기 직전, 다시 요네야마가 입을 열었다.

"아, 하지만 저는 개인적으로 가자마쓰리 모터스의 차를 좋아합니다. 실은 저도 한 대 가지고 있죠. 가끔씩 고장이 납니다. 하지만 그 부분이 참 좋죠…… 어라, 왜 그러십니까, 형사님?! 안색이 별로 안 좋아 보입니다만."

"아, 아뇨, 아무것도 아닙니다."

경부는 땀에 흠뻑 젖은 이마를 손수건으로 닦으면서, "감정을 어떻게 컨트롤해야 좋을지 몰라서요. 호쇼 형사, 뒤를 부탁하네"라고 말하고는 황급히 뒤로 물러났다.

"알겠습니다, 경부님."

레이코는 도수 없는 검은테 안경을 손가락으로 밀어 올리고, 질문의 화살을 날렸다.

"우선 요네야마 씨가 소유하신 구니타치의 폐공장, 그 이층에서 가미오카 미키 씨가 살게 된 경위를 말씀해주시겠습니까?"

"그 여자는 내가 옛날에 신세를 졌던 은인의 손녀입니다. 삼 년 정도 전 일인데, 그 애가 살고 있던 연립주택의 집주인과 문제가 생겨서 집에서 쫓겨났습니다. 몹시 곤란해하고 있어서 제가 우선 폐공장의 이층을 내주었습니다. 새 집을 찾을 때까지의 긴급 피난장소로서 말이죠. 그런데 그 애는 그곳에서 사는 게 마음에 들었다며 그대로 살게 되고 말았습니다."

"살기 편하도록 상당한 리모델링이 이루어졌더군요."

"그야 은인의 손녀이니까 나름대로 배려를 해야죠. 뭐, 그리 많은 비용이 나가지 않았습니다. 욕실도 화장실도 원래 있던 설비에 손을 좀 댄 것뿐입니다. 뭔가 의문스러운 점이라도?"

"아뇨, 가족 분들에게서 불만은 없었을까 해서. 예를 들면 부인이라든가."

"그 아이가 공장 이층에 살고 있는 건 가족 모두가 알고 있습니다. 집세도 꼬박꼬박 잘 내고 있었고요. 그게 설마 이렇게 되리라고는……."

요네야마 쇼이치는 안경 아래의 눈을 씀벅거리며 코를 훌쩍였다. 그게 진심에서 우러난 슬픔의 몸짓인지 슬퍼하는 연기인지, 레이코는 알 수 없었다. 만일을 위해서 새벽 한시 전후의 알리바이에 대해서 물어보았다.

"그 시간이라면 침대 위에서 푹 자고 있었을 겁니다. 침실은 부인과 따로 쓰니까 증인이 되어줄 사람은 없습니다만. 혹시 형사님, 저를 의심하고 계십니까? 그렇다면 잘못 생각하시는 겁니다. 저하고 그 아이는 말하자면 집주인과 세입자의 관계일 뿐이니까요."

그러자 그때에 간신히 마음의 정리가 되었는지, 이제까지 침묵을 유지하고 있던 가자마쓰리 경부가 갑자기 질문을 했다.

"그런데 요네야마 씨. 피해자가 옷장 선반에 넣어두고 있던 모자가 없어졌습니다. 뭔가 짚이는 것은 없으십니까?"

"모자요?! 글쎄요, 짚이는 것이라……. 범인은 모자에 대해 이상한 집착을 가지고 있는 인물, 그런 쪽의 정신이상자가 저지른 범행이 아닐까요? 저는 그 여자애가 모자를 쓰고 있는 모습을 거의 본 기억이 없습니다만."

요네야마 쇼이치의 무난한 대답에 경부는 아무런 반응도 보이지 않았다.

그다음 날, 시월 사일 일요일 오전. 레이코와 가자마쓰리 경부는 야스다 다카히코라는 남자를 조사하기 위해서 구니타치의 옆 동네인 후추 시로 차를 몰았다.

야스다 다카히코의 이름이 수사선상에 오른 것에는 구보 사나에의 증언이 큰 역할을 했다. 그녀의 말에 의하면 가미오카 미키는 "야스다 다카히코라는 스토커"에게 쫓겨다니며 "신변의 위험까지 느끼고 있었다"라고 했다. 왜 스토커의 이름을 완벽하게 알고 있느냐 하면, 이 야스다 다카히코라는 인물이 가미오카 미키의 전 남자친구이기 때문이라고 했다.

"전 남자친구가 스토커가 되고, 이윽고 살인사건으로 발전한다. 충분히 생각할 수 있는 이야기잖아. 이번에야말로 빙고로군."

목적지에 도착한 가자마쓰리 경부는 의욕에 넘치는 모습으로 차에서 내렸다. 레이코도 뒤를 따랐다.

야스다 다카히코는 지방의 인쇄 회사에서 일하는 삼십대의 회사원이라고 한다. 그의 주거지는 후추 형무소 근처에 있는, 고학생들이 살 것 같은 목조 연립이었다. 경부가 얇은 합판으로 된 문을 노크하자, 안에서 결코 기운차다고는 할 수 없는 남자의 목소리가 들렸다.

"네에, 누구십니까아……."

문을 열자 얼굴을 보인 것은, 겉으로 보기에도 역시 기운차다고는 할 수 없는, 까슬까슬하게 수염이 난 생기 없는 남자였다. 찾던 인물이 틀림없었지만, 경부는 일단 경찰 배지를 제시했다.

"우리는 구니타치 경찰서에서 나온 사람입니다. 야스다 다카히코 씨죠?"

그러자 남자는 배지에 얼굴을 바짝 붙이고 보더니 두세 번 눈을 깜빡였다. 그리고 "잠깐 실례합니다"라고 말하고는 집안으로 일단 모습을 감췄다. 몇 분 후, 다시 현관 앞에 모습을 보인 그는 눈을 깜빡거리면서 경부의 물음에 답했다.

"네, 제가 야스다 다카히코입니다. 네, 알고 있습니다. 가미오카 미키 사건 때문이죠? 살해됐다면서요. 어제 뉴스를 보고 알았습니다. 뭐, 딱히 놀라지는 않습니다. 분명히 언젠가 이렇게 되지 않을까 하는 생각을 하고 있었으니까요."

"호오, 그건 무슨 의미입니까? 아니, 그전에 당신과 가미오카 씨의 관계부터 확인하죠. 가미오카 씨가 노래 주점에서 아르바이트를 했고 당신이 그 여자의 스토커, 아닙니까?"

"아닙니다!"

야스다는 펄쩍 뛰며 항의했다.

"저는 가미오카 미키의 전 남자친구입니다. 저하고 그 여자는 올해 봄까지 이 년간 사귀고 있었어요. 제가 노래 주점에서 일하는 그 여자에게 첫눈에 반해서 맹렬히 구애한 끝에 사귀게 된 겁니다. 그 여자와 사귄 이 년간, 저는 제 모든 것을 그 여자에게 바쳤습니다. 그 여자와의 데이트를 위해서 월급의 대부분을, 선물을 위해서 보너스의 대부분을, 해외여행을 위해서 저축의 대부분을. 나중에는 차까지 팔아버리고⋯⋯ 그리고 저는 차이고 말았습니다. 헤어질 때에 그 여자가 했던 말이 아직도 잊히지 않습니다. '나, 차 없는 사람은 싫어'라고 했다고요!"

"……그랬습니까."

경부는 불쌍하다는 시선으로 야스다를 바라봤다.

"참으로 비참한 경험이군요. 분명 후회하셨겠죠?"

"물론 후회했습니다. 차만큼은 팔지 말걸 그랬다고……."

그쪽을 후회하는 거냐?! 레이코는 자기도 모르게 가자마쓰리 경부와 얼굴을 마주보며 한숨을 쉬었다. 이 눈치로 보아하니 야스다 다카히코는 몇 번이나 다른 여자에게 속아 넘어가서 돈을 뜯겼을 것이 틀림없다.

"하지만 믿어주세요, 형사님. 저는 그녀를 죽이지 않았습니다. 스토커 짓이라는 것도 오해입니다. 분명 그 여자의 뒤를 밟던 시기도 있었습니다만, 그건 그 여자에게 충고하고 싶었던 것뿐입니다. 이런 짓을 계속 하다가는 언젠가 넌 지옥에 떨어지고 말 거라고. 실제로 그렇게 되지 않았습니까."

확실히 그렇다. 그러나 그것은 야스다 본인이 가미오카 미키를 지옥을 떨어뜨렸기 때문은 아닌가. 레이코 안에서 야스다 다카히코에 대한 의심이 무럭무럭 자라났다.

거기서 범행 시각 알리바이를 물어보자 아니나 다를까, 야스다에게는 알리바이가 없었다. 연립주택의 방에 혼자 있었다고 말했다. 그러나 생각해보면 무리도 아니다. 새벽 한시에 명확한 알리바이를 주장할 수 있는 독신 남성이 있다면 그쪽이 오히려 작위적이다.

"그런데," 경부가 모자에 관한 화제를 꺼냈다. "피해자의 옷장 안에서 많은 모자가 사라져 있었습니다만. 뭔가 짚이는 것은 없으십니까?"

"모자라면 저도 많이 선물했습니다. 그중에는 이런 건 대체 어떤 상황에서 쓰는 거냐는 생각이 드는 기발한 것까지 있었죠. 하지만 일부러 그 여자를 죽이고 모자를 빼앗을 이유는 떠오르지 않는군요. 분명히 그거, 수사를 혼란시키기 위한 위장일 겁니다."

그런 것보다, 라고 말하고 목소리를 낮춘 야스다 다카히코는 경부에게 솔깃한 정보를 주었다.

"실은 짐작이 가는 유력한 용의자가 있는데 말입니다."

이어서 다음날인 시월 오일 월요일, 레이코와 가자마쓰리 경부는 구니타치 시 외곽에 있는 모 대학을 방문했다. 지명도도 성적도 높지 않은 그 대학은, 가미오카 미키의 모교였다.

야스다 다카히코가 이야기한 유력 용의자란 대학교수였다. 마스부치 신지라는 그 남자는 문학부 교수였다. 야스다 다카히코의 정보에 따르면, 마스부치 신지는 부인이 있는 몸이면서도 가미오카 미키와 '친밀한' 관계였다고 한다. 요컨대, 가미오카 미키는 야스다에게 신나게 돈을 뜯어낸 뒤에 단물을 다 빨아먹었다고 판단하자마자 대학교수로 갈아탔다. 적어도 야스다 본인은 그렇게 생각하는 듯했다.

"하지만 경부님." 레이코는 정차 중인 위장 순찰차의 조수석에서 물었다. "야스다의 정보를 믿어도 괜찮을까요? 여자에게 차인 남자가 앙갚음으로 대학교수를 말려들게 하려는 수작이 아닐까요?"

"확실히 그럴 가능성도 있지. 하지만 야스다를 버린 가미오카 미키가 새로운 '지갑'을 구한 것은 사실일 거야. 대학교수라면 딱 좋지 않을까, 어이쿠."

경부는 운전석에서 차 앞 유리 너머를 가리키며 말했다.

"나타난 것 같군."

경부가 가리키는 손끝에는 한 대의 벤츠를 향해 걸어가는 남성의 모습이 있었다. 아름다운 백발과 은테 안경이 지적인 인상을 풍기는 육십대. 마스부치 신지가 틀림없었다.

레이코와 경부는 나란히 차에서 내려서 쏜살같이 용의자 곁으로 달려갔다.

"마스부치 교수님이시죠?"

벤츠 앞에서 경부가 말을 걸었다.

"저희는 구니타치 경찰서에서 나온 사람들입니다."

"뭐야, 당신들은? 갑자기 나타나서! 여기는 대학이야! 장소를 생각하게!"

"이거 실례했습니다."

경부는 살짝 고개를 숙이고 씩 미소 지었다.

"그러면 사모님이 계시는 자택에서 직접 여쭙는 편이 좋았을까요?"

"아니! 여기가 좋아! 여기밖에 없어! 여기서 이야기 하자고!"

초조함을 보이던 마스부치는 위험하다고 생각했는지, 안경을 손가락으로 밀어 올리면서 말했다.

"생각해보니 대학 캠퍼스는 차분하게 이야기하기 딱 좋은 환경이야."

그리고 마스부치는 형사들에게 질문할 틈도 주지 않은 채로 멋대로 이야기하기 시작했다.

"당신들이 온 이유는 알고 있어, 가미오카 미키 양 때문이지? 그 여자는 내 제자야. 누군가에게 살해당했다면서? 아주 안타까운 일이야. 하지만 그 이상 특별히 할 이야기는 없어. 나는 가미오카 양이 졸업한 이후로 그 여자와 만난 적은 한 번도 없으니까."

"거짓말을 하고 계시군요."

경부는 단언했다.

"교수님 자택은 그 여자의 집에서 걸어서 오 분 거리입니다. 졸업한 뒤에도 근처에서 만날 기회는 얼마든지 있었을 겁니다."

"그야 길가에서 지나치는 정도는 몇 번씩 있었지. 내가 하는 말은, 제대로 얼굴을 마주하고 이야기를 나눌 만한 기회는 없었다는 뜻이야."

"그것도 거짓말입니다. 교수님이 가미오카 미키 씨와 팔짱을 끼고 거리를 걷는 모습을, 그 여자의 스토커가 목격했습니다."

"뭐야!"

갑작스런 지적에 마스부치 교수는 동요를 감추지 못했다.

"다, 당신은 스토커와 내 말 중 어느 쪽을 믿는 건가."

"물론 교수님의 말씀을 믿죠."

가자마쓰리 경부는 눈썹 하나 까딱하지 않고 단언하고서, 갑자기 핵심을 찌르는 질문을 던졌다.

"시월 삼일 새벽 한시 전후, 교수님은 어디에서 뭘 하고 계셨습니까?"

"알리바이 조사인가? 삼일 새벽 한시라면 토요일로 넘어가는 한밤중인가. 그렇다면 집에 있었지. 서재에서 뭔가 쓰고 있었을 거야. 증인은 없어. 가족들이 잠들고 나서 조용해져야 혼자 일하는 데 몰두할 수 있잖나."

요컨대 알리바이는 없다. 그러나 이 점은 요네야마 쇼이치나 야스다 다카히코도 마찬가지다. 아무래도 이번 사건에서 알리바이 유무는 진상 규명의 열쇠가 되지 못할 것 같다.

그러면 열쇠가 되는 것은 무엇인가. 역시 모자인가?

레이코는 그 사라진 모자의 문제에 대해서 질문했다.

"모자?! 난 그런 건 몰라. 나는 가미오카 양과 아무 관계도 없다고 말하지 않았나. 그 여자의 옷장 내용물을 내가 어떻게 아나. 물어볼 것은 그것뿐인가? 그러면 나는 이만 실례하지."

마스부치 신지는 일방적으로 이야기를 끝냈다. 그리고 그는 벤츠에 올라타는가 싶더니 그대로 지나쳐서, 그 옆에 주차되어 있던 경차에 올라타 급발진하며 어디론가 떠나갔다.

5

모자 가게 한구석, 호쇼 레이코는 모자를 둘러싼 사건의 개요를 전체적으로 다 털어 놓았다.

후지사키 미우는 레이코의 이야기에 등장한 세 남자를 간소하게 이렇게 정리했다.

"요컨대 용의자 ①은 '불륜 상대 같은 집주인' 요네야마 쇼이치, ②는 '스토커 같은 전 남친' 야스다 다카히코, ③은 '범인 같은 불륜 상대' 마스부치 신지. 이 세 사람이죠. 으음, 세 사람 다 수상한 느낌이 들고 누가 범인인지 짐작도 안 가네요~."

"아니, '범인 같은'이라고 말하는 시점에서 네 생각은 ③이잖아!"

레이코는 어이없다는 얼굴로 미우를 보았다. 미우는 작게 기침을 하고 천천히 입을 열었다.

"사건의 상황은 대충 이해했어요. 그래서 제 의견을 말하면 되는 거죠?"

"그렇긴 한데…… 어? 미우, 뭔가 생각난 게 있어?"

"네. 그렇다고 해도 저는 형사도 탐정도 탐정의 손녀도 아니라서 '할아버지의 명예를 걸고!'라는 말은 못하지만요. 하지만 모자 가겟집 딸로서 모자에 얽힌 수수께끼를 듣고 떠오른 것을 이야기할 수준은 돼요. 힌트는 레이코 씨가 말한 것 안에 있었어요. 잠깐만 기다려주세요."

미우는 자리에서 일어서서 진열된 모자 사이를 가르듯이 움직이며 가게 안의 어느 구석으로 향했다. 다시 레이코 앞으로 돌아왔을 때, 미우의 손에는 새 모자가 들려 있었다. 새 것이라고 해도 가을 신상은 아니다. 디자인으로 봐서는 이백 년 이상 전부터 있었던 클래식한 모자다.

양면이 높고 톱은 움푹 패어 있는 독특한 형상. 둥글고 커다란 챙은 좌우로 튀어 올라가듯이 말려 있다. 강인한 펠트로 만들어진, 투박하고 용맹한 개척자들의 모자.

이른바 웨스턴 해트라고 불리는 모자였다. 왕년의 서부극 스타인 존 웨인이나 헨리 폰다, 혹은 명 레슬러 스턴 한센◆이 등장할 때 쓰던 익숙한 그 모자다. 그런데 왜 여기서 웨스턴 해트인가?

의아하다는 표정의 레이코에게, 미우는 '에헴' 하고 헛기침을 하고 나서 "잘 들으세요, 레이코 씨. 원래 모자란 물건은 말이죠"라고 갑자기 모자에 대한 지식을 늘어놓기 시작했다.

"모자란 물건은 말이죠, 햇볕을 가리거나 머리를 보호하기 위해서만 존재하는 물건이 아니에요. 귀부인이 쓰는 깃털장식 모자는 화려함을 연출하기 위한 것. 경찰관이 쓰는 제모는 권력의 상징. 그리고 웨스턴 해트에도 단순히 머리에 쓰는 것뿐만 아니라 다른 쓰임새가 있어요. 예를 들면 커다란 챙은 더운 날에는 부채 대용으로 쓸 수 있어요. 불을 피울 때에 바람을 보내는 용도로도 편리하죠. 뒤집어서 두 손으로 잡으면 계란이나 동전 등, 손에 많이 집기 힘든

◆ 일본 프로레슬링 역사상 가장 성공한 외국인 레슬러

것을 한 번에 여러 개 운반할 수 있어요. 그렇지만 웨스턴 해트의 최대 장점은…… 뭔지 아시겠어요, 레이코 씨?"

"어?! 그런 걸 갑자기 물어보면……."

그러자 당황하는 레이코를 대신하듯이 조용한 목소리가 옆에서 울렸다.

"물을 길을 수 있다는 점입니다."

가게야마였다. 별 생각 없이 듣고 있었을 그도, 슬슬 입을 열고 싶어진 듯했다.

"아가씨도 아시다시피 웨스턴 해트의 별명 중에는 '텐갤런 해트' 란 것이 있습니다. 갤런은 액체량의 단위로 일 갤런은 약 3.8리터. 텐 갤런이라면 삼십팔 리터라는 의미가 됩니다. 요컨대 '텐갤런 해 트'라는 것은 그만큼 많은 물을 길을 수 있는 튼튼하고 깊은 모자라 는 의미입니다."

"허어, 웨스턴 해트는 그런 거구나……. 잠깐 빌려줘 봐."

레이코는 미우의 손에서 그것을 받아들고 별 생각 없이 머리에 얹어보았다. 의외로 머리에 딱 맞고 착용감도 나쁘지 않았다. 벽의 전신 거울에 자신을 비춰보니 거울 속의 부호영애는 이미 서부의 여성 건맨 같은 분위기로 변신했다. 분위기를 타고 레이코는 오른 쪽을 보고, 왼쪽을 보고, 마지막에는 오른손을 권총 모양으로 만들 어서 거울 속의 자신을 향해서 총을 쏘는 포즈를 취했다.

"빠앙!"

그러자 거울 속에서 모자 가겟집 딸이 "으윽!" 하고 신음하며 왼쪽 가슴을 눌렀다.

"머, 멋져요, 레이코 씨! 그 늠름함과 아름다움에, 이 후지사키 미우는 마음을 꿰뚫리고 말았어요!"

"그, 그렇구나. 나한테 어울리나, 이거?! 후, 후후, 의외로 좋을지도⋯⋯."

자기도 모르게 실실거리는 레이코에게 곧바로 가게야마가 '충동구매 주의보'를 발령했다.

"아가씨, 정신 차리십시오. 그건 보안관의 모자입니다. 숙녀의 소지품은 아닙니다."

"아, 알고 있어! 그냥 장난삼아 써본 것뿐이야."

레이코는 부끄러움을 느끼면서 보안관 모자를 벗고 본론으로 돌아갔다.

"그래서 웨스턴 해트가 왜? 욕실에서의 살인하고는 아무런 관계도⋯⋯ 음, 욕실?!"

레이코는 문득 뭔가가 걸리는 것을 느꼈다. 웨스턴 해트는 물을 긷는 데 편리⋯⋯.

"그렇구나. 범행 현장은 욕실. 시체는 욕조 안에 가라앉아 있었어. 그리고 욕조에 남은 물의 양은 이상할 정도로 적었고. 어쩌면 누군가가 욕조의 물을 밖으로 퍼냈다? 그러고 보니 그 욕실에는 바가지나 양동이는 찾아볼 수 없었지."

"그래요, 맞아요!"

미우는 자기가 원하는 바가 이루어졌다는 듯 고개를 끄덕였다.

"범인은 가미오카 미키를 죽인 뒤에, 어떠한 이유가 생겨서 욕조의 물을 퍼내야만 했어요. 그러나 적당한 도구가 없었죠. 그러다가 범인의 눈에 띈 것이 옷장 안의 모자들이었어요. 거기에서 웨스턴 해트가 있었는지는 알 수 없어요. 하지만 튼튼한 재질로 만들어진 깊이가 있는 모자라면 마찬가지라고 생각해요."

"그러네. 물을 긷는 것으로 충분히 이용할 수 있었을 거야."

"그렇게 이용한 뒤의 모자는 물에 푹 젖게 돼요. 범인은 그 모자를 현장에서 가지고 떠나야만 해요. 하지만 모자가 늘어서 있는 선반 안에서 하나만 가지고 가면 오히려 눈에 띌 우려가 있어요. 그래서 범인은 그곳에 있는 모든 모자를 가지고 간 게 아닐까요?"

"확실히 앞뒤는 맞네. 굉장한데, 미우. 가게야마도 그렇게 생각하지?"

하지만 의외로 가게야마는 안경 아래의 눈동자를 미안하다는 듯이 살짝 내리깔았다.

"유감스럽게도 저는 그 추리에는 찬성하지 않습니다. 왜냐하면 물을 긷기 위한 도구로 우선적으로 범인의 눈에 띌 만한 것은 옷장 속의 모자가 아닙니다. 오히려 부엌에 있었던 냄비나 주전자 쪽이 훨씬 눈에 띄기 쉽고 실용적이겠죠. 그렇다면 굳이 모자를 이용할 것까지도 없습니다."

"그렇구나. 확실히 그쪽이 상식적이겠네."

레이코는 납득할 수밖에 없다.

"게다가 범인이 욕조의 물을 퍼낼 합리적인 이유도 떠오르지 않

아. 역시 모자와 욕실의 살인을 연결하는 것은 무리였을까."

"하지만 그러면 왜 살인 현장에서 모자가 사라졌을까요? 아아, 결국 처음의 의문으로 이야기가 돌아가버렸네요."

미우는 몹시 아쉬워하며 말했다. 그러나 가게야마는 강하게 고개를 저었다.

"아뇨, 이야기는 원래 장소로 돌아오지 않습니다. 확실히 모자의 또 다른 이용법이라는 점에서 미우 님의 견해에는 주목할 만한 부분이 있었습니다. 선반의 모자가 전부 사라진 이유에 대한 해석도 빼어나십니다."

"……으윽."

레이코는 의외로 자상한 집사의 말에 불쾌함을 감추지 않았다.

"흐음, 그렇구나. 당신은 미우의 추리에 대해서는 '멍청이이십니까?'라고 말하지 않고 '빼어나십니다'라고 하는구나. 흐음."

"아뇨, 결코 그럴 생각은……."

아가씨에게 날카로운 공격을 받은 집사는 곤혹스러운 표정을 지었다. 레이코는 가게야마가 당황하는 모습을 보며 속으로 즐거워하면서 말했다.

"뭐, 좋아. 그것보다 지금 이야기하는 걸 보니 가게야마는 사건의 진상을 안 것 같네. 그렇다면 슬슬 당신의 생각을 들려주지 않겠어?"

"알겠습니다."

공손하게 인사하는 가게야마의 얼굴에는 그제야 안도하는 표정이 스쳤다.

6

가게야마는 레이코와 미우를 앞에 두고 자신의 견해를 이야기하기 시작했다.

"옷장 안에서 여러 개의 모자가 없어졌다. 그 색이나 종류 등은 정확히는 알 수 없다. 아가씨는 그렇게 말씀하셨습니다. 그러나 한편으로 옷장 구석에는 골판지 상자가 있고, 그 안에는 벨벳 해트나 인조 모피 카스케트, 가죽 캡, 펠트 베레모 등이 있었다고 했습니다. 그것은 즉 이 테이블에 펼쳐져 있는 다양한 모자와 같은 물건들이 상자 안에 보관되어 있었다는 이야기죠."

"음, 무슨 얘기야?!"

레이코는 갑자기 고개를 갸웃거렸다.

"여기에 있는 모자와 상자 속에서 발견된 모자들은 전혀 달라. 가미오카 미키가 모으던 모자는 이렇게까지 고급스럽지 않아. 대부분은 훨씬 캐주얼한 것들이야."

"아니에요, 레이코 씨." 미우가 끼어들었다. "집사 분이 말씀하시는 건 모자의 소재예요. 벨벳, 인조 모피, 펠트, 인조 가죽. 이 테이블에 있는 모자도 그런 소재로 만들어진 것뿐이에요."

"아아, 그러고 보니 그러네."

레이코는 눈앞의 모자와 옆에 있는 집사의 모습을 번갈아 보면서 물었다.

"그래서 그게 어쨌다는 거야, 가게야마?"

"아직 모르시겠습니까. 힌트는 사건이 일어난 날짜입니다만."

"사건 발생은 시월 삼일. 아마도 아무것도 아닌 주말이야."

"확실히 그렇죠. 그러면 이틀 전인 시월 일일이라면 어떨까요?"

"시월 일일은 어떤 날이냐고?"

레이코는 잠시 생각하다가 이번에는 바로 깨달았다.

"시월 일일은 시월의 첫날, 그리고 시월 초순은 가을 옷으로 갈아입는 시기야."

"그렇습니다. 그렇지만 옷장 속 박스 안에는 여기에 늘어놓은 가을겨울용 모자가 잠들어 있었습니다. 그렇다는 이야기는 그 8단 선반에는 아직 봄여름용 모자가 있었던 게 아닐까 하고 추측할 수 있습니다."

"그러고 보니 올해 여름은 몹시 더웠지. 최근까지 더위가 심했으니까 옷 갈아입는 시기도 늦어지는 것일지도."

"네. 거기서 미우 님에게 여쭙겠습니다만, 봄여름용 모자의 정석은 어떤 소재의 모자입니까?"

"어?!"

미우는 당황하면서도 곧바로 대답했다.

"소재로 말하자면, 뭐니 뭐니 해도 정석은 밀짚으로 만든 모자죠. 올해 여름은 복고 붐이라 특히나 밀짚으로 만든 캉캉 모자가 유행이었어요."

하나 가져올게요. 그렇게 말하고 미우는 다시 모자의 계곡들을 가르듯이 가게 안의 한구석으로 향했다. 다시 돌아온 미우의 손에는 밀짚으로 만들어진 간단한 캉캉 모자가 하나 들려 있었다. 모자를 받아든 가게야마는 그것을 조명의 불빛에 비춰보며 만족스러운 듯 고개를 끄덕였다.

"이야, 이것이라면 딱 적합합니다. 이거라면 훌륭히 역할을 다할 수 있을 듯 보입니다."

"역할을 다하다니 무슨 얘기야?" 레이코가 고개를 갸웃거렸다. "밀짚모자로는 욕조의 물을 긷기는 힘들어. 밀집 틈새로 흘러나와 버리니까."

"말씀하신 대로입니다. 하지만 물이 흘러나오기에 역할을 다할 수 있는 것입니다. 물을 퍼내는 도구로서가 아니라 물을 빼내는 도구로서."

가게야마의 의외의 말에 레이코는 한순간 멀뚱해졌다.

"물을 빼내? 거름망이라는 얘기야? 그건 즉…… 소쿠리 같은?!"

"그렇습니다. 이야기에 따르면 가미오카 미키는 요리를 하는 타입이 아니었다고 합니다. 그렇다면 부엌에 냄비나 주전자는 있어도 아마도 물을 빼기 위한 소쿠리는 없었겠죠. 거기서 범인은 고육지책으로 옷장 안에 있던 밀짚모자를 급하게 소쿠리 대용으로 사용했다고 생각합니다. 뭐, 그리 기발한 발상은 아닙니다. 이 캉캉 모자도 머리에 쓰면 모자입니다만, 뒤집어서 손에 들면 대나무로 엮은 소쿠리와 비슷하게 생기지 않았습니까."

"화, 확실히 그렇게 안 보이는 건 아니지. 하지만 범인은 밀짚모자를 소쿠리 대용으로 써서 뭘 하려고 했던 거야? 살인 현장에서 갑자기 메밀국수라도 만들고 싶었던 거야?"

"아뇨. 소쿠리라는 도구는 면을 익힌 뒤에 물을 빼는 용도만 있는 것은 아닙니다. 액체 안에서 고형물만을 떠내려고 할 때에도 자주 씁니다. 전형적인 예는 물속에서 미꾸라지를 건져서 잡을 때일까요."

"……."

미꾸라지가 고형물인지 어떤지는 의문이지만.

"알았다. 요컨대 범인은 욕조의 물 안에서 뭔가를 떠내고 싶었던 거야. 즉 범인은 욕조 안에 뭔가를 떨어뜨렸던 거구나."

"그렇습니다. 문제는 그 물체가 무엇이었는가. 아시겠습니까?"

"잠깐만 기다려, 지금 생각할 테니까."

레이코는 팔짱을 끼면서 혼잣말을 했다.

"그건 범인에게는 귀중한 것이었겠지. 그리고 그것은 소쿠리로 떠내야만 할 정도로 작은 것…… 그것도 유백색 거품이 떠 있는 욕조 안에서는 찾기 힘든 것…… 색은 하얀색…… 아니, 투명일까…… 아!"

그때, 레이코의 뇌리에 번쩍인 것이 있었다. 작고 투명하고 찾기 힘든 것. 그리고 범인에게 중요한 것이며, 그러면서도 살인 중에 떨어뜨릴 만한 것. 그것은…….

"콘택트렌즈! 그래, 범인은 가미오카 미키를 살해할 때에 깜빡 욕조 안에 콘택트렌즈를 떨어뜨리고 말았어. 그것을 욕조 안에서 꺼내기 위해서 소쿠리가 필요했고. 하지만 소쿠리가 없으니까 밀짚

모자를 대용으로 썼어. 범인이 선반에 있는 모자를 전부 가지고 간 것은 조금 전에 미우가 설명했던 대로야. 그런 거구나!"

"와아, 완벽하잖아요, 레이코 씨!"

미우도 흥분한 듯 몸을 앞으로 내밀었다.

"그러면 범인은 콘택트렌즈를 사용하는 사람이겠군요!"

"그렇게 되지. 세 명의 용의자 중에서 생각하면 요네야마 쇼이치는 검은테 안경, 마스부치 신지는 은테 안경을 쓰고 있었어. 그러면 남은 남자는 누구인가. 그 남자는 현관 앞에서 가자마쓰리 경부가 배지를 보였을 때, 그게 잘 보이지 않는 듯이 배지에 눈을 가까이 가져갔어. 그 뒤에 일단 집 안으로 들어갔다가 다시 나왔을 때에는 멀쩡히 잘 보인 듯했고. 즉 그 남자는 안에 들어가서 콘택트렌즈를 끼고 나타난 거지. 그렇다면 이제는 틀림없어!"

레이코는 절대적 확신을 가지고 그 남자의 이름을 말했다.

"가미오카 미키를 죽인 범인은 '스토커 같은 전 남친' 야스다 다카히코야."

그리고 레이코는 찬성을 얻을 수 있으리라 기대하며 옆에 있는 집사에게 감상을 구했다.

"어때 가게야마, 내 추리는? 자, 뭔가 말을 좀 해봐. 뭐하다면 '빼어나십니다'라고 말해도 괜찮아."

그러나 가게야마는 '빼어나십니다'라고 말하지 않았다. 그 대신.

"실례입니다만, 아가씨."

가게야마는 레이코의 눈을 똑바로 응시하며 진지하게 물었다.

"아가씨는 지금 농담을 하고 계십니까?"

그리고 가게야마는 어리둥절하는 레이코에게 공손한 어조로 이렇게 말했다.

"만약 그렇다면 '빵 터지네요~'라고 말씀드리겠습니다."

몇 초간의 침묵이 모자 가게 안에 퍼졌다. 고요함을 깬 것은 모자 가겟집 딸이었다.

"저기, 제가 잘못 들은 건가요? 지금 집사분의 입에서 이상한 말이……."

"잘못 들은 건 아니야, 미우. 우리 집사는 이런 남자야."

그리고 레이코는 소파에서 벌떡 일어나서 허리에 손을 대고 분노를 쏟아냈다.

"가게야마! 뭐야, 빵 터진다니! 어떠한 일이 있더라도 호쇼 가문의 집사가 입에 담을 만한 말은 아닐 텐데!"

"네. 저도 그렇게 생각합니다만, 아가씨가 농담을 하신 것 같아서 저도 그렇게 해보았습니다. 혹시 마음에 들지 않으셨……."

"마음에 들 리가 없잖아! 애초에 나는 농담을 한 적이 없다고!"

레이코는 분노를 풀 길이 없어서 머리를 벅벅 긁었다.

"이게 뭐람. 진지하게 추리했는데, 왜 집사에게 빵 터진다는 소릴 들어야 하냐고!"

"레이코 씨가 불쌍해……."

미우는 소파에 축 늘어진 친구에게 연민의 시선을 보내면서, "레이코 씨의 추리가 잘못 됐나요?"라고 집사에게 물었다.

"아뇨, 전부 틀렸다고 말하는 것은 아닙니다. 범인은 콘택트렌즈 사용자라는 추리는 정답이라고 생각합니다. 그러나 그것을 근거로 야스다 다카히코가 범인이라고 결론짓는 것은 너무나 경솔한 판단 이겠지요. 안경과 콘택트렌즈 양쪽을 다 쓰는 사람은 많습니다. 요네야마 쇼이치나 마스부치 신지처럼 평소에는 안경을 쓰는 사람이라도 콘택트렌즈를 가지고 있을지 모릅니다. 그 가능성을 부정할 수 없는 이상, 콘택트렌즈의 사용은 추리의 결정적 판단근거가 되지 않습니다."

그러자 흐트러진 머리의 레이코가 불만스럽게 고개를 들었다.

"결정적 판단근거가 되지 않는다면, 왜 여기까지 추리를 진행해 온 거야? 지금까지 쌓아온 추리는 전부 헛수고였어?"

"헛수고는 아닙니다. 콘택트렌즈는 사건을 풀기 위한 중요한 열 쇠입니다. 그러나 '범인이 콘택트렌즈를 사용한 것'이 중요한 게 아 닙니다. 그것이 아니라 '범인이 욕조에 떨어뜨린 콘택트렌즈를 필 사적으로 찾으려고 했다'는 것이 중요합니다. 아시겠습니까?"

"모르겠어. 떨어뜨린 콘택트렌즈를 범인이 회수하려고 하는 건 당연해. 왜냐하면 렌즈 하나로 범인의 신원이 드러날 수도 있기 때 문이야. 내가 범인의 입장이라도 콘택트렌즈를 경찰의 손에 넘기는 짓은 절대 하지 않을 거야."

"아가씨가 말씀하시는 대로 콘택트렌즈를 경찰에게 넘기는 건 범인으로서 피해야만 합니다. 그러나……."

가게야마는 잠깐 공백을 둔 뒤에, 핵심으로 다가가는 질문을 던졌다.

"그렇다면 왜 범인은 욕조의 마개를 뽑아버리지 않았을까요?"

"뭐어?! 욕조의 마개?"

"네. 욕조의 마개를 뽑아서 물도 거품도, 물론 콘택트렌즈까지 전부 배수구로 흘려 보내버리는 겁니다. 증거 인멸을 위해 그것보다 더 좋은 방법은 없겠죠. 별다른 수고도 시간도 들지 않습니다. 그런데 왜 범인은 가장 편한 수단을 선택하지 않았을까요? 설마 하나에 몇 만 엔 하는 콘택트렌즈 값을 아까워했던 것은 아닐 겁니다. 살인 현장에서 시체를 보면서 소쿠리로 렌즈를 떠낼 수고를 생각하면, 몇 만 엔의 지출은 값싼 것이니까요."

"확실히 그렇기야 하지. 하지만 그건 역시 콘택트렌즈가 없으면 범인이 곤란하기 때문이 아닐까? 눈이 잘 안 보이게 되는 거니까."

"그렇지만 콘택트렌즈를 떨어뜨렸을 경우, 양쪽을 한 번에 다 떨어뜨리는 일은 드물겠지요. 범인이 떨어뜨린 렌즈도, 아마도 한쪽뿐일 겁니다. 그렇다면 남은 한쪽의 시력은 여전히 정상입니다. 그 정도로 곤란할 것은 없지 않겠습니까?"

"그것도 그러네……."

레이코도 납득하지 않을 수 없었다.

"이미 살인은 끝났고, 남은 건 컴퓨터와 휴대전화를 가지고 현장을 떠나는 것뿐. 그 정도는 한쪽 눈만으로도 충분히 가능할 거야. 그런데도 범인은 현장에 남아서 렌즈 한쪽을 필사적으로 찾으려고 했지…… 범인에게는 어떻게 해서든 양쪽 렌즈가 필요했다는 거고…… 아!"

레이코의 머리에 오늘 두 번째의 추리가 떠올랐다. 그러나 기뻐하기는 아직 이르다. 레이코는 조금 전의 실패를 반복하지 않으려고 신중하게 그 내용을 음미한 뒤에 입을 열었다.

"범인은 콘택트렌즈가 양쪽 다 있는 상태가 아니면 현장을 떠날 수 없었어. 그건 범인이 현장에 차를 타고 왔기 때문에 그런 거 아닐까?"

"……."

가게야마는 말없이 듣고 있다.

"그, 그도 그럴 것이, 한쪽 눈에만 콘택트렌즈를 끼고 한밤중에 거리에서 운전하는 건 몹시 위험한 데다 만에 하나라도 사고가 나면 범인에게는 치명타가 될 수 있어. 그렇다고 해서 현장 근처에 자기 차를 남겨두고 돌아갈 수도 없었으니까…… 아니야?"

레이코는 주뼛주뼛하는 태도로 집사의 반응을 엿보았다. 그러자 가게야마는 진심으로 감복했다는 듯이 가슴에 손을 대는 포즈로 고개를 숙였다.

"과연 아가씨이십니다. 멋진 추리입니다."

레이코는 안도하며 가슴을 쓸어내렸다. 그리고 어째서인지 솟아오르는 기쁨과 부끄러움에 당황하면서 자기도 모르게 강한 체하는 한 마디를 날렸다.

"뭐, 나도 형사니까."

그런 레이코의 행동을 미우는 아무 말도 하지 않은 채 웃는 얼굴로 보고 있다. 그리고 집사는 아무 일도 없었다는 듯이 일련의 추리에 결론을 내렸다.

"아가씨께서 말씀하신 대로, 범인은 현장에 차를 타고 왔다고 생각됩니다. 그럼 세 명의 용의자 중에 누구인가. 야스다 다카히코는 아닐 겁니다. 가미오카 미키에게 모든 것을 뜯긴 그 남자는 유감스럽게도 차를 가지고 있지 않았습니다. 그러면 마스부치 신지는 어떤가. 대학교수인 그 사람은 경차를 타고 다닌다고 했었죠? 그러나 그 사람의 자택은 구니타치에 있고, 그것도 현장에서 걸어서 오 분 거리에 있습니다. 이 거리를 한밤중에 몰래 이동할 경우에 일부러 차를 탈까요? 걸어가는 편이 조용하고 안전할 것이라 생각됩니다. 또한 그가 범인이라면 콘택트렌즈를 찾는 데 필사적일 필요는 없습니다. 집으로 돌아가서 안경을 끼고 다시 나오는 편이 더 간단합니다. 마스부치 신지는 범인이 아닙니다. 그렇다면 남은 용의자는 누구인가. 폐공장의 소유자인 요네야마 쇼이치입니다. 고다이라에 사는 그 남자야말로 가미오카 미키를 살해할 목적으로 현장에 차를 타고 나타난 장본인이라고 생각됩니다. 아마도 가자마쓰리 경부가 상상한 대로 요네야마 쇼이치와 가미오카 미키는 불륜 관계였고, 그 문제가 이번 사건을 일으킨 것이겠지요."

집사는 조심스럽게 덧붙였다. "어디까지나 추측의 영역을 넘지 않습니다만."

요네야마 쇼이치가 체포된 것은 그로부터 일주일 뒤였다. 죄목은 살인……이 아니라 폐기물 불법투기 현행범이었다. 심야에 자택을 나온 요네야마는 다자이 오사무의 자살로 유명한 다마 강에 찾아가서, 그곳에 사각형으로 된 물건을 투기하려던 순간 형사들에게 체포되었던 것이다.

형사들의 정체는 가자마쓰리 경부와 호쇼 레이코. 사각형 물체는 가미오카 미키의 노트북 컴퓨터였다.

가미오카 미키를 살해하던 밤, 요네야마는 그녀와 메일을 주고받은 기록이 남아 있는 컴퓨터를 현장에서 가지고 나왔다. 그러나 수사의 손이 점점 요네야마를 향해 뻗어오자, 그는 증거가 되는 노트북을 가지고 있는 것이 불안해졌다. 그리고 끝내 그는 심야의 불법투기라는 어리석은 선택을 했던 것이다.

이리하여 모자를 둘러싼 사건은 무사히 해결되었다.

해방감에 가득 찬 레이코는 가게야마에게 비밀로 하고 몰래 '클로슈'를 찾았다. 그리고 후지사키 미우가 권하는 다양한 신상의 유혹을 뿌리치고 마음에 드는 모자를 딱 하나만 샀다.

집에 돌아온 레이코는 재빨리 해트 케이스의 리본을 풀고, 좀처럼 보기 힘들 정도로 즐거워했다.

그런 레이코의 천진난만한 모습을, 옆 자리의 집사는 한숨을 섞어서 한탄했던 것이다.

"또 사버리셨군요. 이번에는 대체 무엇을……."

"뭐 어때. 나 자신에 대한 선물이야. 그리고 사건 해결 기념이지. 우후후후……."

케이스 안에서 꺼낸 모자는 카키색. 레이코는 재빨리 그것을 머리에 쓰고 거울 속에 자신을 비춰보았다. 오른쪽을 보고, 왼쪽을 보고, 고개를 당긴다. 그러고는 오른손을 권총 모양으로 만들면서 모자의 챙을 밀어 올리는 포즈를 취하며 옆에 있는 집사에게 물었다.

"…… 어때, 가게야마, 어울려?"

가게야마의 얼굴에 한순간 깜짝 놀라는 표정. 그는 곧 커다란 챙과 레이코의 얼굴을 응시하면서 공손히 대답했다.

"아주 잘 어울립니다, 보안관님."

세 번째 이야기

⋮

살의 넘치는 파티에 잘 오셨습니다

1

"저기, 가게야마. 어느 쪽이 어울려?"

리무진 뒷좌석에 앉은 호쇼 레이코는 두 개의 모자를 번갈아 머리에 써보면서 거울 너머 운전석의 반응을 살폈다.

"이 챙 넓은 자주색? 아니면 레이스 장식이 있는 핑크 쪽?"

집사 겸 운전수인 가게야마는 거울로 흘끗 시선을 주면서 "어느 쪽이나 아주 잘 어울리십니다"라고 무난한 대답을 했다. 그리고 조금 빈정거리는 어조 속에 진심을 담아 말했다.

"어느 쪽이든 도저히 현직 형사가 쓸 모자라고는 생각되지 않습니다만."

"어머나, 그렇지 않아. 전에 텔레비전에서 본 적이 있어. 확실히 프랑스에서 돌아온 여형사가 이것보다도 더욱 화려한 새까만 모자를 쓰고 활주로를 걷고 있었는걸."

"그건 1970년대 중반에 방영했던 드라마 〈G멘〉의 한 장면이 아닌지요? 그건 텔레비전 드라마입니다."

그랬던가? 그렇게 대답하며 고개를 갸웃거린 레이코는 구니타치 경찰서에 근무하는 자타공인의 여형사다. 그러나 그 실체는 금융, 전기, 정보, 부동산에서 방송, 음악, 본격 미스터리 소설까지를 망라하는 복합 대기업 '호쇼 그룹'의 총수인 호쇼 세이타로의 외동딸이다.

그런 그녀는 십일월의 어느 휴일, 지인의 파티에 발을 옮기는 중이었다. 평소에 직장에서는 수수한 패션을 강요받는 레이코지만, 파티에서는 명가의 따님다운 '예쁘게 꾸미고 싶은 욕구'를 유감없이 발휘할 수 있다. 실제로 이날 레이코의 옷차림은 장미 모양 레이스로 장식된 진홍색 드레스에 토끼가죽이 달린 숄, 발에는 리본으로 장식된 핀 힐이라는 완벽한 아가씨 차림이다. 그러고 나서 레이코는 모자를 고르고 있었다.

"…… 정했어, 이걸로 할래!"

레이코는 핑크색 장식이 달린 모자를 선택했다. 그리고 이번에는 옆에 있는 작은 상자 안에서 몇 종류의 액세서리를 꺼내 들고 황홀한 표정으로 바라보기 시작했다.

"저기, 보석은 뭐가 좋을까? 다이아몬드, 에메랄드, 아니면 루비일까?"

그러나 운전석에서 돌아온 것은 가게야마의 어이없다는 한숨뿐이었다.

이윽고 레이코가 오랜 고민 끝에 간신히 액세서리를 선택했을 무렵, 두 사람을 태운 리무진은 고급 호텔의 격전 지역인 다카나와에 도착했다. 유명 호텔과 치열한 경쟁을 벌이는 전통 있는 호텔, 그 이름 '호텔 미나토구'. 그곳의 신관이라고 불리는 고층 빌딩이 오늘의 파티장이었다.

가게야마는 호텔 정면의 입구에 리무진을 세우고, 곧바로 운전석에서 내려서 뒷좌석 문을 열었다. 레이코는 익숙한 몸놀림으로 두 다리를 문 밖으로 뻗었다. 그 순간, 입구 근처에 서 있던 몇몇 신사들의 시선이 그녀의 미끈한 두 다리에 못 박혔다. 그런 남자들의 모습을 레이코는 충분히 의식하면서, 천천히 차에서 내려서 핀 힐의 오른쪽 발을 우아하게 앞으로 내딛으려고 하는데.

으득! 하고 갑자기 오른쪽 발목이 휘청! 정신을 차리고 보니 레이코는 역전 끝내기 안타를 맞은 투수처럼 바닥에 두 손을 짚고 있었다. 명가의 딸로서 있을 수 없는 추태다. 레이코가 굳어진 얼굴을 들자, 신사들은 일제히 딴 곳을 바라보며 모두가 못 본 체를 하고 있었다. 이때다! 레이코는 빛의 속도로 일어서서 위엄 있는 목소리로 옆에 서 있는 집사에게 일부러 물었다.

"가게야마, 지금 내가 넘어진 거야?"

가게야마는 다른 곳을 향하고 있던 얼굴을 재빠르게 이쪽으로 돌리며 말했다.

"무슨 말씀이신지요? 아가씨는 지금 막 차에서 내리셨습니다."

"그, 그렇지? 나도 분명히 그런 기분이 들어."

신사들의 온정과 레이코의 운동신경, 그리고 가게야마의 시치미 떼기. 삼박자가 맞아떨어지며 그녀의 추태는 완벽하게 수습되었다. 가게야마는 주차장에 리무진을 세우기 위해서 일단 운전석으로 돌아갔다.

혼자가 된 레이코는 아무 일 없었다는 표정을 유지하며 신중한 발걸음으로 정면의 자동문을 지났다.

그러나 유리문이 좌우로 열린 순간, 레이코의 귀에 닿은 것은 떠들썩한 웃음소리. 그것은 레이코처럼 화려한 드레스를 걸친 세 명의 여성들로부터 들려오고 있었다. 그 얼굴을 순서대로 보면서 레이코는 자신의 불운을 저주했다.

"……."

윽! 이 녀석들이 보고 있었을 줄이야!

레이코의 얼굴을 향해 손가락질을 하며 깔깔 웃는 세 사람은 그녀의 대학 시절 악우(惡友)들이었다.

그로부터 잠시 지난 오후 한시. 호텔 미나토구가 자랑하는 최고급 홀인 '도라지 홀'에서 성대한 파티가 진행되고 있었다. 붉은 창창코◆를 입고 단상에 오른 기류인 가(家)의 당주(當主) 기류인 고로의 모습을 보고, 레이코는 간신히 "아아, 오늘의 파티는 아야카 아

◆ 소매 없는 일본 전통 겉옷

버지의 환갑잔치였지"라고 새삼스럽게 취지를 기억했다. 레이코에게 파티란, 여성이 한껏 치장하고 외출하기 위한 구실 같은 것이다. 그래서 생일 축하 파티든 명절 축하 파티든, 본격 미스터리 대상 축하 파티든, 그 취지가 무엇이든 상관없는 것이다.

이윽고 지루하기 짝이 없는 세리머니가 끝나고 파티는 입식 형식의 환담으로 넘어갔다. 조금 전에 로비에서 레이코를 비웃은 세 사람이 재빨리 그녀 주위를 둘러쌌다.

"이렇게 다들 모이는 건 오래간만이네. 사월 이후로 처음인가?"

와인레드색 드레스를 걸친 여성이 싹싹한 어조로 말했다. 길고 가느다란 팔다리에 길고 검은 머리카락. 미야모토 나쓰키다. 일류 대기업의 샐러리맨 집안에서 자란, 조금 유복한 보통 가정의 딸. 특기 종목은 테니스. 나쓰키는 조금 전에 레이코가 넘어진 것을 떠올린 듯이 말했다.

"그런데 레이코는 여전하구나. 여전히 덜렁거리네…… 헤헷."

"나쓰키 씨는 아직도 웃네요. 레이코 씨가 넘어진 게 어지간히 재미있었나 봐요."

그렇게 말하며 웃는 사람은 빨강과 핑크가 그라데이션을 그리는 정교한 드레스를 입은 작은 여성. 모리 히나코다. 유복한 치과의사의 딸인 그녀는 다른 세 사람보다 일 년 후배로, 여동생 같은 존재다. 특기 종목은 스키. 히나코는 가느다랗고 부드러운 목소리로 질문했다.

"그런데 레이코 씨, 발은 괜찮으신가요? 발목이 직각으로 꺾였는데."

"괜찮아. 그 정도는 아니었으니까."

그렇게까지 발목이 유연하지도 않다고!

레이코는 전혀 아프지 않다는 얼굴로 대답했다. 그러나 발목에 로우킥을 맞은 듯한 뻐근함을 느끼고 있었다. 내일 일에 지장이 생길 것 같다. 하지만 이 자리에서 아픈 티를 낼 수는 없다. '그 여자' 앞에서 약점을 보이는 것만큼은 레이코의 자존심이 용납하지 않는 것이다.

그렇게 마음에 맹세하며 일부러 평정을 가장한 레이코 앞에, 그 여자가 여유 있는 미소로 말을 걸었다.

"후후훗. 폼 잡으며 높은 구두를 신으니까 그런 꼴사나운 일을 겪는 거야, 레이코. 다음에는 운동화를 신고 와. 후후훗, 너에게 어울려!"

여배우 같은 새빨간 드레스를 걸친 여성이 입가에 손을 대면서 깔깔 웃었다.

"우후후후, 드레스에 운동화…… 호호호, 걸작이네…… 오호 옷훗훗…… 힛힛…… 히잇히잇…… 윽, 수, 숨이…… 답, 답답해……."

"크, 큰일이에요! 아야카 씨가 과호흡을 일으켰나봐요!"

히나코가 당황하며 외쳤다.

"뭐니, 얘는. 숨이 답답해질 정도로 웃은 거야?"

나쓰키는 어이없다는 얼굴로 그녀의 등을 문질렀다. 레이코는 내치는 듯한 투로 말했다.

"그냥 웃다 죽을 때까지 웃게 내버려둬."

과호흡 상태에 빠진 그녀의 이름은 기류인 아야카. 고귀한 아가씨다운 느낌의 이름이란 점에서는 호쇼 레이코를 약간 상회하는 아야카는, 옛 귀족인 기류인 가문의 딸이다. 특기 종목은 수영이다.

참고로 기류인 가는 건설, 기계, 식품, 정보통신에서 영화연극, 유머 미스터리 소설까지 모든 업종에 손을 대는 복합기업 '기류인 그룹'의 총 본가다. 간단히 말하면 호쇼 기와 엇비슷한 부잣집 가문이다. 두 사람의 차이를 들라면 한쪽은 구니타치 경찰서에 근무하고 다른 한쪽은 가정주부 놀이를 한다는 것 정도일까.

이렇게나 비슷한 두 사람은 대학 시절부터 항상 '사이 나쁜 라이벌'이었고, 주위 사람들은 두 사람을 '마치 자매처럼 사이가 나쁘다'라고 수군거렸다.

그런 미묘한 분위기를 알아차렸는지 옆에 서 있던 가게야마가 목소리를 낮추며 레이코에게 물었다.

"아가씨, 이 딱딱한 분위기의 환담은 대체 무엇인지요?"

"딱딱한 분위기가 아니라 서로 감추고 가리는 게 없을 뿐이야……."

레이코는 가게야마의 오해를 풀기 위해 다시 세 명의 악우들을 소개했다. 나쓰키, 히나코, 아야카에 대한 설명을 마치고 나서, 레이코는 자신을 포함한 네 명의 관계를 밝혔다.

"우리는 대학 시절부터 같은 동아리였어. '시즌 스포츠 동호회'야."

"시즌 스포츠 동호회?!"

가게야마는 레이코가 말한 기묘한 명칭에 고개를 갸웃거렸다.

"그건 대체 어떠한 동아리인지요?"

시즌 스포츠 동호회. 그것은 시간과 돈과 체력이 남아도는 여자들이 매 계절마다 다양한 스포츠를 즐기는 '초 체육계통' 동아리이다. 즉,

아야카가 말했다. "여름에는 쇼난의 바다에서 바다 스포츠!"

나쓰키가 말했다. "가을에는 가루이자와의 고원에서 테니스!"

히나코가 말했다. "겨울에는 에치고유자와에서 스키!"

레이코가 말했다. "봄에는 이노카시라 공원에서 꽃놀이!"

네 명은 목소리를 합쳐서 외쳤다. "이것이 시즌 스포츠 동호회. 약칭 'SSD'야!"

과거에 몇 번이나 반복했던 설명은 거의 연회극의 영역에 달해 있었다.

"허어, 꽃놀이가 스포츠입니까. 처음 듣는군요."

가게야마는 안경을 살짝 들어올렸다. "그런데 그 SSD란 서클은 전부 네 명뿐입니까?"

"아니, 그게 말이지……."

레이코는 다른 세 사람의 표정을 살피며 말했다.

"실은 기자키 마이라는 애가 한 명 더 있었는데, 사정이 생겨서."

"이유가 있어서 입원 중이야."

나쓰키가 가라앉은 목소리로 덧붙였다.

"응, 원인은 데시로키 군이……."

그렇게 히나코가 자세한 설명을 하려고 하자 아야카가 날카롭게 히나코의 발언을 막았다.

"히나코, 쓸데없는 소리 하지 마!"

가게야마는 일동에게 흐르는 미묘한 공기를 알아차렸는지, 그 이상 아무것도 묻지 않고 한 걸음 물러섰다.

레이코를 포함한 네 사람은 잠시 침묵한 뒤에 서로의 패션 이야기를 화제에 올렸다.

"그런데 우리 말이야, 전부 빨간색이네."

나쓰키는 네 명의 드레스를 둘러보며 유쾌한 듯 말했다.

"어쩐지 '레드 레인저'라고 불러야 할 것 같은 비밀 전대 같아."

"저는 절반은 핑크색이지만 역시 붉은색이네요."

그렇게 말하며 히나코는 눈앞에 서 있는 부호영애 두 사람을 보았다.

"하지만 레이코 씨와 아야카 씨 두 사람은 완전 판박이네요."

"정말이네. 말하자면 너희들은 마치 빨간 '윙크◆' 같다고."

"판박이라고 말하지 마!"

"누가 빨간 '윙크'란 거야!"

전혀 다르잖아! 하고 외치며 서로를 노려보는 아야카와 레이코. 그러나 새빨간 드레스를 입고 마주보는 두 사람의 모습은 실제로 꼭 닮아서, 마치 거울을 보는 듯했다. 그런 두 사람을 나쓰키는 손

◆ 일본에서 활동하는 쌍둥이 가수

가락질하며 웃었다.

"너희들, 가슴에 단 보석 색깔까지 똑같잖아. 혹시 노리고 한 거아냐?"

파티장에 이르는 차 안에서 고민하고 또 고민한 끝에 레이코가 선택한 보석은 에메랄드. 그것은 레이코의 대담하게 파인 가슴께에서 녹색 광채를 발하고 있었다. 한편 아야카의 가슴 쪽으로 눈을 돌리자, 그곳에도 거의 같은 크기의 에메랄드가 있었다. 확실히 두 사람의 옷차림은 세부에 이르기까지 판박이였다.

"그, 그건 나쓰키하고 히나코도 마찬가지야." 아야카가 반격했다. "너희들 가슴의 보석도 똑같잖아. 두 사람 다 루비잖아. 음. 히나코는 루비가 아닌가?"

"그렇게 남의 가슴을 빤히 보지 마세요!"

히나코가 부끄러운 듯 가슴 앞을 가렸다. 일동 사이에 화기애애한 웃음이 퍼졌다. 그런 가운데 레이코의 시선이 문득 한 여성을 포착했다. 시크한 검은 드레스 차림의 의젓한 분위기를 풍기는 여성. 요염하다는 표현이 딱 들어맞는 옆얼굴은 사람의 눈길을 잡아끈다. 레이코나 아야카와 마찬가지로 겉보기로는 귀한 집 아가씨의 분위기를 풍기는 그녀는, 전국에 고급 호텔 사업을 펼치고 있는 호텔왕데시로키 고사쿠의 딸인 데시로키 미즈호다. 이 파티가 열리고 있는 '호텔 미나토구'도 데시로키 가문이 경영한다. 그런 점이 작용했는지 미즈호는 파티의 주인공인 기류인 고로와 담소 중이었다.

사실 레이코 일행, SSD는 미즈호와 적지 않은 인연이 있었다.

SSD라는 동아리의 특성상, 이노카시라 공원에서 꽃놀이 할 때를 제외하면 필연적으로 휴양지에 숙박하게 된다. 그때 숙소는 항상 데시로키 가문의 호텔이었다. 레이코 일행의 대학 시절 친구 중 데시로키 가즈야라는 남자가 호텔왕의 조카라서 예약을 잡기 편했기 때문이다. 그런 인연으로 사촌 사이인 데시로키 가즈야와 미즈호의 2인조는 몇 번인가 SSD의 합숙(이라기보다는 우아한 바캉스)에 함께한 경험이 있다. 확실히 두 사람 모두 테니스 실력은 상당했다고 레이코는 기억하고 있다.

말을 걸까 하고 망설이고 있는데, 미즈호 쪽도 레이코 일행의 존재를 눈치채고 있었던 모양이었다. 기류인 고로와 대화를 마친 미즈호는 친한 친구를 만난 것처럼 미소를 지으며 레이코 일행을 향해 걸어왔다.

"오래간만이네요, 레이코 씨. 당신들, 아주 눈에 띄어요. 이곳에만 꽃이 활짝 핀 것 같아요."

붉은 꽃이네요, 하고 대답하려던 레이코의 말을 옆에서 가로채듯이 아야카가 먼저 입을 열었다.

"당연하죠. 아빠가 주인공인 파티니까 딸로서 꽃을 곁들여야 하지 않겠어요?"

아야카는 그렇게 말하고 넓게 퍼진 스커트 자락을 손끝으로 잡고 우아하게 빙글 돌아 보였다.

"하지만 유감이네요. 이 파티에는 젊고 멋진 남자는 별로 없는 것 같으니."

"뭐, 환갑잔치니까. 아저씨 비율이 높은 것도 무리는 아니야."

레이코는 불만스럽게 중얼거렸다.

"어머, 레이코에게는 오히려 딱 좋지 않아?"

아야카가 빈정거리듯 말하자 순식간에 레이코와 아야카의 이마와 이마가 제로거리까지 접근했다.

"뭐야, 무슨 뜻이야!"

"네가 아저씨를 좋아한다는 소린 안 했어!"

"그렇게 말한 거잖아!"

"하지만 사실이잖아!"

"닥쳐, 이 ××!"

"뭐야, 이 ○○가!"

두 사람이 으르렁거리는 모습을 미즈호는 미소 지으며 바라봤다.

"여전히 사이가 좋군요, 두 사람 다."

"그렇게 보이나요? 정말로 사이가 나쁘다고요, 이 두 사람."

나쓰키가 정정했다.

"그런데 아야카 씨에게 묻고 싶은데"라고 말하며 미즈호가 갑자기 낮은 목소리로 물었다.

"오늘의 이 파티, 단순한 환갑잔치가 아니라 뭔가 중대한 발표가 있다는 모양이에요. 조금 전에 자기 아버지께서 그렇게 말했어요. 자세한 건 알려주지 않았지만."

"어, 그런가요?!"

아야카는 레이코와의 싸움을 멈추고 미즈호 쪽을 보았다. "뭐야,

중대 발표라니. 난 못 들었는데.”

“그 소문이라면 저도 다른 사람을 통해 들었어요.” 손을 든 사람은 히나코였다. “하지만 자세한 것은 아무도 모르는 것 같아요. 대체 뭘까요?”

“혹시 기류인 가 따님의 결혼 발표라든가?”

미즈호가 장난치듯이 말하자, “에엑! 정말인가요, 아야카 씨!”라고 히나코가 진지하게 받아들이며 물었다.

“거짓말이야, 거짓말! 그런 이야기는 절대 없어.”

아야카는 뺨을 붉게 물들이면서 고개를 도리도리 저었다. 그런 아야카의 눈치를 보며 레이코는 히죽 웃으면서 고개를 끄덕였다.

“그건 그러네. 그런 빅뉴스가 있으면 아야카가 잠자코 있을 리 없지.”

“맞아, 그것도 그래. 아야카라면 오히려 의기양양하게 직접 이야기할 테니까.”

나쓰키가 유쾌한 듯 손뼉을 치자, 둘러서 있던 다섯 명의 여성들 사이에서 일제히 웃음이 터져 나왔다. 결국 중대 발표의 내용은 아무도 모르는 채로 추궁은 종료되었다. 미즈호는 가볍게 한 손을 흔들면서, “그러면 나중에 우리 집에 놀러오세요. 환영할 테니”라고 말하면서 레이코 일행들로부터 멀어져갔다.

그렇게 화제가 끊긴 것을 기회로, 아야카와 히나코는 “요리를 가지고 올게”라고 말하며 요리가 늘어서 있는 테이블로 향했다. 그때 나쓰키가 레이코의 허리를 살짝 찔렀다.

"저기, 봐. 미즈호 씨와 같이 있는 사람, 가즈야 아냐?"

레이코는 나쓰키가 가리키는 방향으로 시선을 주었다. 레이코 일행과 헤어진 미즈호가 낯익은 얼굴과 나란히 있었다. 대학 시절 친구인 데시로키 가즈야다. 그도 이 파티에 참석한 모양이다.

데시로키 미즈호와 가즈야. 사촌 사이인 두 사람은 마치 사이좋은 남매처럼 친근하게 이야기를 나누고 있었다.

2

기류인 고로의 입에서 '중대 발표'가 있었던 것은 파티의 분위기가 한창 무르익었을 무렵이었다.

단상에 올라간 기류인 가문의 당주는 천천히 사각형의 물체를 꺼냈다. DVD 케이스였다. 일동이 침을 삼키며 지켜보는 가운데, 기류인 고로는 이야기를 시작했다.

"여러분이 기다리고 기다리시던 중대 발표란 이것입니다. 이렇게 말해도 DVD는 아닙니다. 이제부터 일어나는 일을 잘 봐주십시오. 자, 이걸 이렇게……."

그렇게 말하면서 기류인 고로는 케이스 귀퉁이를 잡고 가볍게 당겼다. 그러자 순식간에 DVD 케이스를 덮고 있던 투명한 비닐이 깨끗하게 떨어졌다.

"이것이 이번에 개발된 획기적 신상품 'DVD 특수 시트'입니다.

이것으로 여러분은 DVD를 구입했을 때에 반드시 경험하는, '한시라도 빨리 DVD를 보고 싶은데 투명 시트를 좀처럼 벗길 수 없다'는 그 초조함에서 해방되는 것입니다. 어떻습니까, 여러분!"

일순간 회장 안의 모두가 어리둥절하는 분위기였다. 이윽고 드문드문한 박수가 일었고, 그것은 파문처럼 회장 전체로 퍼져나가며 곧 귀를 찢을 듯한 세찬 박수의 물결로 바뀌었다.

"알려줘, 가게야마."

레이코는 곁에 있는 집사에게 물었다.

"저게 정말로 획기적인 신상품이야?"

"네. 틀림없이 획기적입니다. 고난의 역사는 오늘로서 끝을 고했습니다."

그렇게 말하는 가게야마는 스스로도 단상을 향해 아낌없이 박수를 보냈다. 레이코로서는 도무지 이해할 수 없는 '중대 발표'였다.

파티가 시작한 지 한 시간 반 이상이 지나고, 슬슬 파티도 끝이 가까워졌을 무렵. 레이코는 SSD 친구들과 회장 밖 복도에서 놀고 있었다. 화제는 자연스럽게 사람을 김빠지게 만든 그 '중대 발표'에 집중되었다.

"대실망!" "아무짝에도 쓸모없어" "무슨 소린지 모르겠어"라며 모두가 신나게 비평하는 가운데 아야카만이 혼자서 "과연 우리 아빠라니까"라며 가족의 편을 들었다.

"뭐가 '과연 우리 아빠라니까'야!" 레이코는 입을 비쭉 내밀었다.

"정말로 약혼 발표가 아닐까 하고 내심 기대했었는데."

"어머, 기대했었다는 건 거짓말이겠지." 아야카는 놀리는 투로 말했다. "속으로는 추월당하는 거 아닌가 하고 겁먹고 있었으면서."

내가 왜 겁을 먹어! 라고 말하며, 또다시 늘 보이던 패턴으로 두 사람의 이마와 이마가 가까이 붙었다. 바로 그때.

"아, 너희들. 미즈호 누나 못 봤어? 모습이 안 보이는데."

그렇게 말하며 레이코 일행의 이야기에 끼어든 것은 데시로키 가즈야였다. 가즈야는 사촌인 미즈호를 편하게 '미즈호 누나'라고 부른다. 남매나 다름없을 정도로 친하기 때문이다.

"미즈호 씨……?"

히나코는 고개를 갸웃거렸다.

"모르겠어"라고 대답하는 레이코와 아야카의 목소리가 겹쳤다.

"가즈야 군하고 계속 같이 있던 거 아니었어?"

오히려 되물은 것은 나쓰키였다.

"응, 조금 전까지 계속 같이 있었는데…… 우왓!"

질문에 대답하던 가즈야를 밀칠 듯한 기세로, 제복 차림의 경비원 두 사람이 뛰어 지나갔다. 당황하는 기색의 그 두 사람은 엘리베이터 앞에 도달하자 초조한 표정을 지으면서 엘리베이터가 도착하기를 기다렸다. 심상치 않은 분위기를 알아차린 레이코는 직업적 반응으로 그들에게 물었다.

"무슨 일인가요? 뭔가 안 좋은 일이 생겼나요?"

그러나 경비원은 층수 표시를 바라보면서, "손님과는 상관없는 일입니다"라고 차가운 반응을 보였다.

그렇다면 하는 수 없다. 조금 이르지만 레이코는 비장의 수단을 쓰기로 했다.

"가게야마, 그걸."

"네."

가게야마는 재빨리 턱시도의 가슴에 오른손을 집어넣었다. 곧이어 빠져나온 오른손이 쥐고 있는 것은 경찰 신분증. 가게야마가 그것을 암행어사의 마패처럼 들어 올리자 냉담했던 경비원들의 태도가 일변했다.

"경찰인가! 마침 잘됐소." 경비원들은 배지를 쥔 가게야마의 팔을 잡고 도착한 엘리베이터 안으로 끌어들였다. "같이 가주세요!"

아무래도 그들은 가게야마를 경찰이라고 생각한 듯했다. 멀뚱한 표정의 집사는 이미 엘리베이터 안에 들어가 있다.

"기다려! 경찰은 나라고!"

항의하면서 레이코도 안에 탔다.

"우리도!"

아야카, 나쓰키, 히나코, 그리고 데시로키 가즈야가 뒤를 이었다. 혼잡한 틈을 타서 완전히 제멋대로다. 이윽고 문이 닫히고 엘리베이터가 움직였다. 목적지는 옥상이었다. 경비원 중 한 명이 현재 상황에 대해서, "옥상에서 젊은 여성이 머리를 다친 채로 쓰러져 있다는 연락을 받았습니다. 신고한 것은 젊은 남성입니다. 어쩌면 상해 사건일지도 모릅니다"라고 가게야마에게 설명했다.

"아니, 그러니까!" 레이코는 호통을 치며 힐의 굽으로 바닥을 쳤다. "그 사람이 아니라 내가 경찰관이라고!"

레이코는 가게야마가 들고 있던 신분증을 빼앗아 들고서, "구니타치 경찰서의 호쇼 레이코야! 자, 미인 형사의 사진이 붙어 있잖아!"라고 경비원들의 코앞에 들이밀었다. 경비원들이 눈앞의 드레스 차림의 아가씨를 진짜 경찰관이라고 인식했을 무렵, 간신히 엘리베이터가 옥상에 도착했다.

빌딩 옥상이라면 급수 탱크와 빨래건조대가 있기 마련. 당연히 그럴 것이라고 레이코는 멋대로 생각하고 있었지만, '호텔 미나토구' 신관은 달랐다. 그곳은 빌딩 옥상이라고도 미나토구라고도 생각되지 않을 정도로 식물이 울창한 공간, 이른바 옥상 정원이었다. 가을의 다양한 꽃들이 심어진 화단. 영국정원 스타일로 배치된 관목. 정원 한구석에는 온실. 그 입구 근처에 사람들이 모여 작은 벽을 이루고 있었다.

경비원 두 사람과 레이코는 나란히 달려갔다. SSD 멤버 세 사람과 가게야마, 데시로키 가즈야도 뒤를 따랐다. 레이코 일행은 사람들의 벽을 헤치면서 온실 입구에 도달했다. 온실의 계단형 선반에 많은 화분이 장식되어 있었다. 그런 가운데, 중앙 통로에 검은 드레스를 입은 젊은 여성이 쓰러져 있었다. 그 옆에는 양복 차림의 젊은 남성이 걱정스러운 듯한 얼굴로 그녀의 얼굴을 들여다보고 있다. 남성의 얼굴은 낯설었지만, 검은 드레스의 여성은 한눈에 알아볼 수 있었다.

"미즈호 씨!"

레이코는 외치면서 온실 안으로 뛰어 들어갔다.

경비원들도 뒤를 따랐다. 등 뒤에는 SSD 멤버들의 비명과도 비슷한 목소리가 이어졌다.

히나코가 말했다. "거짓말! 미즈호 씨라니!"

나쓰키가 말했다. "정말로 미즈호 씨야!"

아야카가 말했다. "미즈호 씨가 죽었어!"

어이, 누구야! 재수 없는 소리 하는 녀석은!

친구의 경솔한 발언에 이맛살을 찌푸리면서, 레이코는 미즈호의 머리에 난 상처를 확인했다. 상처는 앞머리, 왼쪽 관자놀이 윗부분이었다. 다행히 상처는 얕고 출혈량도 적었다. 그래도 머리의 상처에는 충분한 주의를 기울일 필요가 있다. 레이코는 의연한 태도로 명령했다.

"구급차를 불러요. 그리고 경찰도."

"이미 제가 불렀습니다."

양복 차림의 젊은 남자가 대답했다.

"데시로키 씨는 괜찮을까요?"

"데시로키 씨?!"

경비원이 그 이름에 반응했다.

"데시로키 씨라면, 이 여자 분이……?"

"네. 데시로키 미즈호 씨입니다. 데시로키 고사쿠 씨의 딸."

레이코의 말을 듣자마자 두 경비원의 얼굴에서 핏기가 싹 가셨다.

"데시로키래!" "이 호텔 주인이야!" "큰일 났다!" "살리자!" "살려야만 해!"

"……."

일처리를 할 때 이렇게 대놓고 사람을 차별해도 되나?! 레이코는 어이없어하면서 옆에 있는 젊은 남자에게 얼굴을 돌렸다.

"그런데 당신은 누구죠?"

"저는 마야마 신지라고 합니다. 데시로키 씨하고는 그…… 친구입니다."

그…… 라는 한순간의 망설임으로 보건대, 마야마 신지와 데시로키 미즈호는 단순한 친구 사이가 아니라 연인임이 틀림없다. 미즈호에게 만나는 사람이 있다는 것은 몰랐지만, 어쨌든 미즈호는 대단한 미인이다. 연인에 양다리 한 명, 거기에 세 다리에 네 다리를 걸치고 있다고 해도 전혀 이상하지 않다.

"레이코!"

레이코를 부르는 소리에 돌아보니 데시로키 가즈야가 온실 입구 근처에서 걱정스러운 표정으로 이쪽을 바라보고 있었다.

"미즈호 누나는 무사해?"

"응, 무사해, 데시로키 군. 걱정하지 마. 그것보다 너희들!"

레이코는 바로 현장에 들어와 있는 SSD 세 사람에게 새삼스럽게 경고를 던졌다.

"지금 당장 온실 밖으로 나가. 따르지 않으면 공무집행 방해로 체포하겠어."

나쓰키가 말했다. "친구한테 '체포하겠다'라니, 그런 소릴 하는 법이 어디 있니."

히나코가 말했다. "미즈호 씨를 걱정하고 있던 것뿐이에요."

아야카가 말했다. "구니타치의 경관이 미나토구에서 까불지 마."

아우성치는 세 명을 무시하고, 레이코는 옆에 있는 집사에게 명령했다.

"가게야마, 때려도 상관없으니까 얼른 쫓아내!"

"알겠습니다."

명령을 받든 가게야마는 그러나 난폭한 짓은 하지 않고, "부디 아가씨가 말씀하신 대로 부탁드립니다"라고 정중하게 고개를 숙여서 여성들을 온실 밖으로 내보냈다.

레이코는 조금 여유를 가지고 온실 안을 둘러보았다. 쓰러진 미즈호 옆 이 미터 정도 떨어진 통로에 텅 빈 화분이 굴러다니고 있었다.

뭔가 이상하다고 생각되어 얼굴을 가까이 하고 살펴보니 아니나 다를까, 약간이지만 피 같은 것이 묻어 있는 것을 알 수 있었다. 데시로키 미즈호는 화분으로 머리를 맞은 것이다.

그때, 경비원들의 필사적인 간호가 보람이 있었는지 정신을 잃었던 미즈호가 "으음" 하는 소리를 내며 눈을 떴다.

"아, 정신이 든 모양이네. 다행이야."

레이코는 가슴을 쓸어내렸다.

"데시로키 씨!"

마야마 신지가 외쳤다.

"무슨 일이 있었습니까! 누구에게 당한 겁니까!"

연인의 물음에 미즈호는 쉰 목소리로 작게 대답했다.

"젊은 여자에게 맞았어요…… 본 적 없는 이상한 물체로…….."

미즈호 씨, 그건 아니에요. 화분을 가까이에서 볼 기회가 없어서 그렇게 보인 것뿐이지. 마음속으로 중얼거리면서, 레이코는 아무 말도 하지 않고 미즈호의 말에 귀를 기울였다.

"얼굴을 봤어요…… 모르는 여자였어요…….."

"모르는 여자에게 맞았다니! 그거 너무하는군!"

분노한 마야마가 거친 목소리로 말했다.

"네…… 하지만 어딘가에서 본 듯한 얼굴의 여자였어요…… 새 빨간 드레스를 입고 있었어요…… 가슴이 파인 드레스였고…… 그 가슴에 아름다운 보석이 반짝이고 있었어요…… 커다란 녹색 보석…… 그래, 딱 당신이 하고 있는 것이었어요…….."

미즈호는 손끝으로 레이코를 가리켰다. 가슴이 벌어진 레이코의 드레스. 그 가슴께를 장식하는 것은 에메랄드.

신비한 녹색의 보석은 가을의 햇살을 받으면서 찬연하게 빛나고 있었다.

3

이윽고 '호텔 미나토구' 주변에 구급차와 경찰차의 사이렌이 울려 퍼졌다. 신관 옥상에 달려온 구급대원은 상처 입은 데시로키 미즈호를 재빨리 들것에 태우더니 눈 깜짝할 새에 현장을 떠났다. 그것에 이어서 그 지역 경찰의 주도로 본격적인 수사가 개시되었다.

현장 지휘를 맡은 것은 성실하고 견실해 보이는 분위기의 중년 남성, 미우라 경부였다. 경부는 현장에서 레이코의 얼굴을 보더니 "어라?" 하는 표정을 짓고, 그런 뒤에 기억의 끈을 더듬듯이 "으음" 하고 팔짱을 끼고서 고개를 갸웃거렸다.

"저기, 당신은…… 확실히, 그…… 그렇군…… 으음."

곰곰이 생각한 뒤, 미우라 경부는 결국 포기했는지, "뭐, 상관없어. 어쨌든 수사에 방해가 되니까 일반인은 물러가요, 물러가세요"라고 말했다.

"포기하지 마세요, 미우라 경부님!"

레이코는 달라붙듯이 외쳤다.

"접니다. 구니타치 경찰서의 호쇼 형사예요. 이전에 시로카네다이의 사건 때 당신에게 범인 취급을 받았던 호쇼 레이코라고요!"

"아아, 자네인가. 아니, 물론 잘 기억하고 있었다네!"

잊어버리고 있었으면서! 입속에서 작게 중얼거리고, 레이코는 한숨을 쉬었다.

"한 번에 끝나지 않고 두 번이나 만나게 되다니, 뭔가 인연이 있군, 호쇼 형사. 하지만 설마 이번 사건에서도 자네가 첫 발견자인 건 아니겠지?"

"아쉽게 됐군요. 이번에 저는 두 번째 발견자이니까요."

그렇게 말하며 레이코는 옆에 서 있는 청년을 가리켰다.

"여기에 있는 마야마 신지 씨가 첫 발견자라고 합니다. 경찰에 신고한 것도 이 사람이에요. 자세한 사정은 저도 아직 못 들었습니다만."

레이코의 말을 듣고, 미우라 경부는 다시 마야마 신지를 향했다. 그리고 진지한 표정으로 그를 보더니 경찰에 신고하기까지의 자세한 경위를 설명해달라고 요구했다.

질문을 받은 마야마는 위축되지 않고 경부의 눈을 바라보며 막힘없이 설명을 시작했다.

"저와 데시로키 미즈호 씨는 회사 동료입니다. 아직 아무에게도 이야기하지 않았지만, 우리는 사귀고 있습니다. 오늘의 파티도 미즈호 씨의 초청으로 참석한 겁니다. 그렇지만 파티장에서는 주위의 눈도 신경 쓰이고, 좀처럼 미즈호 씨와 이야기를 할 기회가 없었습니다. 미즈호 씨도 계속 사촌인 가즈야 군과 이야기를 나누고 있는 것 같았고요. 그래서 저는 미즈호 씨를 옥상으로 불렀습니다. 호텔 옥상에 정원이 꾸며져 있고, 사람이 별로 없다는 것을 알고 있었으니까요. 네, 휴대전화 문자로 불러냈습니다. 연락한 건 오후 두시 반쯤입니다. 바로 답신이 왔죠. '지금 바로 옥상으로 가겠다'라는 내용으로요. 미즈호 씨는 아마 문자 답신을 한 직후에 옥상으로 향했을 겁니다."

"당신은 바로 옥상으로 가지 않았습니까?"

"물론 그럴 생각이었습니다만, 중간에 운 나쁘게 회사 상사에게 붙들리고 말았습니다. 회장에서 나오고 싶어도 나올 수 없어서……. 아마도 십 분 정도 시간을 잡아먹었던 것 같습니다. 간신히 풀려난 저는 서둘러 옥상으로 향했습니다. 약속 장소는 옥상 정원의 온실 옆이었습니다. 가보니까 그곳에는 아무도 없었습니다. '화가 나서 돌아가 버렸나?' 하고 생각하다가 문득 온실 안을 들여다봤더니 통로 한가운데에 미즈호 씨가 쓰러져 있었습니다. 저는 비명을 지르며 미즈호 씨 옆으로 달려갔고요. 자세히 보니 머리에서 피를 흘린 채 정신을 잃은 상태였습니다. 그래서 곧바로 휴대전화로 구급차를 부르고 경찰에도 신고했습니다. 아무리 봐도 사고가 아니라는 기분이 들었기 때문입니다."

온실 안에 설치된 전화로 경비실에 신고한 것도 마야마 본인이라고 했다.

어쨌든 이것으로 상황은 훨씬 명확해졌다.

데시로키 미즈호는 연인이 약속시간에 늦은 단 십 분 사이에 누군가의 습격을 받은 것이다. 흉기는 쓰러진 피해자 곁에 굴러다니는 화분. 범인은 아마도 온실 안이나 주변에 우연히 있었던 것을 순간적인 판단으로 집어 흉기로 사용한 것이 틀림없다.

그렇게 되면 문제는 대체 누가, 어떤 이유로 그런 짓을 저질렀는가이다.

단서가 될 만한 것은 역시 피해자인 미즈호가 남긴 말이었다. 레이코는 미즈호가 띄엄띄엄 말한 내용을 충실하게 재현해서 미우라 경부에게 전했다. 경부는 그 말에 깊은 흥미와 큰 의문을 품은 것 같았다.

"범인은 '모르는 여자'였다⋯⋯. 피해자가 그렇게 말했단 말이지. 흠. 그렇지만 그건 참 기묘하군. 고급 호텔의 옥상 정원에 노상강도가 있을 리도 만무한데."

"네, 노상강도의 습격이라고 생각하기는 어렵다고 봅니다. 게다가 미즈호 씨는 범인에 대해서 '모르는 여자'라고 말한 한편으로, '어딘가에서 본 듯한 얼굴의 여자'라고도 말했습니다."

"모순이로군. 대체 어느 쪽이지? 모르는 여자인가, 아는 여자인가?"

"그 모순을 푸는 열쇠는 아마도 파티가 아닐까요?"

레이코는 자신의 해석을 이야기했다.

"파티에는 수많은 손님이 옵니다. 대부분은 '모르는 사람'이죠. 하지만 파티 중에 계속 같은 공간에 있다 보면 서로 모르는 사이라도 몇 번인가는 반드시 얼굴을 마주하게 됩니다. 미즈호 씨가 말하는 '모르는 여자'이지만 '어딘가에서 본 듯한 얼굴'이라는 말은, 범인이 기류인 고로 씨의 환갑잔치에 와 있던 사람을 뜻하는 것이 아닐까요?"

"그렇군. 범인이 '붉은 드레스를 입고 있었다'라는 피해자의 말도 파티의 손님이라는 것을 뒷받침하고 있군. 그리고 드레스의 벌어진 가슴께에는 '커다란 녹색 보석'이 반짝이고 있었다⋯⋯."

미우라 경부는 레이코의 가슴을 장식한 에메랄드 펜던트를 곁눈으로 보면서 곧바로 몇 명의 부하들을 향해서 지시를 내렸다.

"범인은 젊은 여자고, 붉은색 계통 드레스. 패인 가슴께에 녹색 보석을 달고 있어. 붙잡아둔 파티 참석자들 중에서 조건이 맞는 사람을 골라내⋯⋯ 아니, 잠깐."

미우라 경부는 일단 내린 명령에, 약간의 수정을 가했다.

"녹색 보석이라는 조건에는 구애되지 않아도 좋아. 보석에 대해서는 누구에게도 말하지 마. 가슴이 패인 붉은색 계통의 드레스를 입은 젊은 여자만을 모아줘. 최대한 빨리!"

4

그 뒤로 한동안 시간이 흐른 뒤. 장소는 '호텔 미나토구'의 신관 옆에 있는, '구관'이라 불리는 고색창연한 오층 건물.

레이코를 포함한 SSD 멤버 네 명과 데시로키 가즈야, 마야마 신지는 사건의 관계자로서 구관 한구석에 있는 소형 홀에서 대기하고 있었다. 가게야마는 사건의 관계자라기보다, 레이코의 관계자로서 당연히 그녀 곁에 대기 중이었다.

소형 홀은 역사가 있는 다목적 홀이라는 느낌이 드는 공간이었다. 천장에 매달린 골동품 같은 샹들리에와 벽에 배치된 백열등의 간접조명이 엄숙한 분위기를 연출했다. 창가에는 부드러운 가을 햇살이 비치고 있었다.

레이코 일행이 기다리는 동안, 미우라 경부의 지시에 따라 파티 참석자의 선별이 이루어지고 있는 모양이었다. 용의자의 자격을 채운 사람들이 레이코 일행이 있는 소형 홀에 모였다. 그 결과, 붉은 드레스 차림의 젊은 여성들이 일곱 명이나 한 자리에서 만나게 되었다. 일곱 명의 면면은 기류인 아야카, 미야모토 나쓰키, 모리 히나코, 거기에 호쇼 레이코까지 요컨대 SSD 멤버가 네 사람. 그리고 레이코가 모르는 여성 세 명이 불려와 있었다. 소형 홀은 마치 붉은 드레스 품평회가 열리기라도 한 것처럼 화려한 광경을 연출하고 있었다.

그런 가운데, 주인공이 등장하듯 미우라 경부가 소형 홀에 모습을 드러냈다. 레이코를 제외한 SSD 멤버는 경부를 향해서 곧바로 불평불만을 마구 쏟아냈다.

"왜 우리가 용의자 취급을 받아야 하는 거죠?"라고 나쓰키가 말하자,

"맞아요. 우리는 미즈호 씨의 친구인데!"라고 히나코도 불만스러운 듯 말했다.

기류인 아야카는 분노를 참을 수 없다는 눈빛으로 경부에게 공격적인 시선을 보냈다.

"제가 기류인 가문의 딸이란 것을 알면서도 용의자 취급을 하다니, 배짱 한번 두둑하군요. 뭐, 좋아요. 그런데 형사님, 아무래도 붉

은 드레스의 여자가 용의자인 것 같은데, 그런 사람은 파티에 온 손님 중에 많이 있지 않았나요?"

"그런데 그게 그렇지도 않았습니다."

미우라 경부는 정중하게 설명했다.

"환갑잔치 손님은 나이층이 높고 남성 손님 쪽이 압도적으로 많습니다. 젊은 여성도 있기는 있습니다만, 차분한 배색의 옷차림이 대부분입니다. 가슴이 파인 붉은 드레스처럼 조금 의욕이 지나친 옷차림의 여성은 여기에 있는 일곱 명뿐입니다."

"조금 의욕이 지나치다니, 무슨 소리예요!"

흘려들을 수 없다는 듯이 아야카는 허리에 손을 대고 맹렬히 항의했다.

"별로 의욕 낸 것도 없어요. 저한테 이 정도는 평상복이라고요."

"에이, 그건 거짓말이지!"

"말도 안 돼요!"

"너희 집에서는 매일 파티라도 하나!"

나쓰키, 히나코, 레이코 세 사람의 인정사정없는 딴죽이 아야카에게 날아들었다. 미우라 경부는 SSD의 시끄러운 말싸움을 본체만체하며 다른 세 용의자에게 눈길을 돌렸다.

한 명은 쇼트커트가 잘 어울리는 날씬한 여성. 나이는 이십대 초반일까. 다른 한 명은 머리카락이 긴 육감적인 여성. 나이는 삼십대 후반으로 보인다.

그러나 이 두 여성은 미우라 경부의 관심을 끌지 못했다. 가슴을 장식하고 있는 보석이 달랐기 때문이다. 한 사람은 자수정 펜던트. 다른 한 사람은 진주 목걸이. 어느 쪽이나 녹색과는 거리가 있는 색깔이었다.

물론 범인이 범행 직후에 보석을 다른 것으로 바꾸는 것은 이론적으로 가능하다. 그러나 현실에서는 어렵다. 미즈호가 보석을 목격했다는 정보는 미우라 경부나 레이코 등 극히 일부 사람밖에 모른다. 그렇다면 용의에서 벗어나기 위해 가슴의 보석을 바꾼다는 발상 자체가 범인의 머리에 떠오르지 않을 것이다. 애초에 범인이 미리 두 번째의 보석을 준비했다고 생각할 수 없다. 역시 이 두 사람은 용의 대상에서 벗어났다고 말해도 좋을 것이다.

이윽고 세 번째 여성에게 눈길을 준 순간, 미우라 경부의 표정이 변했다.

가슴이 V자 모양으로 패인 대범한 드레스. 색은 자주색에 가까운 붉은색. 요즘 유행하는, 세로로 빙글빙글 말린 긴 머리는 밝은 갈색으로 염색되어 있다. 한없이 술집 여자의 느낌이 나는 요사스런 분위기의 여성이다. 그런 그녀의 가슴에서 빛나는 것은 틀림없는 녹색 보석, 에메랄드 펜던트였다.

경부는 그녀에게 사무적인 어조로 이름과 직업을 물었다. 그녀는 허스키한 목소리로 대답했다.

"나가세 치아키. 시나가와 역 근처의 바 '포아로'에서 일하고 있어요."

"피해자인 데시로키 미즈호 씨를 아십니까?"

"데시로키 씨라면 이 호텔의 주인의 성이 데시로키였죠? 우리 가게에도 온 적이 있어요. 하지만 미즈호란 이름은 모르겠네요. 어, 딸이에요? 흐음, 그렇구나."

왠지 모르게 말을 돌리는 느낌으로 나가세 치아키가 대답했다. 미우라 경부는 담담하게 물었다.

"기류인 고로 씨의 파티에는 어떤 경위로 참가했습니까?"

"우리 고로 씨가 직접 초대를 해주더라고요. 고로 씨는 우리 가게의 단골이거든요."

"잠깐! '우리 고로 씨'라니, 우리 아빠하고 친한 척하지 마!"

아버지의 이름이 더럽혀졌다는 듯이 아야카가 성난 기색으로 소리쳤다. 레이코가 황급히 두 사람 사이에 끼어들어서 "너무 그러지 마, 술집 사람들은 흔히 쓰는 표현이야"라고 아야카를 달랬다.

미우라 경부는 아무 일도 없었다는 듯이 "그렇군요"라고 고개를 끄덕이면서 날카로운 시선을 그녀의 가슴께에 던졌다.

"그런데 드레스에 단 보석이 참으로 훌륭하군요. 에메랄드인가요?"

"응, 이거요? 물론 진짜 에메랄드죠. 그게 왜요?"

그 말을 들은 미우라 경부는 드디어 여기가 승부처라고 생각했는지 이제까지 감추고 있던 카드를 그녀를 향해 제시했다.

"실은 피해자를 습격한 범인은 가슴이 패인 붉은 드레스를 입은 젊은 여성이고, 가슴에는 녹색 보석을 하고 있었다는 증언이 있었습니다. 아시겠죠, 이 의미를?"

나가세 치아키는 경부의 말을 듣자마자 자신의 드레스를 확인했다. 그런 뒤에 벌어진 가슴에 눈길을 주고, 그곳에 반짝이는 에메랄드를 바라보았다. 그러고 나서 그녀는 다른 여섯 명의 여자들의 가슴을 향해 시선을 던졌다. 그녀는 조금 안심한 듯이 숨을 내쉬고는 다시 미우라 경부에게 반론했다.

"그렇군요. 확실히 저의 모습은 형사님이 말하는 범인의 조건과 일치하고 있어요. 하지만 그렇다면 저기 있는 두 사람도 마찬가지일 거예요. 봐요, 저기를! 둘 다 에메랄드를 가슴에 장식한 붉은 '윙크' 같은 사람들이 있잖아요!"

"왜 당신까지!"

"그런 예 같은 건 들지 마!"

아야카와 레이코가 분노의 목소리를 낸 것은 용의자 취급이 불만이었기 때문이 아니라 '윙크' 취급이 불쾌했기 때문이다. 미우라 경부는 "일단 자네들은 진정하게"라며 화내는 미녀들을 달랜 뒤에 다시 나가세 치아키를 향했다.

"분명 이 사람들도 겉으로 보기에는 조건에 부합합니다. 그렇지만 이 호쇼 레이코 양은 구니타치 경찰서의 현직 형사입니다. 한편 이쪽의 기류인 아야카 씨는 기류인 고로 씨의 딸입니다."

"그게 어쨌다는 건가요. 형사님이나 아가씨는 범죄를 저지를 리 없다는 말인가요?"

"흠. 말씀대로군요."

떨떠름하게 고개를 끄덕이고서 미우라 경부는 감추고 있던 다른 한 장의 카드를 다시 그녀 앞에 제시했다.

"실은 피해자인 데시로키 미즈호 씨는 얻어맞기 직전에 범인의 얼굴을 봤다고 합니다. 범인은 피해자가 모르는 여성이었다고 합니다. 그런데 이 두 사람은 데시로키 미즈호 씨와 학생 시절부터 오래 알고 지낸 사이입니다. 아니, 이 두 사람뿐만 아니라 이 자리에 있는 네 사람은 학생 시절부터 데시로키 미즈호 씨와 교류가 있던 동호회 멤버라고 합니다. 요컨대 이 네 사람은 용의자에서 제외되는 겁니다. 참고로⋯⋯."

그렇게 말하며 미우라 경부는 벽에 서 있는 나쓰키와 히나코를 가리키며 말했다. "저쪽의 두 사람은 보석의 색이 붉은색이므로 그 점으로 봐도 용의선상에서는 제외되게 됩니다."

"그, 그런가요⋯⋯."

"한편, 데시로키 미즈호 씨가 어떻게 잘못 보더라도 순백의 진주나 자수정을 녹색이라고 판단하는 일은 있을 수 없습니다. 따라서 이쪽의 두 여성도 범인이 아닙니다. 그렇다는 이야기는!"

미우라 경부는 상대의 가슴을 찌르듯이 검지를 그녀를 향해 내찔렀다.

"범인의 조건에 들어맞는 인물은 나가세 치아키 씨, 당신 한 명이⋯⋯."

성급하게 결론을 내리려고 하는 경부. 그러나 그의 말을 가로막듯이 한 남자의 외침이 홀을 갈랐다.

"잠깐만요!"

목소리가 난 쪽으로 일동의 시선이 모였다. 데시로키 가즈야였다. 그는 우선 나가세 치아키 쪽으로 얼굴을 향하더니, "이런 상황이니 더 이상 숨기지 않겠어!"라며 일동이 고개를 갸웃거릴 만한 소리를 했다. 그런 뒤에 그는 미우라 경부 쪽에게 다가가서는 의외의 사실을 밝히기 시작했다.

"아직 아버지에게도 말하지 않은 일입니다만, 이런 상황이니 확실히 밝히겠습니다. 저기 있는 나가세 치아키 씨는 저의 연인입니다. 저와 나가세는 사귀고 있습니다. 그건 미즈호 누나도 알고 있습니다. 아는 정도가 아닙니다. 얼마 전에도 저와 나가세는 미즈호 누나와 같이 식사를 했으니까요. 아시겠죠, 형사님? 이 의미를."

"뭐, 뭐라고!"

데시로키 가즈야의 의외의 고백에 경부는 눈을 껌뻑이며 말했다.

"데시로키 미즈호는 나가세 치아키를 잘 알고 있다……. 그, 그러면 미즈호가 말한 '모르는 여자'의 정체는 나가세 치아키가 아니라는 이야기인가……."

"네. 그런 겁니다. 이 여자는 범인이 아닙니다."

연인을 궁지에서 구한 데시로키 가즈야는 힘차게 고개를 끄덕였다. 용의선상에서 풀려난 나가세 치아키는 안심했는지 남의 눈도 개의치 않고 데시로키 가즈야에게 가서 안겼다. 아름다운 광경이었다.

그러나 그런 두 사람의 훈훈한 모습을 앞에 둔 SSD 멤버들은, 얼음처럼 싸늘한 시선을 보낼 뿐이었다.

어느샌가 시각은 오후 네시 반을 지나고 있었다. 용의자들이 모인 작은 홀에는 가을 특유의 눈부신 햇살이 가득 비쳐들고 있다.

그런 가운데, 미우라 경부는 말없이 파이프 의자에 앉아 있었다. 나가세 치아키 범인설이 뒤집어진 것에 상당히 쇼크를 먹은 모양이었다. 경부는 몸의 오른쪽에 서쪽 햇살을 가득 받으면서도 미동조차 하지 않았다.

그런 미우라 경부를 배려했는지 지금까지 세속 벽 쪽에 있던 모리 히나코가 혼자 창가로 걸어가서 블라인드를 하나, 또 하나 내리기 시작했다. 그것을 본 가게야마는 직업의식에 자극을 받았는지 누구에게 명령받은 것도 아닌데도 스스로 창가로 걸어가서 히나코를 도와 블라인드를 내리기 시작했다. 히나코는 "고맙습니다"라고 말하고서 이후의 작업을 집사에게 맡기고 혼자 벽 쪽으로 돌아갔다. 가게야마가 나머지 모든 블라인드를 내리자, 방은 간신히 차분한 조명을 되찾았다.

그리고 작업을 끝낸 타이밍을 노린 듯이, "저기, 경부님"이라고 가게야마가 미우라 경부에게 말을 걸었다.

"약간의 시간을 허락받아 용무를 처리하러 다녀오고자 합니다만, 허락해주시겠습니까?"

"음?"

미우라 경부는 한순간 아주 커다란 요구를 받은 듯 긴장했다가, 간신히 사정을 이해하고서 말했다.

"뭐야, 말하자면 화장실인가? 상관없어. 다녀오게."

감사합니다, 라고 깊이 고개를 숙인 가게야마는 시치미 떼는 얼굴로 문을 열고 방을 나갔다.

그러나 레이코는 감이 왔다. 이렇게 눈에 띄는 장면에서 저 가게야마가 화장실?! 있을 수 없는 얘기다. 뭔가 있다! 그렇게 생각한 레이코는 재빨리 미우라 경부에게 말을 걸었다.

"저기, 경부님……."

"상관없어, 다녀오게. 복도를 왼쪽으로 돌아서 쭉 가다가 오른쪽이야."

아뇨, 아무도 화장실이라고는 말하지 않았습니다만……. 레이코는 억울하긴 했지만, 이것은 이것대로 괜찮겠다고 생각을 고치고 경부의 착각을 이용하기로 했다.

"그러면 실례하겠습니다."

이렇게 해서 레이코는 극히 자연스럽게 방을 나왔다. 문을 닫자마자 레이코는 가게야마의 모습을 찾아서 복도의 좌우를 둘러보았다. 그런 그녀의 등 뒤에서 허를 찌르듯이 가게야마의 목소리가 들렸다.

"무엇을 찾고 계십니까, 아가씨?"

레이코는 거북이처럼 목을 움츠리며 뒤를 돌아보았다. 신출귀몰한 집사는 낫 모양으로 구부러진 복도 구석에서 그 장신을 드러냈다.

"화장실이라면 복도 왼쪽으로 쭉 가시다가 오른쪽입니다."

"바보, 그게 아니라니까!"

레이코는 가게야마에게 달려가서 그의 가슴을 가리켰다.

"당신에게 물어볼 말이 있어."

"어라, 그러셨습니까?"

가게야마는 장난치는 투로 말하더니 안경을 쭉 밀어 올렸다.

"실은 저도 아가씨에게 여쭙고 싶은 것이 있었습니다. 그러면 이쪽으로 오시죠."

가게야마는 레이코를 복도의 막다른 곳으로 인도했다. 철문을 열자, 외부에 부착된 비상계단이 나왔다. 비밀 이야기를 하기에는 안성맞춤이다. 레이코는 재빨리 가게야마에게 물었다.

"가게야마, 당신은 이번 사건을 어떻게 생각해? 뭔가 깨달은 것 아니야? 평소의 당신이라면 이제 슬슬 '이런 것도 모르냐, 이 바보 계집애!'라고 말할 시점이야."

"편견입니다, 아가씨. 제아무리 저라도 그렇게까지 무례한 소리는 하지 않습니다."

뭐, 확실히 레이코도 '바보 계집애'라고 불린 기억은 없다. 이것이 바로 피해망상증인가.

"하지만 뭔가 깨달은 것 정도는 있지 않아?"

"네, 확실히 다소 알고 있는 점도 있습니다만 지금은 아직 말씀드릴 단계가 아닙니다. 그것보다 아가씨, 제게 한 가지 알려주시지 않겠습니까."

가게야마는 그렇게 말하며 렌즈 아래서 차갑고 예리한 시선을 보냈다.

"SSD의 다섯 번째 멤버, 이름은 기자키 마이 님이셨던가요. 그

분은 입원 중이라고 들었습니다. 그 원인은 데시로키 가즈야 씨에게 있는 듯하더군요. 실제로 그 남자를 보는 SSD 멤버의 시선에는 험악한 기운이 느껴졌습니다. 기자키 마이 님과 데시로키 가즈야 씨 사이에 대체 무슨 일이 있었던 겁니까?"

"……."

레이코는 자기도 모르게 머뭇거렸다.

"그게, 이번 사건하고 관계가 있다는 거야?"

"네. 아마도."

가게야마는 거의 단정적으로 말하며 레이코의 결단을 재촉했다.

"알았어. 그러면 이야기할게. 딱히 드문 이야기는 아니야. 마이가 입원한 건 자살미수 때문이야. 자기 집 아파트 베란다에서 뛰어내렸어. 하지만 다행히 떨어진 곳이 화단이라서, 부드러운 흙이 충격을 흡수해서 목숨은 건졌어. 그래도 중상을 입었지만."

"흠. 그러면 자살을 시도하게 된 원인이 데시로키 가즈야 씨에게 있다는 말씀이군요."

"그래. 데시로키 군은 우리들에게는 대학 동창이었어. 졸업한 뒤에도 그 관계는 이어지고 있었어. 서로 사회인이 된 터라 같이 테니스를 칠 기회는 없어졌지만, 매년 봄마다 꽃놀이를 갈 때는 데시로키 군도 늘 같이 가곤 했어. 그러던 중에 마이와 데시로키 군이 사이가 좋아져서 사귀게 되었어. 아마도 이 년 정도 사귀었을 거야. 하지만 바로 두 달 전에 두 사람은 헤어졌어. 이유는 데시로키 군에게 새 연인이 생겨서……."

"그게 나가세 치아키. 바에서 일한다는 그 요염한 미녀로군요."

"나도 조금 전에 처음 알았어. 소문으로는 들었지만. 데시로키 군은 취향이 영 못쓰겠네."

"그렇군요. 데시로키 씨에게 차인 마이 님은 슬픔에 잠긴 나머지 자살을 시도했다. 데시로키 씨에게 SSD 멤버들의 차가운 시선이 쏟아진 건 그 이유였군요."

"뭐, 그런 거지. 그도 그럴 것이, 마이가 불쌍하니까."

"그렇군요. 그러면 아가씨, 마지막으로 한 가지만 더 여쭙겠습니다. 습격당한 미즈호 님도 사촌인 가즈야 씨와 봄에 꽃놀이를 갈 때에 늘 같이 가셨습니까?"

마지막 질문치고는 의외의 질문이다. 레이코는 자기도 모르게 미간을 좁혔다.

"뭐어?! 그런 걸 물어서 어쩌려고. 아니, 미즈호 씨는 꽃놀이에는 오지 않아. 그도 그럴 것이, 미즈호 씨는 친구이기는 해도 대학 동창인 건 아니니까. 우리들보다 조금 연상이고."

"그렇지 않을까 하고 생각했습니다."

가게야마는 기쁜 듯이 크게 고개를 끄덕이더니 말을 이었다.

"흠, 이것으로 대충 알 것 같은 기분이 듭니다. 미즈호 님을 가격한 범인의 정체와 그 목적을."

"어, 정말로 알았어?! 그러면 자세히 설명해줘."

"자세히 설명하고 있으면 해가 저물어버립니다."

"그만큼 복잡한 사건이라는 거야?"

"아뇨. 단 한순간에 사건을 해결로 이끄는 수단도 있습니다만, 어떠십니까?"

"어떠십니까, 라니. 그야 짧은 편이 당연히 좋지. 하지만 한순간에 사건 해결이라니, 정말로 할 수 있어?"

"네, 아마도"라고 가게야마는 자신감을 비쳐 보이고는 레이코의 정면을 향해서 진지한 말투로 말했다.

"다만 그러기 위해서는 아가씨의 협력을 얻어야만 합니다."

"뭐, 뭐야, 협력이라니. 알았어, 뭐든지 말해봐."

그러자 가게야마는 레이코의 앞에서 깊이 고개를 숙이고, 뜻밖의 부탁을 했다.

"아가씨께서 다시 한 번, 여러분들 앞에서 그것을 보여주셨으면 합니다."

"그거?! 그거란 게 뭔데?!"

레이코는 멀뚱한 얼굴로 그의 말을 기다렸다.

이어서 나온 가게야마의 엉뚱한 말에 레이코는 귀를 의심했다.

5

그 뒤로 수 분 뒤. 레이코는 일동이 기다리는 소형 홀의 문 앞에 혼자 서 있었다. 첫 무대를 밟는 신인 여배우처럼 '후우' 하고 크게 숨을 토한다. 그리고 그녀는 천천히 문손잡이에 손을 대고 문을 밀어 열었다. 실내에 한 걸음 발을 들인 순간, 예상했던 대로 기류인 아야카의 빈정거림 섞인 조소가 날아들었다.

"레이코, 넌 화장실을 찾아서 대체 어디까지 갔었니? 복도에서 조난이라도 당했어?"

"응, 복도에서 눈보라가 휘몰아쳐서 길을 잃었지 뭐야."

레이코는 적당히 둘러대면서 가게야마의 모습을 확인했다. 레이코의 충실한 하인은 태연한 얼굴로 창가에 서서 멋질 정도로 그 존재감을 지우고 있었다. 레이코도 가게야마의 모습을 무시하는 듯한 동작으로 똑바로 방 가운데를 향해서 걸음을 뗐다. 그리고.

"꺄앗!"

레이코는 아무런 전조도 없이 갑자기 발을 헛디디며 넘어졌다. 다음 순간에는 레이코는 마치 역전 끝내기 안타를 맞은 패전 투수처럼 두 손을 바닥에 짚게 되었다. 명가의 딸에게는 있을 수 없는 자세. 그것도 오늘만 두 번째. 마치 몇 시간 전의 리플레이처럼 쓰러진 레이코를 목격한 다른 SSD 멤버도 처음에는 아연실색했다. 그러나 약간의 침묵 뒤에 비웃는 듯한 웃음소리가 소형 홀에 울려 퍼졌다. 아야카의 목소리였다.

"호호홋! 무슨 일이니, 레이코? 하루에 두 번이나 넘어지다니. 그러다가 다리가 부러지겠어, 애."

"그만 해, 아야카."

상황을 생각했는지, 나쓰키가 아야카를 나무랐다.

"괜찮니, 레이코?"

"괜찮은가요, 레이코 씨?"

히나코도 당황하는 목소리를 내며 레이코 쪽으로 달려갔다.

악우라고 해도 학생 시절부터 오랫동안 알고 지낸 사이다. 다리를 누르며 몸을 웅크린 레이코의 주위에 세 명의 친구가 걱정스러운 얼굴로 모여들었다. 엉거주춤한 자세로 레이코를 들여다보는 세 사람. 그런데 그때!

창가에서 서 있던 가게야마가 드리워진 줄을 쭉 잡아당겼다. 내려가 있던 블라인드 한 장이 단숨에 끌려 올라갔다. 짧은 순간, 작은 홀에는 눈부실 정도의 빛이 쪄졌다.

레이코는 재빨리 고개를 들어서 눈을 크게 뜨고 앞을 보았다. 아야카, 나쓰키, 히나코. 세 사람의 가슴에 반짝이는 보석이 레이코의 눈앞에 있었다. 비스듬히 비쳐든 저녁 햇살을 받고 아야카의 에메랄드는 더욱 강렬하게 녹색 광채를 발하고 있었다. 나쓰키의 루비도 붉은 빛을 더욱 드러내고 있었다.

그리고 히나코의 가슴에 눈길을 준 순간.

"······!"

레이코는 자기도 모르게 소리를 지를 뻔했다.

히나코의 가슴을 장식하고 있었을 붉은 루비는 이미 그곳에 없었다. 그녀의 가슴에서 반짝이고 있는 것은 녹색 광채를 발하는 에메랄드······ 아니, 그럴 리가 없다. 원래부터 히나코의 보석은 루비도 에메랄드도 아니었던 것이다. 레이코는 히나코의 펜던트 톱에 손을 뻗어서 녹색 보석을 손끝으로 집었다. 히나코의 표정이 불쌍해 보일 정도로 굳는 것을 알 수 있었다.

"속여서 미안해, 히나코."

레이코는 다시 히나코의 보석을 태양빛에 비춰보았다. 역시 틀림없었다.

"알렉산드라이트. 백열등 아래서는 붉고, 태양빛 아래서는 녹색으로 빛나는 변광성 보석. 하지만 이 정도로 멋지게 변색되는 것은 좀처럼 찾아볼 수 없어. 그렇지, 가게야마!"

"말씀대롭니다, 아가씨."

집사는 감복한 듯이 깊이 고개를 숙였다.

"히나코!"

레이코는 후배의 눈을 응시하면서 엄하게 물었다.

"왜 감추고 있었어?"

와들와들 떠는 모리 히나코는, 이윽고 단념한 듯이 바닥에 울며 주저앉았다. 그 입에서는 미안해요, 미안해요, 라고 참회의 말이 쉬지 않고 흘러나왔다. 말 그대로 자백이었다. 레이코는 히나코를 끌어안았다. 아야카와 나쓰키는 영문을 모르겠다는 듯이 서로 마주볼 뿐이었다. 상황 파악이 덜 된 미우라 경부도 우선 당황하는 몸짓으로 히나코 곁으로 달려갔다.

그리고 선언한 대로 한순간에 사건을 끝낸 가게야마는, 아무 일도 없었다는 듯이 블라인드를 내렸다.

서쪽으로 기운 태양이 가로막히자, 히나코의 보석은 다시 피 같은 붉은색으로 돌아갔다.

이윽고 빌딩의 계곡에 가을의 석양이 완전히 그 모습을 감췄을 무렵.

모리 히나코는 미우라 경부에게 이끌려 현장을 떠났다. 기류인 아야카와 미야모토 나쓰키는 무슨 일이 일어났는지 이해하지 못하는 눈치였다. 설명을 요구하는 친구들에게 레이코는,

"나는 전부 이해하고 있지만 현직 형사라는 입장 상, 설령 친한 친구라도 지금은 아직 아무것도 말할 수 없어"라는 태도를 관철했다. 실제로는 레이코 자신도 잘 이해하지 못했던 것이다.

레이코가 간신히 가게야마의 입에서 자세한 이야기를 들을 수 있었던 것은, 구니타치로 귀환하는 리무진 안에서였다.

운전석에서 핸들을 쥔 가게야마는, 천천히 입을 열기 시작했다.

"아가씨는 이상하게 생각하고 계시겠죠. 왜 모리 히나코가 진범인가. 데시로키 미즈호를 습격한 범인은 미즈호가 '모르는 여자'였을 텐데. 모리 히나코와 데시로키 미즈호는 학생 시절부터 친했던 사이가 아닌가, 라고. 그렇게 생각하고 계시지 않습니까?"

"응, 맞아. 두 사람은 아는 사이였어. 왜 미즈호 씨는 범인이 '모르는 여자'라고 말했을까. 설마 히나코를 감싸려고 거짓말을? 아니면 단순한 착각?"

"아뇨, 거짓말도 아니고 착각도 아닙니다. 사실 미즈호 님은 히나코 님을 몰랐던 것입니다."

"뭐어?!"

레이코는 자기도 모르게 소리쳤다.

"미즈호 씨와 하나코는 옛날부터 알던 친구야. 오늘의 파티에서도 두 사람은 사이좋게 이야기를 나눴잖아. 가게야마, 당신도 봤잖아."

바보 취급하듯이 말하는 레이코에게, 운전석의 집사는 평소와 다름없는 목소리로, "대답하기 송구합니다만, 아가씨야말로 어디에 눈알을 달고 계시는 겁니까?"라고 평소와 같은 정중한 어조로 폭언을 했다.

레이코는 자기도 모르게 뒷좌석에서 굴러떨어져서 리무진의 딱딱한 바닥에 허리를 부딪쳤다. 전조 없는 폭언에는 몸이 제대로 반응할 수 없다.

"아가씨, 위험합니다. 부디 안전벨트를 매시는 게……."

"당신이 나를 위험한 꼴로 만들었다고!"

레이코는 뒷좌석에서 벌떡 일어나다가 이번에는 차의 천장에 머리를 부딪쳤다.

"아얏! 애초에 당신, 무슨 소릴 하고 싶은 거야? 내 눈알이라면, 봐! 얼굴 앞에 제대로 두 개가 붙어 있다고. 아니면 내 눈알이 등에 달려 있다는 거야?"

"아뇨, 그렇게 말하지는 않았습니다만."

가게야마는 곤란한 듯이 어깨를 움츠렸다.

"그렇지만 아가씨의 두 눈에 진실은 비치지 않았습니다. 그건 사실이겠죠."

"무슨 소리야?"

"제가 보기에는, 히나코 님과 미즈호 님은 한 번도 대화를 나누지 않았습니다."

"그렇지 않아. 당신도 옆에서 제대로 듣고 있었잖아. 미즈호 씨가 우리들의 대화에 끼어서 그 '중대 발표' 소문으로 즐겁게 이야기를 나눴어. 그런 장면이 있었잖아. 그때 미즈호 씨와 히나코는 확실히 둘이서 대화를……."

"정말로 그럴까요? 미즈호 님은 확실히 아가씨와는 대화를 나누셨습니다. '오래간만이네요, 레이코 씨'라고 미즈호 님은 대화 중에 끼어드셨죠. 그 뒤로 '아야카 씨에게 묻고 싶은데'라고 말하며 아야카 님에게 중대 발표 소문 이야기를 꺼냈습니다. 그러나 미즈호 님은 대화가 한창일 때, 나쓰키 님과 히나코 님의 이름을 입 밖에 낸 적은 한 번도 없지 않았습니까?"

"이, 이름은 말하지 않았을지 모르지만…… 하지만 대화는 했던 게……."

"아뇨. 그 장면에서 미즈호 님은 주로 아야카 님과 대화를 나누셨습니다. '혹시 결혼 발표?'라는 장난치는 이야기를 즐겁게 하셨죠. 그때 히나코 님은 두 사람 곁에서 흥미진진하게 두 사람의 대화를 들으면서, '그 소문이라면 저도 들었어요'라든가 '정말인가요, 아야카 씨?'라는 말을 아야카 님을 향해 던지고 계셨습니다. 결코 미즈호 님을 향해서는 아닙니다. 그 장면에 미즈호 님은 아야카 님과 이야기를 하셨고, 한편 히나코 님도 아야카 님과 이야기를 하셨습니다. 그러나 제 기억하는 한, 미즈호 님과 히나코 님 사이에서는 한 마디의 대화도 오가지 않았습니다. 어째서일까요?"

"어째서일까?"

"아마도 두 분은 서로가 누구인지 잘 몰랐기 때문이라고 생각합니다."

가게야마의 말에 레이코는 또 한 번 뒷좌석에서 미끄러져 떨어질 뻔했다.

"누구인지 몰랐다니! 거짓말이야. 두 사람은 서로 잘 알고 있었을 거야!"

"그 착각이 아가씨의 눈을 가리고 있었던 겁니다. 아가씨는 SSD의 멤버로서 히나코 님과 친한 사이지요. 지금도 봄이 되면 매년 같이 꽃놀이를 하는 사이이십니다. 그와 동시에 아가씨는 호쇼 가문의 영애라는 입장 상, 데시로키 가문의 영애인 미즈호 님과는 파티 등에서 때때로 얼굴을 마주할 기회가 있습니다. 그리고 아가씨는 히나코 님과 미즈호 님이 학생 시절의 지인이며 같이 스포츠를 즐겼던 사이였던 것을 잘 알고 계십니다. 거기서, 아가씨께 한 가지 착각이 생겨났습니다. 자기가 잘 아는 모리 히나코와 자기가 잘 아는 데시로키 미즈호는 당연히 서로를 잘 아는 사이일 것이다, 라고."

"……하, 하지만 사실이잖아."

"그렇지요, 실제로 히나코 님과 미즈호 님이 만난 적이 있다는 건 틀림없습니다. 그러나 두 사람이 같은 시간을 보낸 것은 학생 시절에 바캉스를 갔을 때뿐입니다. 게다가 대학을 졸업한 뒤로 벌써 몇 년이 경과했습니다. 그동안에 치과의사의 딸인 히나코 님과 호텔왕의 딸인 미즈호 님 사이에 접점이 있었을까요? 물론 아가씨나 아야카 님을 접점으로 간접적인 연결은 유지되고 있습니다. 히나코 님이 아가씨의 입을 통해 미즈호 님의 최근 소문을 듣거나, 미즈호 님이 아야카 님의 입을 통해서 히나코 님의 소문을 듣거나 하는 연결은 있었겠지요. 그러나 그것은 어디까지나 대화 중에서만 나오는 정보에 지나지 않습니다. 실제로 히나코 님이 미즈호 님과 직접 얼굴을 마주할 기회는 최근 들어서는 전혀 없지 않았습니까? 미즈호 님은 봄의 꽃놀이에도 참석하지 않으셨을 테고······."

"듣고 보니 확실히 그럴지도······."

"그렇다면 서로가 서로의 얼굴을 완전히 잊어버렸다고 해도 전혀 이상할 것이 없습니다. 그 장면에서 히나코 님은 갑자기 대화에 끼어든 미즈호 님을 보면서, '이 사람이 누구였더라?'라고 내심 고개를 갸웃거렸겠죠. 그것은 미즈호 님 쪽도 마찬가지였다고 생각됩니다. 옆에 있는 히나코 님을 '이 녀석은 누구지?'라고 생각하면서, 미즈호 님은 일단 아가씨나 아야카 님과의 대화를 즐기고 있었던 겁니다."

미즈호가 히나코를 '이 녀석'이라고 생각할지 어떨지는 일단 치워두고. 가게야마가 말한 진실은 레이코에게 너무나 의외였다. 미즈호와 히나코가 서로 모르는 사이였다니!

"믿을 수 없어. 두 사람은 즐겁게 대화를 하는 것처럼 보였는데······."

"뭐, 많은 사람이 모이는 파티에서는 흔히 있는 일입니다. 신나게 대화를 나눈 뒤에 '방금 전 사람, 누구였더라?' 하고 고개를 갸웃거리는 케이스는 파티에서는 흔한 우스갯소리죠. 딱히 드문 일은 아닙니다."

"그건 그렇지만……. 그러면 나쓰키는 어떤 거야? 나쓰키는 미즈호 씨를 알고 있었어. 나는 기억하고 있어. 나쓰키는 미즈호 씨가 떠나간 직후에 미즈호 씨의 이름을 확실히 말했어."

"말씀대롭니다. 나쓰키 님은 기억력이 특별히 좋으신 거겠죠. 그러나 한편으로 미즈호 님 쪽이 나쓰키 님을 기억하고 있었는지 여부는 상당히 수상쩍다고 말하지 않을 수 없습니다. 실제로 그 대화 장면에서도 나쓰키 님 쪽에서 미즈호 님에게 친근하게 말을 건 적은 있었습니다만, 미즈호 님이 나쓰키 님에게 말을 건 적은 없었습니다. 아마도 미즈호 님 쪽은 나쓰키 님의 얼굴을 완전히 잊어버린 거라고 생각됩니다."

"즉 미즈호 씨에게 나쓰키와 히나코는 두 사람 다 '모르는 여자'였다는 얘기구나."

"그렇습니다. 그리고 파티가 시작된 지 약 한 시간 반이 경과한 오후 두시 반에 사건이 발생했습니다. 옥상 정원의 온실 안에서 미즈호 님이 누군가에게 습격을 받았습니다. 미즈호 님의 증언에 따르면 범인은 미즈호 님에게 '모르는 여자'였고, 그러면서도 '어딘가에서 본 듯한 얼굴'이었습니다. 어떻습니까, 아가씨. 이 미묘한 증언은 그야말로 나쓰키 님, 히나코 님의 두 사람과 미즈호 님과의 거리를 보여주고 있습니다. 그렇게 생각되지 않습니까?"

"확실히 그러네. 미즈호 씨에게 나쓰키와 히나코는 '모르는 여자'. 게다가 미즈호 씨가 우리와 이야기를 나눌 때, 바로 옆에 그 두 사람이 있었어. 그러니까 미즈호 씨에게 '어딘가에서 본 얼굴'이 틀림없지. 당신, 처음부터 나쓰키와 히나코를 의심하고 있었구나?"

"딱히 의심한 것은 아니고……. 어디까지나 가능성을 생각한 것뿐입니다."

가게야마는 평계를 대듯이 말했다.

"그리고 그 가능성이라는 점에서, 나쓰키 님을 범인으로 보기는 어렵다고 생각했습니다. 왜냐하면 기억력이 좋은 나쓰키 님은 미즈호 님을 옛날에 같이 놀았던 사이로 인식하고 있습니다. 나쓰키 님이 미즈호 님을 갑자기 습격할 가능성은 낮겠죠."

"당연하지. 나쓰키가 미즈호 씨를 습격할 리가 없어. 하지만 잠깐. 그렇다면 히나코가 미즈호 씨를 습격할 이유도 없을 거야. 당신의 추리가 옳다면, 히나코는 미즈호 씨가 어디의 누구인지 몰랐을 거야. 그렇다면 더욱 습격할 리가 없잖아."

"글쎄요? 아가씨, 그 부분이 생각을 해봐야 할 포인트입니다."

가게야마는 룸미러 너머로 레이코의 표정을 바라보았다.

"아가씨도 보셨을 겁니다. 미즈호 씨는 파티 중에 주로 누구와 같이 계셨습니까?"

"미즈호 씨는 사촌인 데시로키 가즈야 군과 같이 있었어. 그 두 사람은 사이좋은 누나와 남동생처럼 항상 붙어 있었지. 그게 어째서?"

176

"아가씨의 눈에 두 사람의 모습이 사이좋은 남매로 보인 것은 아가씨가 두 사람의 관계를 사촌 사이라고 올바르게 인식하고 있었기 때문입니다. 그렇지만 같은 광경이 히나코 님의 눈에는 어떻게 비쳤을까요? 히나코 님에게 미즈호 님은 '모르는 여자'로밖에 인식되지 않습니다. 즉 히나코 님의 눈에 그 광경은 가즈야 씨가 '모르는 여자'와 사이좋게 이야기를 나누고 있는 것으로밖에 비치지 않습니다. 이 '모르는 여자'를 히나코 님은 대체 어떤 존재라고 생각했을까요?"

그 말을 들은 레이코는 스스로 히나코의 입장으로 바꿔서 생각해 보았다. 데시로키 가즈야와 사이좋게 붙어서 미소 짓는 요염한 미녀의 모습. 누나나 사촌으로 보이지는 않을 것이다.

"알았다! 히나코는 미즈호 씨를 데시로키 군의 새 연인이라고 착각했구나."

"말씀대로입니다. 그리고 그렇게 생각하면, 히나코 님에게는 이번 사건을 일으킬 충분한 동기가 있다는 것을 아시겠지요. 그렇습니다. 히나코 님은 병원에 입원한 친구, 기자키 마이 님을 대신해서 복수하려는 생각을 한 것입니다. 데시로키 가즈야 씨와 기자키 마이 님 사이를 갈라놓은 증오스런 여자를 향한 복수입니다. 즉 본래 습격당해야 할 사람은 가즈야 씨의 새 연인인 나가세 치아키 쪽이었습니다. 그러나 히나코 님이 착각해서 미즈호 님 쪽이 엉뚱한 습격을 받았습니다. 그것이 이번 사건의 진상이라고 생각됩니다."

하나의 결론을 이야기한 가게야마는 곧바로 앞을 보고 운전에 집

중했다. 레이코는 그가 이야기한 추리를 머릿속에서 반복했다.

범인은 데시로키 미즈호를 나가세 치아키로 착각하고 습격했다. 범인은 모리 히나코. 그것은 의외의 결론이었지만, 확실히 그의 추리대로 생각하면 미즈호가 '낯선 여자'에게 갑자기 습격을 받았다는 이 기묘한 사건이 설명된다. 그의 추리는 아마도 옳을 것이다.

그러나 레이코는 신중을 기하며 운전석을 향해서 질문을 던졌다.

"히나코는 언제 자신의 착각을 깨달았을까?"

"그건 아가씨가 온실 안의 미즈호 님을 발견한 직후겠지요. 그때, 아가씨는 쓰러져 있는 미즈호 씨를 향해서 '미즈호 씨'라고 소리쳤습니다. 그것을 뒤에서 듣고 있던 히나코 님이 그때 뭐라고 외쳤는지 기억하십니까? 히나코 님은 '거짓말! 미즈호 씨라니!'라고 외쳤습니다. 그 외침을 우리는 단순히 놀라움을 드러내는 말로 흘려들었습니다. 그러나 지금 생각해보면, 그것은 정말로 그때서야 사실을 알고 깜짝 놀라서 자기도 모르게 소리친 것이라고 생각됩니다."

"그렇구나. 당신의 설명을 듣기로는 확실히 범인은 히나코 말고는 있을 수 없네. 그렇게 생각되기 시작해. 하지만 히나코를 범인이라고 단정하기에는 커다란 장애가 하나 있어. 그것은 보석 색깔이야. 미즈호 씨의 증언에 따르면 범인의 가슴에 빛나고 있던 것은 녹색 보석. 하지만 히나코의 가슴의 보석은 빨간색이었어. 저기, 가게야마……."

레이코는 뒷좌석에서 몸을 내밀 듯이 하며 가게야마에게 물었다.

"당신, 히나코의 붉은 보석을 보고 자기 추리가 틀리다고는 생각하지 않았어?"

"아뇨. 오히려 반대입니다. 저의 추리가 올바르다면 그 붉은 보석은 녹색이어야만 합니다. 저는 그렇게 생각했습니다."

"상당히 고집스럽네. 뭔가 그렇게 생각할 근거라도 있었어?"

"약간이나마 신경 쓰이는 장면이 있었습니다. 그 호텔 소형 홀에서 히나코 님이 기묘한 행동을 하셨습니다. 아가씨는 깨닫지 못하셨습니까?"

"히나코의 기묘한 행동? 그 애가 뭔가 이상한 짓을 했던가?"

"해질녘이 되어갈 때입니다. 방에 저녁 햇살이 비쳐드는 것을 본 히나코 님은 직접 방의 블라인드를 내리려고 하셨습니다. 저는 참 자상한 여자라고 감탄하면서 그 작업을 거들었습니다. 그러자 히나코 님은 그 순간, 작업을 저에게 맡기고 자기는 다시 벽 쪽으로 돌아가 버렸습니다. 결국 저는 남은 블라인드를 혼자서 다 내리게 되었습니다만…… 도무지 납득이 안 간다는 생각이 들었습니다. 왜 히나코 님은 자기가 시작한 일을 도중에 관두셨을까요."

"그렇구나. 히나코는 태양빛을 두려워하고 있었구나."

"네. 정확히는 태양빛을 받은 자신의 모습을 보이는 것을 두려워했던 것이겠죠. 그래서 히나코 님은 저녁 햇살을 가리기 위해서 블라인드를 내리려고 했습니다. 제가 거들려고 하자, 이번에는 당황하며 해가 비치지 않는 벽 쪽으로 돌아갔습니다. 그렇다면 왜 히나코 님은 그렇게까지 하면서 태양빛을 피하려고 했을까. 어쩌면 히나코 님의 보석 빛깔은 태양빛에 의해 변화하는 것은 아닐까……. 그렇게 생각했을 때에 히나코 님의 가슴에 달린 보석의 정체를 저는 비로소 깨달았던 것입니다."

집사의 혜안에 레이코는 탄식하며 말했다.

"설마 알렉산드라이트일 줄이야. 나는 그냥 질이 나쁜 루비인줄 알았어."

"히나코 님 자신도 주위에 그렇게 생각하게 만들어서 용의선상에서 벗어날 수 있을 거라고 기대하고 있었을 겁니다. 그렇다면 그 점을 무너뜨리면 히나코 님은 순식간에 단념하겠지요. 저는 그렇게 생각했습니다. 그러면 벽 쪽에 서 있는 히나코 님을 어떻게 태양빛이 닿는 곳까지 유도할 것인가. 거기서 저는 아가씨께 그런 연극을 해주십사 부탁을 드렸던 것입니다."

"그렇구나……라고 말하고 싶은 참인데."

거기까지 말한 레이코는 새삼스럽게 집사 탐정에게 불만을 터뜨렸다.

"그 연극은 정말로 필요했던 거야? 그래서는 호쇼 레이코가 마치 '사건 해결을 위해서 친구를 함정에 빠뜨리는 것조차 거리끼지 않는 비정한 여형사' 같잖아."

"아가씨, 그 표현은 지나치게 멋지지 않은지요? 아가씨는 그냥 다른 사람들 앞에서 넘어진 것뿐입……."

"어쨌든!"

레이코는 집사의 말을 억지로 막고서 말을 이었다.

"그런 연극을 하지 않더라도 당신이 자기 추리를 다른 사람들 앞에서 상세히 설명하면 그걸로 끝날 얘기 아니었어?"

그러나 예리하게 불만을 이야기하는 레이코에게 가게야마는 시치미 떼는 얼굴로 이렇게 대답했다.

"지당한 불만이십니다만, 그 점에 대해서는 그때 이미 말씀드렸습니다. '자세히 설명하고 있으면 해가 져버립니다'라고."

윽! 레이코는 신음했다. 그것은 가게야마가 비상계단에서 했던 대사다. 레이코는 가게야마가 했던 그 말의 진의를 간신히 깨달았다. 말 그대로 그는 해가 지는 것을 신경 쓰고 있었던 것이다.

"해가 지면 알렉산드라이트가 녹색으로 빛나지 않지. 그러니까 해가 떠 있을 동안에 결판을 낼 필요가 있었던 거구나."

그리고 실제로 해가 지기 전에 사건은 결판이 났다. 가게야마의 재치를 살린 아이디어와 레이코의 뛰어난 연기력이 사건을 조기 해결로 이끌었다…… 라고 말할 수 있을까? 어쨌든 사건이 해결된 것은 다행이라고 레이코는 생각했다. 설령 체포된 것이 친한 친구였다고 해도.

"그런데 아가씨. 히나코 님은 무거운 벌을 받게 되는 겁니까?"

운전석에서 들려온 걱정스러운 목소리에 레이코는 최대한 밝은 목소리로 대답했다.

"아니, 괜찮아. 초범인 데다 계획성도 없고, 미즈호 씨의 상처도 가벼워. 재판을 받으면 유죄는 피할 수 없지만, 아마도 집행유예가 붙은 판결이 내려질 거야. 게다가 지금은 입원 중인 마이도 분명히 몸이 회복될 테니, 그때에는 SSD 멤버 전원이······ 아, 그렇지!"

"왜 그러십니까, 아가씨?!"

"가게야마, 조금 이르지만 지금 미리 이야기해둘게."

레이코는 갑자기 두근거리는 마음으로 집사를 향해서 일방적으로 명령했다.

"내년 사월 첫째 주 금요일에는 반드시 일정을 비워놔. 부탁하고 싶은 일이 있어."

혜안을 가진 집사에게는 그것으로 충분했다. 운전석에서 가게야마의 믿음직스러운 목소리가 대답했다.

"이노카시라 공원에 꽃놀이할 자리를 맡아놓는 거군요. 맡겨주십시오, 아가씨."

네 번째 이야기
:

성스러운 밤의 밀실은 어떠십니까?

1

사건은 십이월 이십사일, 식탁에서 일어났다. 그때 호쇼 가의 외동딸인 레이코는 새끼 양의 냉온 로스트와 오리고기 소테, 참돔 카르파초, 렌즈 콩 스프에 특제 프렌치토스트라는 평범한 아침 식사를 들던 중이었다. 그러나 그런 일상적 광경에 갑자기 균열이 생겼다. 계기는 레이코의 옆에 대기하는 충실한 시종인 집사 가게야마의 섬세함이 결여된 한 마디였다.

"아가씨, 오늘 저녁의 일정은 어찌 되십니까?"

그 순간 레이코의 두 팔에 비정상적일 정도로 강한 긴장이 퍼졌다. 그녀의 나이프와 포크 사이에서 어린 양이 되살아난 것처럼 펄쩍 튀어올라 렌즈 콩 스프 속으로 풍덩 뛰어들었다.

"……"

봐서는 안 될 장면을 목격한 집사는, 모든 것을 안경 탓으로 돌리듯이 은테 안경을 벗고 렌즈를 닦기 시작했다.

"저기…… 부디, 지금 질문은 잊어주십……."

"왜 그러는데!?"

레이코는 오히려 자존심에 상처를 입은 기분으로 외쳤다.

"내가 그 정도의 질문에 떨었다는 거야? 말도 안 되는 소리. 크리스마스이브의 일정은 반년 전부터 예약이 쇄도하는 바람에 거절하기 위해 거짓말을 몇 번이나 했는지 모른다고!"

가게야마는 렌즈를 닦고 난 안경을 다시 쓰면서 말했다.

"과연 아가씨이십니다. 누구에게나 사랑받는 인품을 갖고 계시기 때문이겠지요."

"그것도 있지만, 물론 얼굴이지. 어쨌든 우리 레이코 양은 예쁘니까…… 다만!"

레이코는 여기가 중요하다는 듯이 가게야마를 향해서 손가락을 하나 세워서 내찌르며 말을 이었다.

"당신도 알고 있는 대로 이 호쇼 레이코는 간토 지역에서 가장 바쁘다는 경시청 구니타치 경찰서에 근무하는 현직 형사니까, 예정대로 일이 진행되리라고 단정할 수는 없어. 왜냐하면 흉악한 범죄자는 크리스마스 따윈 생각하지 않고 제멋대로 사건을 벌이니까. 결과적으로 약속은 허사가 되고, 혼자 집에 돌아와서 이브에 이불이나 뒤집어쓰고 있어야 할지도 모르지."

"그렇군요. '이브에 이불이나'…… 과연 멋진 말장난입니다."

아니, 말장난을 하려고 한 것도 아니고, 그런 이상한 곳에서 감탄하지 않아도 된다고!

"그래서 그게 왜? 내 일정 같은 건 당신하고 관계없잖아. 일정이 있든 없든, 필요할 때는 내 쪽에서 전화 한 통으로 부를게."

"네, 그렇습니다만."

가게야마는 불상사를 일으킨 대기업 간부의 사죄 회견처럼 겉으로만 정중하게 인사한 뒤에 입을 열었다.

"실은 저는 오늘 밤에 중요한 일정이 있습……."

가게야마의 말을 끝까지 듣지 못한 채, '쿵' 하고 레이코는 의자에서 미끄러져 떨어지며 바닥에 엉덩방아를 찧었다. 어, 뭐야?! 지금 뭐라고 한 거지?!

포크를 한 손에 들고 눈을 껌뻑거리는 레이코를 향해서 가게야마가 진지한 얼굴로 반복했다.

"오늘 밤, 저는 중요한 일이 있어서 저택을 비우게 되었습니다. 용서해주십시오."

레이코는 그의 말을 곱씹으며 천천히 일어났다. 포크를 식탁에 내려놓고, 먹던 프렌치토스트도 그대로 둔 채로 멍하니 식탁을 벗어났다. 그리고 옆에 놓아두었던 버버리코트를 기계적으로 몸에 두르고, 직업용 도수 없는 안경을 낀 레이코는 갑자기 번뜩하고 살기를 품은 시선으로 가게야마를 노려보았다. 그리고 그의 얼굴을 향해 똑바로 진심으로 외쳤다.

"이 배신자아아앗! 집사 주제에, 집사 주제에에엣!"

집사 주제에 나를 제쳐두고 크리스마스이브 날 밤에 중요한 약속이라니, 절대 용서 못해!

거품을 물듯 흥분하는 레이코. 한편 가게야마는 차분한 표정을 유지하고 있다.

"진정하십시오, 아가씨. 제가 하룻밤 이 저택을 비운들, 그리 대단한 일은 없을 겁니다. 주인어른께도 승낙을 받았습니다."

"아, 그래? 허, 그러셔! 확실히 대단한 일은 없겠지. 하룻밤이 아니라 그냥 일주일 정도 느긋하게 쉬다오지 그래? 나는 그 동안에 형사로서의 격무를 완수할 테니까! 그러면."

식당에서 나가려고 하는 레이코를, "기다려주십시오"라고 가게야마가 불러 세웠다.

"벌써 출근이십니까? 그러면 리무진으로 모셔다드리겠습니다."

"필.요.없.어."

레이코는 집사의 제안을 단호히 거부했다.

"걸어갈 거야. 아니, 버스를 타고 갈 거야!"

"버스로 말입니까?"

그러자 가게야마는 문득 코웃음 치는 표정을 지었다.

"실례입니다만, 아가씨. 버스에 타보신 경험은? 이 시간대의 버스란 것에는 타고 내리는 데 요령이 필요한 법입니다. 아가씨 같은 생초보가 갑자기 타봤자, 통로 끝까지 밀려 들어가서 내려야 할 곳에서 내리지 못하고, 결국 한 바퀴 빙 돌아서 원래 탔던 버스 정류장에 돌아오게 될 것이 빤합니다. 나쁜 뜻에서 하는 이야기가 아닙니다. 리무진으로 가시지요."

"……."

레이코는 할 말을 잃었다. 설마 이렇게까지 바보 취급을 당할 줄이야. 게다가 이른 아침이라고 해도 그런 일은 있을 수 없다. 화가 머리끝까지 난 레이코는 고집스럽게 선언했다.

"버스야, 버스, 뻐쓰!"

그러자 집사는, "그러면 아가씨가 원하시는 대로"라고 차분한 어조로 손을 떼는 몸짓을 보였다.

울컥한 레이코는 "물론 내가 원하는 대로 하겠어"라고 말하며 발걸음을 돌렸다. "절대 쫓아오지 마!"라고 뭔가를 기대하는 듯한 한마디를 던지고 뒤돌아보지도 않고 저택 현관을 척척 걸어 나갔다. 그대로 저택 문을 열어젖히자, 그 순간 레이코의 시야에 날아든 것은 아침 햇살 속에서 반짝 빛나는 눈, 눈, 눈이었다.

까맣게 잊고 있었다. 어젯밤의 구니타치에는 이 계절치고 드물게 제대로 된 눈이 내렸던 것이다.

레이코는 기대를 담아서 살짝 뒤를 돌아보았다. 가게야마는 쫓아오지 않는다. 그녀의 명령을 충실히 지킨 것 같다. 레이코는 저도 모르게 한숨을 내쉬었다.

녹기 시작한 눈을 헤치며 버스 정류장까지 걸어가는 것은 참으로 괴로운 일이다.

2

그로부터 약 한 시간 뒤. 정류장에 도착한 한 대의 만원 버스. 버스의 내리는 문이 열리자, 레이코의 몸이 파칭코 구슬처럼 힘차게 튕겨져 나왔다.

검은 팬츠 슈트는 주름투성이. 하나로 묶은 머리카락은 마구 흐트러져 있다. 출근하는 도중이라기보다 완전히 큰일 하나를 끝마친 뒤 같은 모습이다. 그래도 그녀의 강철 같은 마음은 전혀 꺾이지 않았다.

"흥, 어때. 가게야마는 '한 바퀴 빙 돌아서 원래 탔던 버스 정류장'이란 소릴 했지만, 봐! 제대로 다른 버스 정류장에 내렸잖아"라며 레이코는 마치 달 위에 무사 착륙이라도 한 것처럼 자랑스러운 태도로 주위를 둘러보았다.

"그건 그렇고, 여기는 대체 구니타치의 어디쯤일까?"

구니타치 경찰서 근처는 아니다. 흔한 주택가다. 버스가 다니는 길에서 빗살처럼 골목이 뻗어 있고, 오래된 주택들이 밀집되어 있다. 다시 버스 정류장을 보자, 그곳에는 '니시고쿠분지 병원 앞'이라는 유감스러운 글자가 적혀 있었다. 기세등등하던 레이코도 이때만큼은 실망했다.

"구니타치조차 아닐 줄이야……."

이런 상태로 과연 구니타치 경찰서에 도착할 수 있을까? 레이코는 불안해졌다.

그렇지만 뭐, 좋다. 출근 시간에 다소 늦는 정도는 괜찮다. 어쨌든 도쿄에는 '눈이 쌓인 아침에는 지각해도 OK'라는 자상한 불문율이 있으니까.

마음을 추스른 레이코는 버스를 포기하고 택시를 찾기로 했다. 버스가 다니는 길의 눈은 이미 대부분 녹았지만, 오가는 사람이 적은 골목의 눈은 아직 남아 있었다. 그런 상황 속에서 레이코는 낯선 주택가를 두리번거렸다. 바로 그때, 레이코의 귀에 갑자기 여자의 비명이 날아들었다.

깜짝 놀란 레이코는 반사적으로 멈춰 서서 주위를 둘러봤다. 그러자 그녀 앞에 갑자기 몹시 당황한 표정의 젊은 여성이 나타났다. 골목에서 뛰어나온 여자는 대학생 정도의 나이로 보였다. 키 크고 날씬한 몸매에 다리도 언밸런스할 정도로 길다. 붉은 코트에 통이 좁은 청바지 차림으로, 어깨에는 검은 토트백. 발에 신은 운동화는 눈으로 더러워져 있다.

그 여자는 골목을 나오자마자 좌우를 둘러보다가 가까이에 서 있는 레이코를 발견하고는 넘어질 듯이 레이코 곁으로 허겁지겁 달려왔다. 그리고 갑자기 의외의 소리를 했다.

"큰일 났어요, 사람이, 사람이 죽었어요…… 겨, 경찰을……!"

"어, 경찰?! 아, 알았어요. 그러면 번호가……."

화들짝 놀란 레이코는 자기도 모르게 휴대전화를 꺼내다가, 아니, 잠깐! 하고 간신히 자신의 직업을 떠올렸다. 휴대전화 대신에 이번에는 경찰 신분증을 꺼내서 그녀 앞에 보였다.

"제가 경찰이에요. 구니타치 경찰서의 호쇼 레이코입니다. 사람이 죽었다는 건 정말인가요?"

키가 큰 그 여자는 몸을 구부리는 듯한 몸짓을 하며 레이코의 신분증을 확인했다. 그러더니 "마침 잘됐어요!"라고 외치자마자, 무시무시한 힘으로 레이코의 팔을 잡고 꾹꾹 잡아당겼다.

"이쪽이에요, 여경님, 이쪽이요, 이쪽!"

아니, 여경이 아니라 형사인데⋯⋯. 그렇게 이야기하는 레이코를, 붉은 코트의 그녀는 골목 입구로 끌고 갔다. 지금 막 그녀가 뛰어나온 좁은 골목이었다. 골목 양쪽은 블록 벽. 골목 맞은편으로 십 미터 정도 들어간 곳에 멋진 삼각지붕의 단독주택이 보였다. 이 골목은 도로라기보다는 저 삼각지붕 집에 사는 사람들을 위한 개인적인 통로라고 해야 할 것 같았다.

"저 안에 유미에가⋯⋯."

그렇게 말하며 그녀는 레이코를 억지로 골목으로 끌었다. 레이코는 흥분한 그녀를 달래면서 "잠깐만요"라고 위엄 있는 목소리로 말했다. 그리고 골목 앞에서 걸음을 멈추고, 경찰관답게 자기 앞에 펼쳐진 광경을 신중하게 확인했다.

골목은 간밤에 내린 눈에 덮여 있다. 쌓인 눈은 일 센티미터 정도. 그러나 눈이 쌓인 그 외길에 사람이 다녔다고 생각되는 흔적이 딱 두 개 남아 있다. 하나는 사람의 발자국. 다른 하나는 자전거의 타이어 자국인 듯했다. 그것 외에 눈에 띄는 흔적은 없다.

"이건 당신의 발자국이군요?"

레이코가 가리킨 발자국은 윤곽이 또렷한 새것으로, 골목을 한 번 왕복하고 있었다.

"네, 그건 지금 제가 이 골목을 지나간 발자국이에요."

"그러면 이쪽의 타이어 자국은?"

레이코는 눈 위에 얼굴을 가까이 가져갔다. 그 타이어 자국은 생긴 지 상당한 시간이 지난 것으로 추정할 수 있었다. 타이어가 지나간 부분의 눈이 이미 많이 녹아 있어서 갈색 땅바닥이 노출되어 있었던 것이다. 타이어 흔적이라기보다, 타이어 정도 폭의 구불구불한 갈색 선이 땅바닥에 남아 있다는 느낌이다. 물론 타이어의 패턴을 확인할 수 있는 상태는 아니었다.

"그건 아마도 유미에가 집에 돌아갔을 때 생긴 자전거 자국이겠죠."

"유미에라는 사람이 이 집에 사는 사람이군요. 그런데 당신은 그 사람과 어떤 관계죠?"

레이코는 질문하면서, 만일을 위해 도로의 상태를 휴대전화로 촬영했다. 붉은 코트의 여성은 자신의 이름은 나카자와 리나, 이 집에 사는 사람은 마쓰오카 유미에라고 말했다. 두 사람은 같은 대학에 다니는 친구 사이라고 했다. 그 정보를 얻고 나서 레이코는 눈이 쌓인 골목에 발을 들였다.

레이코와 나카자와 리나는 골목 가장자리를 걸었다. 골목을 지나서 그대로 삼각지붕의 집 현관에 도달했다. 자전거 타이어 자국도 마찬가지로 현관까지 쭉 이어져 있다. 현관 옆의 마당에는 마쓰오카 유미에의 것으로 보이는 노란색 자전거가 세워져 있었다.

레이코는 가방에서 하얀 장갑을 꺼내서 두 손에 꼈다. 그 손으로 현관문을 열었다.

현관에서부터 짧은 복도가 쭉 이어져 있다. 그 끝에는 거실로 보이는 방이 있다. 복도와 거실을 가로막는 문이 활짝 열려 있어서 현관에서도 거실의 상황을 볼 수 있었다. 거실 바닥에 누군가가 쓰러져 있는 게 보였다. 레이코는 그것을 자기 눈으로 확인했다.

"당신은 여기서 기다리고 있어요."

나카자와 리나를 현관에 남기고 레이코는 혼자서 안으로 들어갔다. 복도를 지나 거실로. 그곳은 텔레비전과 소파와 작은 테이블 징도가 눈에 띄는, 텅 빈 방이었다. 그 가운데, 마룻바닥에 젊은 여성이 드러누운 듯이 쓰러져 있었다.

요즘 대학생으로서는 평균적인 체격의 여성이다. 갸름한 얼굴은 미인 축에 들 만했다. 머리카락도 길고 아름답다. 분홍색 추리닝 바지에 파란색 카디건을 걸치고 있다. 집안에서 쉬던 복장 같다.

"이 여자가 마쓰오카 유미에 씨군요."

레이코의 질문에 현관 앞에서 나카자와 리나가 "맞아요"라고 대답했다. 그 목소리를 들으면서 레이코는 쓰러진 여자의 맥을 확인했다. 확실히 마쓰오카 유미에는 죽어 있었다. 머리에서 약간의 출혈이 보였다. 머리를 찧었든가 얻어맞아서 죽은 듯 보였다.

거기서 시체 주위를 살펴보았지만 흉기로 보이는 물체는 발견할 수 없었다. 그 대신 거실에 거의 수직 각도로 서 있는 사다리를 발견했다. 올려다보니 그곳에는 삼각지붕을 활용한 고미다락이 있었다.

레이코는 다락방과 시체의 위치를 교대로 확인했다. 어쩌면 저 다락에서 실수로 떨어져서 바닥에 머리를 세게 부딪히면 이렇게 죽을지도 모른다……. 거기까지 생각한 레이코는 휴대전화를 꺼냈다. 사고든 살인이든 우선은 경찰에 신고하는 게 먼저다.

그 뒤에 일단 못미더운 상사에게도 연락해두자. 다행인지 불행인지는 제쳐두고, 레이코가 현장에 가장 먼저 도착한 것은 사실이다. 어쨌든 이것으로 지각 때문에 핀잔을 들을 일은 없게 된 것이다.

그 뒤로 몇 분 후.

"알았네, 호쇼 형사. 일 분 안에 도착할 테니 기다려주게."

라는 알 수 없는 말을 남기고, 상사와의 통화는 끊어졌다. 아니, 일 분은 무리 아닌가? 구니타치에서 니시고쿠분지 사이를 일 분 안에 주파하는 건 불가능하다. 그렇게 생각하면서도 일단 신경이 쓰여서 레이코는 골목 입구에 나가서 그의 도착을 기다렸다. 그러자 정말 일 분 후, 레이코의 눈앞에 버스 한 대가 지나가더니 '니시고쿠분지 병원 앞' 버스 정류장에 정차했다. 그리고 내리는 쪽 문이 열리더니 한 남자가 마치 핀 볼처럼 힘차게 튕겨져 나왔다. 하얀 양복에 검은 코트, 붉은 머플러라는 몹시 눈에 띄는 차림새는 고쿠분지를 손아귀에 쥔 마피아의 보스, 그게 아니라면 가자마쓰리 경부가 틀림없었다.

가자마쓰리 경부는 유명 자동차 메이커 '가자마쓰리 모터스'의 도련님이다. 평소에는 은색 재규어를 몰며 사건 현장을 화려하게

장식하는 젊은 엘리트 경부. 그러나 오늘은 수수하게 버스를 타고
등장했다.

어이없어하는 레이코 앞에서 가자마쓰리 경부는 당황한듯 주위
를 둘러봤다. 이윽고 레이코의 모습을 발견하고는, "여어!" 하고 한
쪽 손을 들더니 눈으로 더러워진 바닥에 신경을 쓰면서 그녀 곁으
로 걸어왔다.

"좋은 아침이야, 호쇼 형사. 어라? 신기하다는 얼굴이군. 뭐, 무
리도 아닌가."

그렇게 말하며 경부는 곧바로 설명에 들어갔다.

"이 아르마니 롱코트는 이탈리아에서 들여온 거고, 이쪽의 빨간
머플러는 긴자의 유명한……."

"아니, 옷은 괜찮아요."

사실은 전혀 괜찮지 않지만.

"그것보다, 왜 버스로?!"

"아하, 자네는 그쪽에 흥미가 있나보군."

아니, 별로 흥미는 없지만 신경 쓰여서 일에 지장이 생기는 것은
좋지 않으므로 최대한 빨리 정리해두고 싶다. 그냥 그것뿐이다.

"뭐, 별다른 사정은 없어. 눈길에 재규어가 더러워지는 게 싫어
서 말이야. 그래서 가끔씩은 버스도 괜찮겠다 싶었는데, 앗 하는 사
이에 통로 맨 뒤쪽으로 밀려 들어가는 바람에 내려야 할 곳에서 내
리지 못하고 한 바퀴 빙 돌아서 원래 탔던 버스 정류장에 돌아왔나
하고 생각했는데……."

나에게 전화가 온 건가. 유감스럽게도 레이코는 가자마쓰리의 칠칠치 못함을 비웃을 수 없었다.

정말 고생하셨네요, 라고 말하면서 손끝으로 도수 없는 안경을 밀어 올린 레이코는 간신히 형사 모드로 돌아가서 경부를 현장으로 안내했다.

"이쪽입니다, 경부님. 사망한 사람은 마쓰오카 유미에라는 대학생입니다. 발견한 사람은 같은 대학에 다니는 나카자와 리나 씨고……."

상사에게 상황을 설명하는 동안에 주변 통로에 속속 경찰차가 도착했다. 현장은 가자마쓰리 경부의 패션조차 화제가 되지 않을 정도로 삼엄한 분위기에 감싸여갔다.

3

마쓰오카 유미에의 자택 현관 앞에서. 가자마쓰리 경부와 대면한 나카자와 리나는 다시 한 번 시체 발견에 이르는 경위를 설명했다. 그녀는 학교로 가던 도중에 이 집 앞을 지났다고 한다.

"그때, 문득 유미에에게 빌렸던 책이 가방 안에 있는 걸 깨달았어요. 마침 좋은 타이밍이니까 이참에 돌려주자고 생각하고 집 쪽을 봤더니 창문에 불이 켜져 있는 게 보였어요. 아, 유미에가 집에 있구나 하고 생각해서 현관으로 가서 초인종을 눌렀죠. 하지만 대답이 없었어요. 어쩔 수 없으니 책만 놓고 갈까 싶어서 혹시나 해서 문손잡이를 돌렸는데 문이 잠겨 있지 않아서 간단히 열리더라고요. 역시 집에 있나? 하고 생각하고 안을 엿보았는데, 거실에 누군가가 쓰러져 있는 게 눈에 들어왔고…….'

뭔가 상태가 심상찮음을 알아차린 나카자와 리나는 황급히 집안으로 들어갔고, 거실에 있는 시체를 발견했다. 그 뒤에 비명을 지르면서 밖으로 뛰어나왔다가 레이코와 조우했다는 흐름으로 보였다.

"알겠습니다. 또 나중에 뭔가 물어볼 것이 있을지도 모르겠습니다."

그렇게 말하고 가자마쓰리 경부는 일단 나카자와 리나를 내버려 두고서, 현장인 거실로 걸어갔다. 거기서 경부는 마쓰오카 유미에의 시체와 대면했다.

그리고 가자마쓰리 경부는 잠시 시체의 상태를 관찰했지만, 특별히 흥미를 끄는 점은 없는 듯했다. 이윽고 그의 흥미는 삼각지붕의 고미다락으로 옮겨갔다.

"상당히 멋진 구조군. 대학생이 집 한 채를 통째로 빌려서 자취하다니, 참 사치스러운걸. 다만 나도 대학 시절에는 메조네트 타입 4LDK◆를 빌려서 살았지만."

그렇게 가자마쓰리 경부는 오늘 두 번째의 자기 자랑을 끝마친 뒤에, "어디, 이왕 이렇게 되었으니 다락에 올라가볼까?"라고 말하며

◆ 방 네 개와 거실, 주방으로 이루어진 복층형 집

마치 이층 침대의 위층에 올라가고 싶어하는 어린아이처럼 재빨리 사다리에 발을 올리고는 단숨에 중단까지 올라갔다. 그리고 다음 순간, 그는 목에 맨 너무 긴 머플러 자락을 자기 발로 밟고서 "쿠엑!" 하고 질식 직전의 개구리 같은 신음 소리를 냈다. 그리고 그대로 사다리에서 떨어져 쿵! 하는 소리를 내며 등부터 바닥에 착지했다.

"으헉!"

"……"

대체 뭘 하고 싶은 건가요, 경부님? 레이코는 이맛살을 찌푸렸다.

레이코는 마룻바닥 위에서 괴로워하는 상사를 본체만체하고, 자기만 재빨리 사다리를 올라갔다.

다락은 평수로 말하면 1.5평 정도 되는 공간이었다. 마쓰오카 유미에의 침대로 보이는 매트 위에 침구가 깔려 있고, 그 나머지는 수납 공간으로 이용되고 있던 것 같았다.

낮은 선반은 책이나 잡지, DVD 등으로 빽빽했다. 벽 쪽에는 스포츠에 관련된 잡다한 도구가 난잡하게 치워져 있었다.

테니스 라켓이나 골프 클럽은 그녀의 취미겠지. 덤벨이나 고무튜브는 다이어트용일까. 스키 판이나 스노보드는 다가올 순서를 기다리는 듯이 잘 손질되어 있었다. 그러나 이것들이 활약할 겨울은, 마쓰오카 유미에에게 더 이상 찾아오지 않을 것이다.

문득 깨닫고 보니 어느새 가자마쓰리 경부가 다락 위로 올라와 있었다. 위험 방지를 위해서 붉은 머플러는 벗은 모양이었다. 그런 경부는 다락 가장자리의 낮은 난간에서 몸을 앞으로 내민 상태로 거실을 내려다보며 손가락으로 아래를 가리켰다.

"보게나, 호쇼 형사. 이 다락과 거실에 있는 시체의 위치 관계를. 아마도 마쓰오카 유미에는 이 다락에서 실수로 떨어져서 바닥에 머리를 세게 부딪히면서 사망한 거야. 즉 이건 불행한 사고야."

그리고 경부는 이건 어떠냐는 듯이 의기양양한 얼굴로 레이코를 보았다. 마치 칭찬의 폭풍이 불어닥치기를 기대하는 표정으로. 그러나 어차피 누구나 떠올릴 수 있는 수준의 추리밖에 말하지 않는 경부에 대해서는, 유감스럽게도 폭풍은커녕 미풍조차 불지 않았다.

"저기, 경부님." 레이코는 신중하게 말을 고르고 진언했다. "사고의 가능성은 부정할 수 없습니다만, 누군가에게 떠밀려서 떨어졌을 가능성도 부정할 수 없는 것 아닐까요?"

"그러면 자네는 이것이 살인이라는 건가? 이봐, 왜 그렇게 복잡하게 생각할 필요가 있지?"

"아니, 잠깐만요. 어디가 복잡하다는 건가요? 경부님이 너무 단순하게 생각하는 거라고요!"

이런, 무심코 '단순'이라고 사실을 말해버렸다.

그러나 경부는 말을 고르지 못했던 레이코에게 화를 내지는 않고, 팔짱을 낀 채로 입을 다물고 생각에 잠겼다. 이윽고 "그렇다면"이라고 입을 열면서 고개를 들고 거실 창가로 걸어갔다.

창문을 열자 정원이라고도 부를 수 없을 정도로 좁은 공간이 있고, 그 너머로 블록 벽이 보였다. 바로 옆에는 목조 이층 주택이 있다. 경부는 눈앞의 좁은 공간을 가리키며 말했다.

"보게나, 호쇼 형사. 벽하고 건물 사이의 좁은 공간에도 이렇게 눈이 쌓여 있어. 블록 벽 위에도 마찬가지야. 그리고 눈 위에는 인간의 발자국은커녕 고양이 발자국조차 없어."

"네, 확실히 그렇군요."

레이코는 경부의 말이 사실이라는 것을 확인했다. 그리고 경부가 노리는 것을 어렴풋이 깨닫고 먼저 입을 열었다.

"다른 창문도 조사해보죠, 경부님."

레이코와 경부는 마쓰오카 유미에의 집에 있는 창문을 전부 열고 밖에 펼쳐진 모습을 확인하고 다녔다. 직사각형 건물의 동서남북을 샅샅이 살펴본 결과, 어디에서도 사람의 발자국 같은 것은 찾아볼 수 없었다.

상황이 이렇게 되자, 가자마쓰리 경부는 이번에야말로 절대적인 확신을 얻은 표정이었다. 거실로 돌아오더니 레이코 앞에서 다시 한 번 자신만만하게, 아니, 자신 있어 하던 추리를 늘어놓았다.

"알겠나, 호쇼 형사? 애초에 이 집은 사방이 민가로 둘러싸여 있어. 큰길로 나갈 수 있는 길은 현관에서 이어지는 좁은 골목 하나뿐이야. 시체를 발견했을 때 그 골목에는 첫 발견자와 자네의 발자국을 제외하면 자전거 타이어 자국만이 남아 있었어. 이 타이어 자국은 죽은 마쓰오카 유미에가 집에 돌아올 때 났던 것이라고 추정돼. 즉 골목에는 누군가가 이 건물에서 나간 흔적이 전혀 없어. 그리고 우리가 건물의 사방을 관찰해봐도, 역시나 어디에도 사람이 지나간 흔적은 없어. 쌓인 눈은 깨끗한 상태야. 눈 위에 흔적을 남기지 않고 벽을 넘어서 이웃집 부지로 도망치는 건 누구에게도 불가능한 일이지. 그런데 호쇼 형사. 어젯밤 눈은 몇 시부터 몇 시 사이에 내렸지?"

"확실히 오후 여섯시경부터 내리기 시작해서 오후 아홉시경에는 그쳤던 것 같습니다."

"나도 그렇게 기억하고 있어. 그러면 눈이 그친 것은 어젯밤 아홉시라고 가정하지. 어젯밤 오후 아홉시 이후에 마쓰오카 유미에는 이 집에 자전거를 타고 돌아왔어. 그 뒤에는 이 집에 들어온 사람도 나간 사람도 없어. 그 여자는 계속 혼자 이 집에 있었던 거야. 즉……."

가자마쓰리 경부는 얼굴 앞에 손가락을 하나 세우고 천천히 결론을 내렸다.

"이건 집에 혼자 있던 마쓰오카 유미에가 자신의 실수로 다락에서 떨어져서 죽었다. 그런 사건이야. 이게 살인일 리가 없어. 따라서 이건 사고야. 그렇지?"

"확실히 그래 보이는군요"라고 고개를 끄덕이면서도, 레이코는 미묘한 위화감을 느끼지 않을 수 없었다.

지금 가자마쓰리 경부의 추리는 여느 때와 다르게 센스 있다. 적확하면서도 예리하다. 오늘의 경부에게는 의욕이 엿보인다. 어째서인가. 레이코는 문득 생각했다. 설마, 어쩌면…….

"경부님, 오늘 일을 일찍 끝내려고 필사적인 거 아닙니까?"

그러자 가자마쓰리 경부는 눈에 보일 정도로 당황했다. 그 얼굴에는 '정답'이라고 적혀 있었지만, "그, 그렇지 않아"라고 경부는 최대한 아닌 체하는 표정을 지었다.

"사고로 봐도 틀림없는 간단한 사건을 일부러 꼬아서 생각하며 쓸데없는 시간을 낭비할 건 없지 않나 하고 생각했던 것뿐이야. 하물며 오늘은 크리스마스이브니까."

결국 본심은 그건가. 뭐, 가자마쓰리 경부가 아니더라도 이브의 밤을 살인사건 수사로 소비하고 싶은 수사관은 없을 것이다. 경부 말마따나 그저 불행한 사고였을 뿐이라고 정리할 수 있다면 그게 제일 좋을지도 모른다. 어디까지나 정말로 사고일 경우의 이야기지만.

그런 생각을 하면서 레이코는 별 생각 없이 창밖으로 시선을 주었다.

문득 이웃집 이층이 눈에 들어왔다. 유리창 너머에는 일흔 살 정도로 보이는 할머니가 이쪽을 내려다보고 있었다. 레이코는 그녀와 우연히 눈이 마주쳤다. 그러자 다음 순간, 그 할머니가 이리 온, 이리 온, 하듯 손짓을 했다. 어, 저요?! 레이코는 스스로 자기 얼굴을 가리키는 몸짓으로 물었다.

유리창 너머에서 할머니가 그래, 라고 말하듯이 고개를 깊이 끄덕였다.

잘은 알 수 없지만, 이웃집 할머니는 경찰에게 뭔가 하고 싶은 말이 있는 듯했다. 레이코는 곧바로 가자마쓰리 경부와 함께 이웃집을 방문했다. 문패에는 '사사키 도키코'라고 적혀 있다. 현관 초인

종을 누르자 기다렸다는 듯이 금방 문이 열렸다. 나타난 사람은 회색 단젠◆을 입은 백발의 여성이었다.

"사사키 도키코 씨죠?"

레이코가 묻자 그녀는 고개를 바로 끄덕였다.

"잘 와줬수. 서서 얘기하기도 뭐하니 들어오시구랴."

사사키 도키코는 오카야마 지방 억양으로 말하며, 두 형사를 거실로 안내했다. 그리고 그녀는 좌식의자에 털썩 앉더니 레이코를 향해서 이상하다는 얼굴을 했다.

"그건 그렇고, 형사님들이 이 늙은이를 어쩐 일로 찾아오셨는가?"

어이, 이거 괜찮은 건가? 라는 듯이 경부가 레이코에게 눈짓을 했다. 레이코도 불안한 얼굴로 물었다.

"저기, 할머니께서 저희를 부르신 거 아닌가요?"

그러자 사사키 도키코는 가만히 생각하는 몸짓을 했다. 그리고 '탁' 하고 손을 치더니, "아아, 그랬지"라고 말하며 고개를 들었다. "경찰에게 꼭 들려주고 싶은 솔깃한 정보가 있어서 말이우."

"⋯⋯."

괜찮은가, 이 할머니?

점점 더 불안해지는 것을 느끼며 레이코는 다음 말을 기다렸다.

"실은 말이우." 그렇게 운을 떼더니, 사사키 도키코는 '솔깃한 정보'를 이야기하기 시작했다.

◆ 소매가 긴 일본 전통 겉옷

"어젯밤에 기묘한 소리를 들었지 뭐유. 그때 나는 이층 방의 창가에 앉아서 바깥에 눈이 오는 풍경을 보고 있었다우. 그런데 갑자기 어딘가에서 '쿵' 하는 소리가 들리는 것이 아닌가, 글쎄. 한순간 지진인가 하고 생각했는데 아무래도 그렇지는 않더라고. 그때는 뭐가 뭔지 잘 몰랐는데, 오늘 아침이 되니까 이 난리지 뭐유. 옆집에 사는 여자애가 죽었다잖아. 그래서 아하, 어젯밤의 큰 소리는 그것하고 관계가 있구먼, 하고 생각했던 게지. 어떻수, 형사 양반. 관계가 있을 것 같나?"

레이코는 자기도 모르게 몇 번이나 고개를 끄덕였다. 틀림없이 관계가 있다. 사사키 도키코가 들은 '쿵' 하는 큰 소리의 정체. 그것은 마쓰오카 유미에가 다락에서 떨어질 때의 소리가 틀림없다.

레이코보다 먼저, 흥분한 눈치의 가자마쓰리 경부가 사사키 도키코에게 바싹 다가가며 물었다.

"할머니, 그 소리를 들은 정확한 시간이 기억나십니까?"

"알고말고. 그때 바로 시계를 봤으니까. 그건 밤 열시에 일어난 일이었다우."

밤 열시. 그것이 정확한 사건 발생 시각이 되는 것이다. 그것만으로도 탐문 수사로서는 이미 충분한 수확이다. 그러나 경부는 더 많은 정보를 얻으려고 질문을 계속했다.

"기묘한 소리를 들은 건 그때뿐입니까? 그밖에 다른 건 없었습니까?"

그러자 할머니는 고개를 주억거리면서 새로운 비밀 이야기를 하듯 목소리를 낮추었다.

"그게 말이지, 있었어. 소리가 났어. 그때하고 똑같은 '쿵' 하는 소리를 들었지."

"에엑?!"

가자마쓰리 경부도 긴장한 얼굴로 몸을 앞으로 내밀었다.

"그, 그건 어젯밤 몇 시쯤에?!"

"어젯밤이 아니라 오늘 아침이었다우. 조금 전인데, 그건 몇 시쯤이었을까……."

아니, 몇 시라고 해도 상관없다. 오늘 아침의 '쿵'은 가자마쓰리 경부가 사다리에서 떨어진 소리가 틀림없을 테니까. 레이코는 말없이 고개를 숙이고, 경부는 겸연쩍다는 듯이 새끼손가락으로 머리를 긁었다.

"저기, 그러면 호쇼 형사, 우리는 슬슬……."

더 이상 들을 것이 없다고 판단한 경부는 엉거주춤하게 일어섰다. 그러나 그때 사사키 도키코가 또다시 신경 쓰이는 발언을 했다.

"그러고 보니 사람의 모습을 봤지. 커튼 너머로 본 것뿐이지만."

"사람의 모습?!"

경부는 엉거주춤하게 일어섰던 허리를 다시 낮추었다.

"그건 마쓰오카 유미에 씨의 모습이었습니까?"

"그건 알 리가 없잖수. 다만 사람의 모습을 본 건 틀림없다우. 그렇지, 그건 어젯밤 열시가 조금 지났을 무렵이었을 텐데."

"호오, 그렇군요. 어젯밤 오후 열시를 지나서라…… 오후 열시

206

를 지나서…… 어엇?!"

간신히 그 말의 중대함을 깨달은 경부는 눈앞에서 할머니의 멱살을 쥘 듯한 기세로 말했다.

"어이, 그 말 정말인가? 오후 열시 지나서라면 그 '쿵' 하는 큰 소리가 난 뒤란 얘기잖아. 뭔가 착각한 것 아니야, 할멈?"

"이노무 시키! 누가 할멈이야, 이 버르장머리 없는 놈!"

"죄, 죄송합니다."

호통을 듣고 몸을 움츠린 경부가 다시 물었다.

"오후 열시 지나서란 것은 뭔가 착각하신 게 아닙니까, 누님?"

경부님, 거기서는 그냥 '할머니'라고 말해도 충분해요…….

"아니, 틀리지 않았어."

사사키 도키코는 강경하게 주장했다.

"내가 커튼 너머로 사람의 모습을 본 건, 큰 소리를 들은 직후였어. 틀림없어."

그것은 충격적인 증언이었다. 사사키 도키코가 들은 큰 소리의 정체가 마쓰오카 유미에가 떨어진 것이라면, 그 시점에서 마쓰오카 유미에는 절명했거나 혹은 그것에 가까운 큰 부상을 입었을 것이다. 그렇다면 그 직후에 커튼 너머로 보였다는 사람의 정체는 대체 누구일까?

'범인'이라는 단어가 레이코의 뇌리에 떠올랐다. 그렇다는 이야기는 이것은 살인사건일까?

이윽고 사사키 도키코의 집을 나온 두 형사는 마쓰오카 유미에의 집으로 이어지는 좁은 골목으로 돌아왔다. 골목을 지나면서 가자마쓰리 경부는 계속 고개를 갸웃거렸다.

"하지만 이상하지 않나? 이게 살인사건이라면 범인은 눈 속에 갇힌 이 집에서 어떻게 도주한 거지? 눈 위에 일체 발자국을 남기지 않고, 어떻게?"

그야말로 이 사건의 최대 수수께끼였다. 레이코도 마땅한 해답을 찾을 수 없었다.

그러는 한편으로 경부는 "아아, 그런가, 그런가"라고 금세 새로운 결론에 도달한 눈치를 보였다. 그런 경부는 현장의 거실로 돌아가더니 이렇게 제안했다.

"다시 한 번 첫 발견자인 나카자와 리나의 이야기를 들어보자고."

경부가 뭘 노리고 있는지 레이코는 잘 알 수 없었다. 그러나 마쓰오카 유미에의 죽음이 단순한 사고가 아니라는 증언이 나오는 이상, 그것은 필요한 일이 틀림없었다.

다시 레이코 일행 앞에 나타난 나카자와 리나는 왜 자기가 불려왔는지 모르겠다는 눈치였다. 그런 그녀에게 경부는 아무런 설명도 없이 질문을 시작했다.

"마쓰오카 유미에 씨와 같은 대학이라고 하셨죠. 어떤 사이였습니까? 동아리 친구?"

"아뇨, 아르바이트 친구예요. 같은 찻집에서 아르바이트를 하다가 친해졌어요."

"그렇군요. 마쓰오카 유미에 씨는 어떤 여성이었습니까, 당신이 보기에?"

"활발한 사람이었어요. 성격도 밝고 스포츠 만능이고, 누구에게나 사랑받는 타입이었어요."

그렇게 나카자와 리나는 고인을 추켜세웠지만, 유감스럽게도 경찰관으로서 레이코의 경험으로 말하면, 누구에게나 사랑받는 사람은 이 세상에 존재하지 않는다. 누구에게나 사랑받고 있니고 믿고 있는 가자마쓰리 경부 같은 인물이라면 간혹 있지만(아니, 그것도 거의 없나!).

그런 가자마쓰리 경부는 "그런데 나카자와 씨"라고 친근한 미소를 지으면서 핵심으로 다가가는 질문을 던졌다.

"어젯밤 오후 열시경에 어디서 뭘 하고 있었습니까?"

"어, 이건 알리바이 조사인가요?!"

나카자와 리나는 당황하는 빛을 띠었다.

"유미에는 사고로 죽은 것이 아닌가요?"

"어라, 어째서요? 그 사람의 죽음이 사고라고는 아무도 말하지 않았습니다."

아무도 말하지 않기는커녕 경부 본인이 조금 전까지 그렇게 말하고 있었을 텐데. 레이코는 한숨을 내쉬면서, 나카자와 리나의 대답을 재촉하기 위해 끼어들었다.

"이건 통상적인 조사입니다. 마쓰오카 유미에 씨가 사고사인지 그렇지 않은지는 아직 알 수 없어요."

레이코의 설명에 납득한 듯이 간신히 나카자와 리나는 입을 열었다.

"어젯밤 열시라면 연립주택의 집에 혼자 있었습니다. 알리바이는 없습니다."

하지만, 이라고 이어서 그녀는 두 형사에게 호소했다.

"제가 유미에를 죽였다니, 진짜로 의심하고 있는 건 아니겠죠? 그렇다면 반대로 묻겠는데, 제가 범인이라면 저는 어떻게 현장에서 떠날 수 있었나요? 그 골목에는 확실히 제 발자국밖에 없었어요. 하지만 그건 제가 오늘 아침에 시체를 발견했을 때에 난 발자국이에요. 만일 어젯밤 열시에 제가 이 집에서 유미에를 죽이고 도망쳤다면 골목에는 또 하나의 다른 발자국이 남아 있어야 하잖아요."

그렇다, 그녀의 주장은 합리적이었다. 그러면 경부의 반응은 어떨까. 그러자 경부는 그녀의 이런 주장이 예상하던 범위였다는 듯이 곧바로 반론으로 옮겨갔다.

"어젯밤 열시에 마쓰오카 유미에 씨를 살해한 범인이 그날 밤 사이에 현장에서 도주했다고만은 볼 수 없습니다. 범인은 가만히 날이 밝기를 기다렸다가 아침이 된 뒤에 현장을 떠났을지도 모릅니다. 마치 첫 발견자인 척을 하면서 말이죠."

"뭐라고요……?"

나카자와 리나는 곤혹스러운 표정을 지었다.

"형사님의 생각은 요컨대 이런 건가요? 그 골목에 남아 있는 발자국에 현관으로 향하는 '갈 때'의 발자국은 실은 어젯밤에 난 것이었고, 현관에서 나오는 '올 때'의 발자국만이 오늘 아침의 것이라고. 그걸 제가 오늘 아침에 왕복한 발자국이라고 주장한다는 건가요. 그런, 설마. 그런 방법이, 그런 방법이…….”

그러나 그녀는 갑자기 납득한 듯한 표정을 짓더니, “그렇구나, 그게 되네? 말이 되네!”라고 말했다.

“어때, 말이 되지?”

경부는 의기양양하게 고개를 끄덕였다.

“말이 된다기보다, 이것 외의 방법은 없다고 해도 과언이 아닐 정도야. 즉 마쓰오카 유미에를 살해할 수 있는 존재는 당신 외에는 없다는 거지. 이제 알았겠지?”

“이해했어요. 이야, 과연 형사님이네요! 용케 그런 생각을 하셨네요…… 라고 할 줄 알았냐, 헛소리 하지 마!”

간신히 상황을 이해한 나카자와 리나의 한 박자 늦은 딴죽이 작렬했다.

“살인 현장에서 시체와 같이 꼴딱 하룻밤을 새는 살인범이 세상에 어디 있나요! 너무 비현실적이에요!”

나카자와 리나가 격노하는 것도 무리는 아니다. 확실히 경부가 말하는 방법은 이론으로는 가능하다고 해도 너무 비현실적이다. 게다가 레이코 자신의 관찰 결과에도 맞지 않는다. 레이코는 그 점을 경부에게 강조했다.

“저는 나카자와 씨의 발자국을 가까이에서 관찰했습니다. 한쪽이 어젯밤에 난 발자국이고 다른 한쪽이 오늘 아침에 난 발자국이라니, 절대 그렇지는 않습니다. 하룻밤 경과한 발자국인지 지금 난 발자국인지는 비교해보면 일목요연하게 알 수 있으니까요."

"그, 그런가? 그, 그러면 무리겠군."

경부는 동요하는 기색을 보이면서 참 빨리도 자신의 가설을 취소했다.

"하지만 그렇다면 마쓰오카 유미에를 죽인 건 대체 누구일까?"

그런 가자마쓰리 경부의 중얼거림에 대답한 것은 의외로 나카자와 리나였다.

"용의자가 될 만한 남자라면 한 명 알고 있어요. 같은 찻집에서 아르바이트를 하는 오사와 마사키라는 남자예요. 그 사람은 최근에 유미에에게 차였거든요."

그 오사와 마사키라는 남자는 자존심이 몹시 강하고 한 가지를 놓고 골똘히 생각하는 타입이라고 했다. 마쓰오카 유미에가 오사와 마사키에게 살해당할 정도로 원한을 사고 있을 가능성이 있다고 나카자와 리나는 목소리를 낮춰서 말했다.

그녀가 마쓰오카 유미에를 '누구에게나 사랑받는 타입'이라고 표현한 것은 역시 고인에 대한 배려에 지나지 않았던 것 같다.

4

고쿠분지에서 구니타치 방면으로 향하는 길가에 있는 교차로. 스

테이크하우스와 초밥집이 보일 듯 말 듯한 손님 쟁탈전을 벌이고 있는 한구석에 커피숍 '히요시 찻집'이 있었다. 호쇼 레이코와 가자마쓰리 경부가 가게 안에 발을 들이자, "어서 오세요~"라는 젊은 여성의 목소리가 두 사람을 맞이했다.

텅텅 빈 가게 안을 둘러본 가자마쓰리 경부는 레이코와 함께 가장 구석 자리에 앉았다. 그리고 대체 어디서 익힌 예의범절인지, '딱' 하고 손가락을 울려서 에이프런 차림의 웨이트리스를 부르더니 메뉴도 보지 않고 대뜸 "오늘의 추천 커피를 알려주게"라고 말했다.

긴 머리를 포니테일로 묶은 아담한 체구의 웨이트리스는 한순간 "히익!" 하고 숨을 삼키는 눈치였다. 그러나 경부의 특이한 옷차림을 훑어본 그녀는, 곧바로 태연한 얼굴로 돌아와서 "추천 메뉴는 블루마운틴 히요시 스페셜입니다~"라고 흥미로운 제안을 했다.

그러나 레이코가 보기에 메뉴에 있는 커피는 블렌드와 아메리카노 두 종류뿐이었다. 웨이트리스는 경부의 정체가 허세 넘치는 부잣집 아들이란 것을 간파하고서, 있지도 않은 신 메뉴를 고안한 것 같았다.

"좋아. 그러면 그걸 둘…… 아니, 셋 부탁하지."

셋?! 이상하다는 듯이 되묻는 웨이트리스에게 경부는 미소를 지으며 말했다.

"그래, 셋이야. 그리고 오사와 마사키라는 아르바이트생을 불러다주게. 주문은 그렇게 부탁하지."

"네, 블루마운틴 히요시 스페셜이 셋에 오사와 군이 하나군요."

잠시만 기다려주세요~, 라고 말하고 포니테일의 웨이트리스는 주방으로 사라져갔다.

"흠, 생각했던 것보다 좋은 가게로군. 웨이트리스도 꽤나 눈치가 빠르고."

잔뜩 바가지를 쓰고서도 경부는 만족스러워했다. 잠시 기다리자 주방에서 쟁반에 커피를 얹은 젊은 남자가 나타났다. 남자는 긴장한 얼굴로 레이코 일행의 커피를 내려놓으며 말했다.

"오래 기다리셨습니다. 블렌…… 아니, 블루마운틴 히요시 스페셜입니다."

요컨대 그냥 평범한 블렌드 커피구나. 레이코는 신 메뉴의 정체를 한순간에 이해했다. 그렇다는 얘기는 그것을 가져온 이 남자가 또 다른 주문인 오사와 마사키인가.

레이코는 손끝으로 안경을 밀어 올리면서 그의 모습을 관찰했다.

키는 백칠십 센티미터 전후일까. 어깨가 넓은 탄탄한 체격은 운동선수를 떠올리게 할 정도로 늠름하다. 각진 턱이 특징적인 얼굴은 강한 의지를 느끼게 한다.

"자네가 오사와 마사키 군인가? 좋아. 뭐, 앉아서 커피라도 들게나. 자네를 위해서 주문한 커피야. 그런데 우리가 누구인지 정도는 자네도 어렴풋이 깨닫고는 있을 거라고 생각하네만…… 딩동댕! 정답이야. 구니타치 경찰서의 가자마쓰리다. 이쪽은 부하인 호쇼 형사. 살해당한 마쓰오카 유미에 씨에 대해서 물어보고 싶은 게 있어서 찾아왔어."

"네? 살해를 당해요?"

오사와 마사키의 표정이 놀라움에 감싸였다.

"마쓰오카 씨가 죽었다는 이야기는 친구에게 문자로 연락받고 알았습니다. 하지만 누군가에게 살해당했다는 얘긴 처음 들어요. 정말입니까?"

"그래, 아무래도 그런 가능성이 높은 것 같아."

경부는 정면에 앉아 있는 오사와 마사키의 얼굴을 응시하더니, 갑자기 핵심을 건드리는 질문을 던졌다.

"자네, 마쓰오카 씨와 사귀었다며? 그리고 최근에 자네는 그 여자에게 차이…… 아니, 그 여자하고 헤어졌어. 맞지?"

"아, 네. 맞는 말이지만, 설마 형사님. 저를 의심하시는 겁니까?"

"아니, 별로. 의심하는 것처럼 보이나?!"

경부는 상대의 질문을 어물쩍 넘기면서 자신의 질문을 계속 이어나갔다.

"자네는 어젯밤 열시 전후에 어디서 뭘 하고 있었지?"

"아, 알리바이 조사군요. 역시 의심하는 거구나……. 하지만 어젯밤 열시라면 아르바이트를 끝내고 돌아가는 길이라 혼자서 눈길을 걷고 있어서 특별히 주장할 수 있는 알리바이가 없고……."

"그렇군. 그런데 자네가 마쓰오카 씨와 사귀게 된 계기는 뭔가?"

"그건 같은 가게에서 일하는 아르바이트생이라서 자연스럽게 사이가 좋아진 것뿐입니다. 처음에 말은 건 것은 저쪽이었지만요."

"흐음, 자네 그거, 자랑인가?"

경부는 그렇게 말하며 하품을 참는 시늉을 했다.

"아니에요! 사실이에요. 이상한 곳에서 이야기를 끊지 마세요."

오사와 마사키는 기분이 상한 듯이 입술을 'ㅅ' 자로 만들더니, 하던 이야기를 계속했다.

"우리가 사귀기 시작한 건 일 년 정도 전의 딱 이맘때예요. 그리고 헤어진 것이 지난달이니까 일 년도 채 못 사귄 거죠. 네, 지극히 평범한 커플이었어요. 여름에는 같이 바다에 가고, 겨울에는 산에 스키를 타러 가거나 했죠."

"그러고 보니 마쓰오카 씨는 활동적인 여성이었다더군."

"네. 특히 겨울 스포츠는 전반적으로 잘해서, 관련 용품은 어지간한 것을 전부 구비하고 있을 정도로 열심이었어요. 좋아하는 계절을 앞두고 목숨을 잃다니 참 불쌍하네요."

레이코는 현장의 다락에 놓여 있던 스키나 스노보드 같은 장비들을 떠올리면서 그의 이야기를 듣고 있었다. 이야기가 일단락되는 것을 기다렸다가 레이코는 물었다.

"그렇게 좋아하는 계절을 앞두고 차이…… 아니, 두 사람이 헤어진 이유는 무엇이었나요?"

"괜찮습니다, 형사님. '차인 이유는 뭐였지?'라고 딱 부러지게 물어보셔도 돼요."

"그러면 물어보겠는데, 차인 이유는 뭐였지?"

가자마쓰리 경부가 딱 부러지게 물었다.

"당신이 그렇게 물어보니 어쩐지 화가 나네요!"

오사와 마사키는 잠깐 목소리가 거칠어졌지만, 그래도 질문에는 순순히 대답했다.

"이유는 그 여자 쪽에 있어요. 간단히 말하자면 그 여자에게 새 남자친구가 생겼거든요. 다카노 미치히코란 녀석이에요. 아, 맞다!"

오사와 마사키는 '획' 하고 표정을 생생하게 바꾸더니, 두 형사를 향해서 이렇게 말했다.

"형사님들은 마쓰오카 씨에게 차인 제가 화가 나서 그 여자를 죽였다고 생각할지도 모르겠는데, 저는 그런 짓은 하지 않았어요. 그것보다 의심하려거든 다카노 미치히코 쪽이 아닌가요? 다카노라는 남자는 여러 명의 여자와 아무렇지도 않게 사귀는 바람둥이라서 여자와의 문제가 끊이지 않는 남자이니, 분명히 마쓰오카 씨와의 사이에서도 뭔가 문제가……."

오사와 마사키의 증언을 들으면서 레이코는 다카노 미치히코의 이름을 수첩에 메모했다.

다카노 미치히코는 마쓰오카 유미에와 같은 대학에 다니는 학생이었다. 그는 히요시초 교차로에서 구니타치 방면으로 더 들어간 도로변에 있는 아파트에서 산다고 했다. 레이코와 가자마쓰리 경부는 찻집을 나와서 곧바로 새 용의자를 찾아갔다.

삼층의 어느 방 벨을 눌렀다. 문이 열리고 얼굴을 내민 것은 호리

호리한 장신의 남성.

'갈색 머리'와 '피어싱'과 '그을린 피부'. 건달의 삼종 세트를 전부 갖춘 '노는 남자' 스타일의(아니, 실제로 신나게 놀고 있음이 틀림없다고 레이코는 확신했지만) 그 남자가 다카노 미치히코였다. 그의 눈은 현관 너머의 수상한 물건을 바라보듯이, 두 형사를 주의 깊게 향하고 있었다.

"구니타치 경찰서에서 온 사람입니다."

그렇게 말하며 멋지게 배지를 보이는 경부.

그러나 다카노 미치히코는 경부에 대해서는 조금의 흥미도 보이지 않고, 그 대신 레이코를 향해 씩 미소를 날렸다. 핥듯이 몸을 훑는 시선을 느끼고 레이코는 등줄기가 근질거렸다.

"그런데 저에게 무슨 볼일입니까? 저는 나쁜 짓은 안 했다고요."

아무것도 모르는 걸까. 아니면 모르는 체를 하는 걸까. 경박한 대학생에게 경부가 물었다.

"마쓰오카 씨를 알고 있지? 그래. 당신의 여자친구지. 죽었어. 살해당한 모양이야."

"……."

경부의 말에 경박한 건달도 한순간 말을 잃었다.

"살해당해? 누구에게?"

"글쎄요, 누구일까."

경부는 의미심장한 시선으로 용의자를 바라봤다.

"허어, 나?! 난가요, 형사님?! 하핫, 바보 같은 소리 마세요. 왜 내가 유미에를 죽이는데요? 저는 유미에를 진심으로 사랑하고 있었다고요. 안 그래요, 형사님?"

그렇게 말하면서 어쩐지 건달은 레이코에게 동의를 구했다.

그런 걸 내가 어떻게 알아! 마음속으로 쏘아붙이면서 레이코는 시치미 떼는 얼굴로 질문했다.

"당신, 최근에 마쓰오카 유미에 씨와 사귀게 된 것 같더군요."

"네, 그래요. 대학 서클의 미팅에서 만났어요. 다만 처음에 말을 걸어온 건 저쪽이었지만요, 헤헤."

이건 틀림없이 이 남자의 자기 자랑이다. 사실이 어떤지는 확인할 방법이 없다.

"어젯밤 열시쯤에 당신은 어디서 뭘 하고 있었습니까?"

"열시쯤?! 아아, 그렇다면 괜찮네. 저는 어젯밤에는 아야하고 아침까지 같이 있었거든요. 즉 저에게는 완벽한 알리바이가 있는 거죠."

"……."

어째서일까. 완벽한 알리바이를 듣는 순간, 레이코 안에서 이 남자에 대한 불신이 극한까지 높아졌다.

"아야하고 같이 아침까지?! 당신 마쓰오카 유미에 씨를 진심으로 사랑하고 있었던 게 아닌가요?"

레이코가 어이없다는 얼굴로 묻자, 다카노 미치히코는 겸연쩍다는 듯이 몸을 배배 꼬았다.

"아니, 그게, 그 뭐냐. 마음은 유미에를 생각하면서도 몸은 아야

하고 같이 있었던 거죠, 어제의 나는. 이해하죠? 네, 형사님?"

일일이 동의를 구하지 마! 그것보다, 누구야? 그 아야라는 여자는!

"누구입니까? 그 아야라는 사람은?"

레이코의 생각을 대변하듯이 경부가 물었다. 다카노 미치히코는 대변하는 듯한 어조로 대답했다.

"아, 저기, 그러니까 아야는 찻집 여자애예요. 유미에가 아르바이트했던 '히요시 찻집'이란 가게에서 웨이트리스를 하는, 포니테일을 한 무지 귀여운 여자애."

앗, 그 여자인가! 레이코는 의외의 전개에 이맛살을 찌푸렸다.

레이코와 가자마쓰리 경부는 다시 히요시 찻집으로 돌아갔다. 웨이트리스의 이야기가 무지 궁금해졌기 때문이다. 참고로 포니테일이 어울리는 그녀의 이름은 간자키 아야카. 통칭 '아야'였다.

레이코 일행은 찻집 문을 열고 가게 안으로 들어갔다. 그러자 멍하니 서 있던 오사와 마사키가 깜짝 놀란 듯이 "어, 어서 오세요"라고 긴장된 목소리로 맞이했다.

자리에 앉은 가자마쓰리 경부는 다시 손가락을 울리고 재빨리 주문을 시작했다.

"블루마운틴 히요시 스페……."

"경부님!"

레이코는 상사의 말을 가로막고, 쓸데없는 지출을 막기 위해 직접 주문했다.

"블렌드 커피 세 잔 부탁해요. 그리고 간자키 아야카 씨를 불러주실 수 있을까요?"

잠시만 기다려주십시오, 라는 말을 남기고 오사와 마사키는 안도하는 표정으로 가게 안쪽으로 들어갔다.

몇 분 뒤에, "기다리셨습니다~"라고 말하며 레이코 일행의 테이블에 나타난 것은 쟁반을 든 아담한 체구의 웨이트리스, 간자키 아야카였다. 그녀는 테이블에 세 잔의 커피를 늘어놓은 뒤에 "저에게 뭔가 볼일이 있으신가요~?"라고 물으면서 재빨리 자리에 앉았다.

"음, 실은 당신에게 확인하고 싶은 것이 있어서요. 뭐, 앉으세요. 아아, 이미 앉았지. 그러면 바로 질문하도록 하겠습니다. 어젯밤 열시쯤에 당신은 어디에 있었습니까?"

"알리바이 조사군요. 조금 전에 오사와 군에게 들었어요. 마쓰오카 유미에 씨가 죽었다면서요?"

그렇게 말하고 간자키 아야카는 다시 경부의 질문에 대답했다.

"어젯밤 열시라면 저는 친구의 아파트에 있었어요. 다카노 미치히코라는 사람이에요. 네, 친구예요. 이 가게의 단골이고 얼굴을 마주하는 동안 친해졌어요."

"마쓰오카 유미에 씨의 남자친구라는 걸 알면서?"

"으음, 그건 알고 있었지만 저하고 다카노는 그냥 친구니까요."

"호오, 단순한 친구인 남자의 집에서 아침까지 같이 있었다고요?"

"네에?! 아아, 다카노가 그렇게 말했군요."

간자키 아야카는 그러면 할 수 없다는 듯이 고개를 끄덕였다.

"네, 그래요. 아침까지 그 사람하고 같이 있었어요."

레이코는 쉽게 판단할 수 없었다. 간자키 아야카의 증언은 다카노 미치히코의 알리바이를 완벽하게 뒷받침하는 것이다. 그러면 다카노 미치히코는 결백하다는 얘긴가? 아니, 오히려 그는 범인이며, 그것을 간자키 아야카가 거짓 증언으로 구해내려 하고 있는 것으로도 보인다. 어느 쪽이 진실일까.

고민하는 형사들을 상관하지 않고 간자키 아야카는 말을 이었다.

"형사님들은 혹시 다카노를 의심하는 건가요? 하지만 그건 아니에요. 제가 증인이니까요. 그것보다 저는 마쓰오카 유미에 씨가 죽어주면 좋겠다고 남몰래 바라고 있던 사람을 알고 있어요. 듣고 싶지 않으세요?"

"어, 뭐라고요?" 가자마쓰리 경부가 흥미를 보였다.

"마쓰오카 유미에 씨의 죽음을 바라고 있었다? 그런 사람이 있습니까?"

"네. 그 사람은 줄곧 오래전부터 오사와 마사키 군을 좋아했어요. 하지만 오사와 군은 차인 뒤에도 마쓰오카 씨에게 미련을 두고 있었고요. 그래서 그 사람에게는 마쓰오카 씨의 존재가 방해되었을 거예요. 그 사람의 이름은……."

간자키 아야카는 다른 사람의 귀를 경계하듯이 목소리를 죽이고 말했다.

"나카자와 씨예요. 이 가게에서 같이 아르바이트를 하는 나카자와 리나 씨. 분명히 수상하다고 봐요~."

의외의 이름에 레이코와 가자마쓰리 경부는 저도 모르게 서로 마주보았다. 나카자와 리나. 결국 살인 용의자는 한 바퀴 빙 돌아서 첫 발견자에게로 돌아왔다는 것인가.

5

다시 니시고쿠분지의 현장으로 돌아온 형사들은 그 뒤로 몇 시간 동안 현장 주변의 탐문 수사를 했다. 그러나 밤이 될 때까지 뛰어다녀도 새로운 단서를 얻을 수는 없었다. 우선 떠오른 용의자는 오사와 마사키, 다카노 미치히코, 간자키 아야카, 그리고 첫 발견자인 나카자와 리나. 이 네 사람이었다.

"하지만 나카자와 리나가 오사와 마사키를 좋아했다는 이야기는 믿기 힘들다고 봐요. 오사와를 용의자로 고발한 건 다름 아닌 나카자와 리나였으니까요."

"확실히 그렇지. 하지만 사건은 살인사건이야. 오사와 마사키를 일부러 고발해서 자신의 혐의가 가벼워진다면 그쪽을 선택할 가능성도 충분히 있을 거야."

마쓰오카 유미에 자택 앞의 버스 정류장. 진지한 어조로 자기 생각을 이야기한 경부는, 갑자기 소탈한 태도가 되어서는 레이코를 향해 어깨를 축 늘어뜨려 보였다.

"하지만 뭐, 우선 첫날의 수확치고는 나쁘지 않겠지. 나머지 수사는 내일 하면 돼. 그것보다 호쇼 형사. 오늘은 무슨 날이라고 생각하나?"

두근! 역시 왔구나. 레이코는 뭔가 적절히 얼버무릴 방법이 없나하고 지혜를 짜냈지만, 결국 이번 달의 오늘 밤을 얼버무리는 것이 불가능하다는 결론에 도달했다.

"오늘은 크리스마……."

"그래, 크리스마스이브다!"

경부의 목소리가 한 옥타브 상승했다.

"연인들이 샴페인 글라스와 칠면조를 움켜쥐고 호텔 스위트룸에서 사랑을 속삭이는 특별한 밤. 어라, 발상이 버블경제기 때 그대로인가?! 뭐, 문제없어. 우리 '가자마쓰리 모터스'는 지금도 버블경제 한복판이니까. 아니, 그런 건 됐고. 실은 오늘 밤에 자네를 위한 최고급 프랑스 요리를 예약해뒀어. 살인사건 같은 팍팍한 현실은 잠시 잊고 모처럼의 이브를 즐겨보지 않겠나? 자, 그렇게 정했다면 얼른 내 재규어로…… 음, 재규어?!"

열변을 토하며 불그스름하게 달아올라 있던 가자마쓰리 경부의 얼굴이 한순간에 창백하게 바뀌었다. 두 손으로 머리를 끌어안으며 경부는 통한의 비명을 질렀다.

"아차! 오늘은 재규어를 집에 놓고 왔었지!"

"아, 신경 쓰지 마세요. 저는 버스를 타고 갈 거니까요."

레이코는 얼른 말하고, 딱 좋은 타이밍에 도착한 버스에 올라타며 경부에게 인사했다.

"기다려, 호쇼 형사! 나도 같이!"

당황하며 올라타려는 경부 앞에서 매정하게도 쇠로 된 버스 문이 꽝 닫히며 경부를 길 위로 튕겨내버렸다.

"으억!"

레이코는 냉정한 운전수에게 감사했다. 달리기 시작한 버스. 맨 끝 자리 창가에서 뒤를 돌아보니, 길 옆의 블록 벽을 걷어차는 경부의 모습이 보였다.

출발한 지 십여 분 후에 버스는 구니타치 역 앞에 도착했다. 호쇼 저택의 가장 가까운 버스 정류장에서는 한참 떨어져 있지만, 여기가 종점인 듯해서 어쩔 수 없이 레이코는 버스에서 내렸다. 그녀는 묶은 머리를 풀고, 도수 없는 안경을 벗고서 길을 걷기 시작했다.

짜증 나게도 거리는 온통 크리스마스 일색이었다. 진지하게 바라보고 있으면 자신의 불행이 떠오르므로, 레이코는 아무것도 보지 않은 체를 하면서 머릿속으로는 사건에 대해서 생각했다.

마쓰오카 유미에의 죽음은 살인일까, 사고일까. 살해당했다면 범인은 누구일까. 그리고 그 경우, 범인은 어떻게 현장에서 도주할 수 있었을까.

"그것도 눈 위에서 흔적을 남기지 않은 채로 어떻게…… 어떻게…… 어떻!"

언젠가부터 생각하는 데 정신이 팔린 나머지, 앞을 제대로 보지 못했던 것 같다. 레이코는 크고 붉은 덩어리에 정면으로 충돌했다.

"죄, 죄송합니다!"

사과하면서 비틀거리는 레이코. 그녀를 재빨리 두 손으로 부축한 것은 붉은 옷을 입은 산타클로스……차림을 한 장신의 남자였다.

"괜찮으십니까, 아가씨."

케이크 노상판매 중인지, 남자는 플래카드를 손에 들고 있었다. 걱정 마세요, 괜찮아요, 라고 레이코는 손을 저으며 대답하고 다시 걷기 시작했다.

"이게 뭐람, 실수했어. 조심해야지"라고 레이코는 자기 머리를 가볍게 때리는 시늉을 했다. "그건 그렇고 고생이 많겠네, 가게야마도. 이런 날에 제과점에서 아르바이트인가?"

뭐, 그 남자도 집사 월급만으로는 충분하다고 말할 수 없겠지. 짧짤한 아르바이트가 있다면, 크리스마스이브 날 밤에 주인어른이나 아가씨를 내버려두고 그쪽을 선택하는 것도 이해 못할 일은 아니……지 않아! 이해 못해! 아니, 그보다 왜 가게야마가 이런 곳에?!

레이코는 왔던 길을 맹렬히 되돌아가서 시계 가게 앞에서 산타클로스를 붙잡았다.

"가게야마! 당신 이런 곳에서…… 아, 사람을 잘못 봤네요, 죄송합니다."

레이코는 시계 가게의 산타에게 사과하고, 다시 그 옆의 제과점 산타를 붙잡았다.

"가게야마아아!"

"어라, 아가씨. 크리스마스 케이크를 원하십니까? 싸게 드리겠습니다."

"무슨 소릴 하는 거야!" 레이코는 어이없단 듯 외쳤다. "케이크 같은 걸 팔고 있을 상황이 아니잖아!"

그로부터 몇 분 뒤. 케이크 전문점 '노엘'의 테이블 한구석.

레이코는 산타 옷을 입은 가게야마와 마주앉아 있었다. 두 사람 사이에는 어색한 분위기와 커피의 따뜻한 김이 함께 모락모락 피어오르고 있었다. 멀찍이 떨어져서 바라보던 유치원생 아이가 "아, 산타가 쉬고 있다~"라며 가게야마를 향해 손가락질을 했다. 가게야마는 점잖은 얼굴로 커피를 홀짝이면서, "실은 저, 야구 도박에 손을 대버려서……"라고 갑자기 폭탄발언을 했다.

범죄의 냄새를 느낀 레이코의 표정에도 긴장이 퍼졌다. 그러나 가게야마는 태연하게 말을 이었다.

"저는 다치카와의 배팅 센터에서 어떤 인물과 만나서 내기를 했습니다. 어느 쪽이 먼저 홈런을 칠 수 있는가를 건 한판 승부였죠. 진 쪽은 무조건 상대가 하는 말을 따른다, 그런 내기였습니다. 그 결과 저는 소중한 크리스마스이브 날 밤에 '노엘'의 케이크 판매를 거들게 되고 말았습니다. 죄송합니다."

"요컨대 제과점 주인 아저씨가 야구를 잘했다는 얘기네."

레이코는 한숨을 한 번 쉬고 나서 머리카락을 긁었다.

"으음. 뭐랄까, 내가 알고 있는 야구 도박하고는 다른 것 같아."

조금 전까지 나던 범죄의 냄새는 아무래도 착각이었던 모양이다.

"안심하셨습니까?" 가게야마는 '씩' 하고 웃음을 지으며 말했다.

"그런데 아가씨. 조금 전에 '케이크 같은 걸 팔고 있을 상황이 아니다'라고 말씀하셨는데, 어떤 의미인지요? 이브의 밤에 케이크를 파는 것보다 중대한 일이 또 있습니까?"

"당연히 많이 있지."

하지만 우선 지금 중요한 것은 오늘의 사건이다.

"실은 기묘한 사건이 있었어. 그 왜, 오늘 아침에는 눈이 내렸잖아……."

레이코는 출근 도중에 조우했던 사건의 전말에 대해서 상세히 이야기했다. 가게야마도 흥미를 보이면서 레이코의 이야기에 귀를 기울였다. 멀찍이 떨어져서 구경하던 유치원생 아이가 "아, 산타가 잡담을 하고 있어~"라며 손가락질했다. 당치도 않은 소리! 가게야마에게 추리의 재료를 주는 것은 결코 잡담이 아니다. 그는 과거에도 몇 번이나 레이코의 이야기만을 듣고 사건의 진상을 간파해냈다.

"그렇군요. 확실히 이상한 사건입니다."

레이코의 이야기를 다 들은 가게야마는 앞에 놓인 커피를 한 모금 마셨다.

"발자국 없는 밀실에 용의자는 네 명이군요."

"그래. 용의자는 그 밖에도 있을지도 모르지만, 지금은 네 명이라고 가정하고 생각해봐."

"알겠습니다."

가게야마는 고개를 끄덕이자마자 바로 말했다.

"이 사건의 포인트는 역시 발자국 문제겠죠. 범인은 어떻게 범행 현장의 골목에 발자국을 남기지 않고 도주할 수 있었는가."

"그래, 나도 그게 신기해."

"그렇지만 어떤 점을 깨닫기만 하면 일의 진상은 거의 밝혀질 겁니다. 아가씨는 그 진상에 가까이 접근하셨으면서도 아직 깨닫지 못하셨습니다."

마치 놀림받은 듯한 기분이 들어서 레이코는 울컥했다.

"무슨 소리야?"

"마쓰오카 유미에의 자택에 아주 흥미로는 아이템이 있었던 것을 아가씨도 기억하실 겁니다. 다락에 수납된 스키 판이나 스노보드라는 도구입니다. 아가씨도 다소는 신경을 쓰셨을 텐데 말입니다."

"확실히 좀 인상에 남는 물건들이었지."

레이코는 다시 한 번 다락 안의 광경을 그려보았다.

"그래, 생각해보면 스키나 스노보드와 눈의 밀실은 분명히 관계가 있어 보여. 예를 들면 스키 판을 신고 눈 위를 걸어갔다는 것은 어떨까. 그러면 적어도 발자국은 나지 않을 거고……. 어떻게 생각해, 가게야마?"

"그렇군요, 그렇군요."

가게야마는 깊이 고개를 끄덕였다.

"확실히 말씀하시는 대로 스키 판을 신으면 범인은 눈 위에 발자국을 남기지 않을 수 있습니다. 그렇지만 쌓인 눈은 고작 일 센티미터. 그곳을 스키로 지나가면 골목의 눈은 완전히 짓이겨지겠죠. 스노보드도 마찬가지입니다. 그렇지만 아가씨가 시체를 발견하셨을 때, 현장으로 이어지는 길의 눈은 깨끗한 상태였지 않습니까? 그렇다는 이야기는 요컨대 스키 판이나 스노보드라는 아이템이 확실히 흥미를 끌기는 하지만, 결국 사건과는 아무런 관계도 없다는 뜻입니다. 그런 것도 모르시다니……."

가게야마는 눈앞의 레이코를 똑바로 응시하면서 극히 정중한 말투로 단언했다.

"아주 실례입니다만, 아가씨의 단순함은 그야말로 유치원생 수준이라고 생각됩니다."

커피를 마시면서 그의 이야기를 듣고 있던 레이코는 완전히 방심한 상태였다. 거기서 갑작스럽게 '유치원생 수준' 발언이 나온 것이다. 레이코는 깜짝 놀란 나머지, 집사의 얼굴을 향해서 커피를 뿜었다.

그 자리에 조금 전의 유치원생이 달려와서 "바보 취급 하지 마!"라고 말하며 가게야마의 머리를 때렸다. 유치원생은 "메롱!"이라고 승리의 환성을 지르면서 어디론가 떠나갔다.

"……."

가게야마는 멍한 채로 손수건을 꺼내서 커피 범벅이 된 얼굴을 닦았다.

"저기, 제가 뭔가 안 좋은 말을 한 것일까요……."

레이코는 묵묵히 손수건을 꺼내서 품위 있게 입가를 닦았다. 마음을 진정시키듯이 손거울로 화장이 흐트러진 곳을 체크했다. 그리고 물을 한 모금 마신 뒤에 천천히 입을 열었다.

"누가 유치원생 수준이라는 거야! 이래봬도 우수한 대학을 우수한 성적으로 졸업하셨다고! 바보 취급 하지 마!"

유치원생이 했던 것처럼 딱 하고 때리는 시늉을 하자, 가게야마는 우스꽝스러울 정도로 몸을 움츠렸다. 그가 보인 의외의 몸짓을 봐서, 레이코는 가게야마를 용서하기로 했다. 지금은 그것보다 사건 이야기가 중요하다.

"스키나 스노보드는 사건과 관계없다는 얘기구나. 그렇다면 뭐야? 흥미로운 아이템이라고 한 건 당신이잖아. 그건 거짓말이야?"

"아뇨, 흥미롭다는 건 사실입니다. 다만 그 도구들이 범행 직후에 이용되었다고는 생각할 수 없습니다. 그렇습니다만 아가씨. 거기서 생각을 멈춰버리면 진상에는 도달할 수 없습니다. 한 발짝 더 나아가서 생각해보시는 것이 중요합니다."

"한 발짝 다 나아가서? 무슨 얘기야?"

"눈에 보이는 것만을 보시면 불충분합니다. 눈에 보이지 않는 것의 존재를 상상해야 비로소 사건의 진상을 간파할 수 있습니다. 모르시겠습니까?"

"응, 전혀. 통 모르겠어."

레이코는 이해력이 부족한 학생처럼 고개를 저었다.

"포인트는 오사와 마사키의 증언입니다. 그 남자는 마쓰오카 유미에에 대해서 이렇게 말했습니다. '겨울 스포츠는 전반적으로 잘 해서, 관련 용품은 어지간한 것을 전부 구비하고 있을 정도로 열심이었어요'라고. 아시겠습니까, 아가씨? 스키와 스노보드를 가진 것 정도로 겨울 스포츠 전반의 장비를 모두 구비했다고 말할 수 있을까요? 뭔가 중요한 물건이 빠진 것 같은 기분이 들지 않습니까?"

"아, 그러고 보니……."

간신히 레이코도 떠오르는 것이 있었다. 겨울 스포츠란 말을 듣고 많은 사람들이 두 번째로 머릿속에 그리는 그 스포츠. 그 중요 아이템이 마쓰오카 유미에의 소지품 중에는 빠져 있었던 것이다.

"스케이트구나. 다락방에는 스키 판하고 스노보드는 있었지만 스케이트는 없었어."

"그렇습니다. 그러나 오사와 마사키의 증언에 의하면 스케이트는 당연히 있어야 할 아이템이라고 생각됩니다. 그렇다면 왜 스케이트가 없어졌는가."

"그렇다면 범인이 가지고 갔구나. 그렇다는 이야기는, 즉 범인은 스케이트를 훔치기 위해서 마쓰오카 유미에를 살해했다?"

"아아, 아가씨……."

가게야마는 은테 안경을 손끝으로 가볍게 밀어 올리고 한숨 섞인 목소리로 말했다.

"어떤 녀석이 일반 시민의 스케이트를 노리고 살인까지 저지르겠습니까. 바보 같은 소리도 좀 쉬어가면서 하십시오."

"에에잇! 당신이란 남자는 정말, 모가지당하고 싶어서 환장했다는 생각밖에 안 들어!"

레이코는 테이블 위에서 주먹을 부들부들 떨었다.

"그러면 묻겠는데, 누가 무엇을 위해서 스케이트를 가지고 간 거야?"

"가지고 간 사람은 물론 마쓰오카 유미에를 살해한 범인입니다. 그리고 그 목적은 눈으로 둘러싸인 밀실 안에서 탈출하기 위해서가 틀림없습니다."

"허어, 범인은 스케이트를 신고 눈 위를 걸었다는 거야? 그런 건 소용없어. 평범한 발자국은 남지 않겠지만 눈 위에 스케이트의 칼날 자국이 남잖아. 그런 흔적이 있었다면 시체를 발견했을 때에 내가 금방 발견했을 거야."

"확실히 아가씨의 말씀대로입니다. 그냥 눈 위를 걸어가서는 아무런 의미도 없습니다. 그러면 범인은 스케이트를 어떻게 사용했는가. 스케이트의 특징이라면 역시 칼날 부분이겠죠. 거기서 떠올려 보십시오. 현장으로 이어지는 골목에는 아가씨와 첫 발견자인 나카자와 리나의 발자국 말고 또 하나, 가늘고 긴 흔적이 남아 있었을 겁니다. 그것은 마쓰오카 유미에가 집에 돌아올 때에 탔다고 생각되는 자전거, 그 타이어 자국입니다."

"그러고 보니 골목에는 타이어 자국이……. 어, 그렇다면 범인은 설마!"

"그렇습니다. 아가씨. 범인은 그 가느다란 타이어 자국 위를 스케이트의 칼날 부분으로 능숙하게 밟고 걸어갔던 것입니다. 마치 눈 위에서 외줄타기를 하는 느낌으로."

가게야마는 그 상황을 마치 목격한 것처럼 이야기했다.

"흐릿하게 눈이 쌓인 골목. 눈으로 폐쇄된 밀실의 현관에서 버스 정류장까지는 약 십 미터. 그곳에 남은 것은 자전거 타이어 자국뿐. 스케이트를 신은 범인은 신중한 발놀림으로 그 타이어 자국 위를 나아갔겠죠. 이윽고 골목을 완전히 다 빠져나와서 버스 정류장에 도착한 범인은, 거기서 재빨리 보통 신발로 갈아 신고서 스케이트를 감춘 뒤에 밤의 어둠 속으로 사라졌던 것입니다. 이렇게 하면 현장의 골목에는, 언뜻 보기에 범인의 발자국으로 보이는 흔적은 남지 않습니다.

확실히 그렇다. 자전거의 타이어 자국은 신발 폭보다 좁지만, 분명 스케이트 칼날보다는 넓다. 그러니까 스케이트 칼날의 흔적은 타이어 자국에 섞여서 잘 안 보이게 된다. 그것이 범인의 노림수였던 것이다.

"하지만 타이어 흔적을 가까이에서 관찰해보면 거기에는 스케이트의 칼날 흔적이 겹쳐져 있을 거야. 아무도 눈치채지 못했던 걸까?"

"춥고 눈 오는 밤에 그런 세세한 부분에 주목할 사람은 아무도 없습니다. 지나가는 사람들에게는 골목에 타이어 자국이 나 있다고 밖에 보이지 않았겠죠."

"그렇구나. 그것도 그러네."

레이코는 납득했다.

"그리고 다음날 아침에 내가 그 골목을 관찰했을 때에는 이미 눈이 녹기 시작해서 타이어 자국 부분은 갈색 흙바닥을 보이고 있었어. 그래서 스케이트 칼날의 흔적을 발견할 수는 없었지. 범인의 발자국이 보이지 않았기 때문에 현장이 눈의 밀실처럼 되어버렸다는 얘기구나."

"그런 것입니다. 그렇게 해서, 여기까지 오면 이제 아셨겠죠?"

"으응? 알다니, 뭘?!"

"범인 말입니다. 그건 피해자의 스케이트 슈즈를 신을 수 있는 인물이어야만 합니다. 임시로 용의자 네 사람 중에서 생각하기로 하죠. 남성인 오사와 마사키나 다카노 미치히코가 여성용 스케이트를 신을 수 있을 거라고 생각하십니까?"

"아니, 그건 무리지. 남자 중에도 여자 정도로 발이 작은 사람은 있지만, 그 두 사람은 달라. 오사와 마사키는 건장한 스포츠맨 체형이었고, 다카노 미치히코는 키가 커. 두 사람 모두 발 사이즈는 보통 이상이라고 봐도 틀림없어."

"그러면 여성 쪽은 어떨까요. 나카자와 리나와 간자키 아야카. 피해자의 신발을 신을 수 있는 인물은 어느 쪽일까요? 늘씬한 장신을 자랑하는 나카자와 리나와 아담한 간자키 아야카. 발 사이즈가 꼭 키에 비례한다고만은 볼 수 없지만, 적어도 마쓰오카 유미에의 체격에 가까운 건 간자키 아야카 쪽이겠죠. 반대로 나카자와 리나가 마쓰오카 유미에의 신발을 신는 것은 어려울 것이라 생각됩니다."

"확실히 그러네. 하지만 단정할 수는 없어. 무리하면 나카자와 리나도 신을 수 있었는지도 몰라. 그리고 그 여자는 다음날 아침에 첫 발견자인 척을 했어. 있을 수 있는 이야기야."

"아뇨, 그렇게 생각할 수 없습니다."

가게야마는 단호하게 부정했다.

"만약 나카자와 리나가 범인이면서 첫 발견자인 척을 한다면, 전날 밤에 그 여자가 가지고 나갔던 스케이트를 원래 장소에 돌려놓았을 겁니다. 그 여자에게는 그럴 기회가 있었으니까요. 그걸 살리지 않을 리가 없습니다. 하지만 다락방에 스케이트는 없었습니다. 범인은 나카자와 리나가 아니라는 증거이겠지요."

그렇구나, 라고 레이코가 고개를 끄덕인 것을 확인하고서 가게야마는 결론을 말했다.

"이상과 같은 점들로 보아, 마쓰오카 유미에를 살해한 진범은 간자키 아야카라고 생각됩니다."

어디까지나 네 명의 용의자 중에서 생각한 경우입니다만, 이라고 덧붙인 가게야마는 맛있게 커피를 마셨다.

범인은 찻집의 웨이트리스인 간자키 아야카. 그렇다면 몇 가지 의문점이 남는다. 레이코는 가게야마에게 질문을 던졌다.

"다카노 미치히코하고 간자키 아야카가 사건이 있던 날 밤에 같이 있었다는 건 결국 가짜 알리바이였구나."

"그렇습니다. 아가씨도 그렇다고 생각하고 계셨던 것이 아닌지요?"

"뭐, 처음부터 수상한 알리바이라고는 생각했었어. 하지만 간자키 아야카의 범행을 감싸기 위해서 그 건달 쪽이 거짓말을 하고 있었다는 건 정말 의외였지."

"네. 실제로는 어젯밤 오후 열시경에 간자키 아야카는 마쓰오카 유미에의 집에 있었겠죠."

"간자키 아야카는 어떻게 마쓰오카 유미에의 집에 온 걸까? 왔을 때의 발자국이 없는 것은 눈이 그치기 전에 혼자서 왔다는 건가? 그것도 뭔가 이상한 이야기인데."

"아가씨. 자전거란 물건은 두 사람이 탈 수도 있습니다."

가게야마의 지적은 레이코의 눈을 확 트이게 했다.

"아마도 눈이 멈춘 오후 아홉시 이후에 두 사람은 같은 자전거를 타고 마쓰오카 유미에의 집에 왔겠죠. 그리고 오후 열시가 다 되었을 무렵에 두 사람 사이에 다툼이 발생합니다. 어디까지나 상상에 지나지 않습니다만, 두 사람 모두 다카노 미치히코와 깊은 사이라고 한다면 언제 어디서 싸움이 벌어져도 이상하지 않습니다. 그것이 우연히 어젯밤이었습니다."

"그리고 오후 열시. 간자키 아야카는 마쓰오카 유미에를 다락에서 떠밀어버렸어."

"네. 마쓰오카 유미에는 떨어질 때 머리를 잘못 부딪히는 바람에 그대로 사망했습니다. 당황하며 도망치려고 했던 간자키 아야카는 그때 문득 생각했겠죠. 이대로 눈 위에 발자국을 남기고 떠나면 다른 사람들은 마쓰오카 유미에의 죽음이 살인이 아닐까 하는 의심을 품게 된다. 반대로 눈 위에 발자국을 남지지 않고 떠나갈 수 있다면, 마쓰오카 유미에의 죽음은 사고로밖에 보이지 않는다. 당연히 범인에게는 후자가 이상적입니다. 그러면 눈 위에 발자국을 남기지 않고 도망칠 방법이 있는가. 그때 그녀의 머릿속에 스케이트 슈즈가 떠올랐던 겁니다. 뭐 대충 그런 느낌이었겠지요."

이렇게 가게야마는 산타복을 입은 모습으로 수수께끼 풀이를 끝냈다.

그의 추리만으로는 범인은 간자키 아야카가 틀림없다고 생각되지만, 정말로 그럴까? 레이코는 생각했다. 그래, 우선 다카노 미치히코가 주장하는 가짜 알리바이부터 추궁해 나가자. 레이코는 그것이 돌파구가 되어 모든 거짓말이 밝혀질 것 같은 기분이 들었다.

어쨌든 그것은 내일 이후의 숙제다. 오히려 문제는 오늘, 이 밤이다.

"그런데 가게야마."

레이코는 굳이 물었다.

"케이크는 아직 더 팔아야 해?"

"네. 할당량을 채울 때까지 앞으로 오십 개 정도 남았습니다."

"그래, 알았어." 그렇게 말하고 레이코는 일어섰다. "나도 거들어줄게. 수수께끼를 푼 답례야."

"안 됩니다, 아가씨. 제가 주인어른께 야단맞습니다."

"그러면 그냥 야단맞아."

레이코는 간단히 말하며 미소 지었다.

애프터 유

조조 모예스 장편소설 | 이나경 옮김 | 값 16,000원

"내가 사랑에 빠진 순간, 그는 영원히 천국으로 떠나버렸습니다."

출간 즉시 베스트셀러에 오른 루이자와 윌의 두 번째 이야기. 누구보다 가슴 아픈 사랑을 했던 루이자가 윌을 잃은 슬픔에서 벗어나 용감한 삶을 향해 나아간다. 사랑의 본질을 통찰력 있게 그리는 로맨스의 여왕 조조 모예스가 세상에 없는 사람을 그리워하는 진한 그리움과 새로운 삶을 향해 나아가는 가슴 뜨거운 용기를 아름답게 엮어냈다.

니시우라 사진관의 비밀

미카미 엔 장편소설 | 최고은 옮김 | 값 14,000원

일본 660만 독자가 열광한
『비블리아 고서당 사건수첩』미카미 엔, 2년 만의 신작!

백 년이 넘는 세월 동안 수많은 사람들의 삶을 기록해온 니시우라 사진관. 그곳에 남겨진 사진을 정리하면서 밝혀지는 비밀을 그린 소설. 미카미 엔은 '사진은 그 자체만으로도 하나의 이야기'라면서 언젠가는 오래된 사진관 이야기를 쓰고 싶었다고 밝혔다.

매직 스트링

미치 앨봄 장편소설 | 윤정숙 옮김 | 값 16,000원

"한 사람의 연주는 누군가의 인생을 바꿔요. 가끔은 온 세상까지도!"

『모리와 함께한 화요일』로 전 세계를 사로잡은 미치 앨봄의 신작이 출간됐다. 엘비스, 비틀스, 듀크 엘링턴, 지미 헨드릭스 등 화려한 스타 군단을 이끌고. 성별도, 나이도 알 수 없는 음악이라는 존재에서 '재능'을 받은 프랭키의 놀라운 인생 역정과 평생에 걸친 위대한 사랑이 흥미진진하고 감동적으로 그려진다.

천국에서 온 첫 번째 전화

미치 앨봄 장편소설 | 윤정숙 옮김 | 값 14,000원

미치 앨봄의 성숙한 문장과 따뜻한 인생관이 빚어낸 걸작!

삶과 죽음이라는 거역할 수 없는 운명적 이별 앞에 선 사람들의 희망과 절망, 그리고 사랑을 흥미진진하게 그려낸다. 긴장감 넘치는 추리와 섬세한 휴머니즘이 자연스럽게 녹아들며 잔잔한 감동으로 다가오는 미치 앨봄 최고의 작품.

보이지 않는 수호자

돌로레스 레돈도 장편소설 | 남진희 옮김 | 값 14,800원

스페인 종합 베스트셀러 1위에 빛나는 걸작 스릴러!

걸출한 여성 캐릭터를 성공적으로 선보이면서 『양들의 침묵』의 클라리스 스털링에 비견되는 매력적인 여형사를 탄생시켰다는 호평을 받은 작품. 첫 장부터 마지막 장까지 단숨에 읽히는 흡인력, 독창적이고 완벽하게 구성된 놀랍고 흥미로운 소재들이 강렬한 인상을 남긴다.

자살의 전설

데이비드 밴 소설집 | 조영학 옮김 | 값 13,000원

"어니스트 헤밍웨이와 코맥 매카시의 힘줄을 떠올리게 한다."

단 4권의 소설로 전 세계 15개 문학상 수상, 12개국에서 '올해의 책' 75회 선정, 윌리엄 포크너와 어니스트 헤밍웨이, 코맥 매카시의 계승자로 평가받는 작가이자 미국 문학의 새로운 거장으로 주목받는 데이비드 밴의 첫 소설집.

순수의 영역

사쿠라기 시노 장편소설 | 전새롬 옮김 | 값 14,000원

"언제부터 이렇게 밋밋한 감정으로 살아왔을까……."

일본 문학의 중심에 선 작가 사쿠라기 시노가 나오키상 수상 이후 모든 것을 담아 발표한 첫 장편소설. 사쿠라기 시노는 이 책 출간 이후 '제 모든 것이 담겨 있다.'라며 만족감을 표했고, 독자들 또한 '나오키상 수상작보다 훨씬 뛰어난 작품'이라며 찬사를 보냈다.

아무도 없는 밤에 피는

사쿠라기 시노 소설집 | 박현미 옮김 | 값 13,000원

"살아 있으면 모두 과거로 만들 수 있다."

'안정된 필력, 뛰어난 기교'로 심사위원들의 압도적인 지지를 받으며 149회 나오키상을 수상한 사쿠라기 시노의 소설집. 혹독한 자연 환경과 쇠퇴한 지역 경제로 인해 황폐해진 홋카이도를 배경으로, 어쩔 수 없이 부서진 삶을 선택한 사람들의 이야기다.

▶ 가수 요조, 김관 기자가 진행하는 팟캐스트 이게 뭐라고 를 검색해보세요.

국내문학

빨강머리 앤이 하는 말
백영옥 지음 | 값 16,000원

추억 속 빨강머리 앤의 웃음, 실수, 사랑과 희망의 말들!

삶의 한가운데에서 기대를 잃고 실망에 지쳐가는 우리에게, 웃음과 위로를 찾아주는 빨강머리 앤이 하는 말! 백영옥은 유년시절의 추억에 깊이 새겨졌던 앤의 사랑스러운 말들을 다시 불러와, 일상 속 작은 행복을 아낌없이 누리는 법을 제안한다. 새로운 시작은 바로 곁에서 우리를 기다리고 있다고 전하는 책. 출간 즉시 베스트셀러!

헤세로 가는 길
정여울 지음 | 값 16,000원

마음여행자 정여울, 진리탐구자 헤세를 찾아 떠나다!

헤세로 가는 100장의 사진, 100개의 이야기. 헤세가 태어난 도시 칼프와 그가 잠든 도시 몬타뇰라까지, '데미안'에서 '싯다르타'까지. 따스한 영혼의 안식처 헤세를 찾아가는 문학기행이다. 진리를 탐구하고자 했던 헤세의 가르침을 지금 우리에게 필요한 치유의 기술과 행복의 기술로 전달한다.

이중섭, 떠돌이 소의 꿈
허나영 지음 | 값 17,000원

"사랑이 목숨이요, 그림이 곧 삶이라오!"

이중섭 탄생 100주년, 서거 60주년에 떠나는 특별한 예술기행. 한국의 민족화가, 비운의 천재화가, 한국의 반 고흐 등 다양한 수식어로 불리며 신화가 된 화가 이중섭의 발자취를 따라 서울에서 통영, 부산, 제주, 그리고 일본 도쿄까지 직접 여행하며 인간 이중섭과 그가 남긴 예술의 세계를 다시 만난다.

나의 사랑 백남준
구보타 시게코, 남정호 지음 | 값 18,000원

"남준과 함께 사는 것 자체가 내게는 '아트'였다!"

비디오아트의 거장 백남준 추모 10주기 기념 출간. 혁신에 혁신을 거듭한 문화 테러리스트이자 한국이 낳은 세계적인 천재 예술가 백남준. 그의 평생의 동반자이자 뮤즈였던 아내 구보타 시게코가 들려주는 백남준의 드라마틱한 삶과 사랑, 예술에 대한 가장 은밀하고 위대한 이야기.

"괜찮아. 아버지에게는 비밀이니까. 애초에 가게야마가 플래카드를 드는 것보다, 내가 가게 앞에서 산타 차림을 하고 웃는 것이 훨씬 잘 팔릴 거야. 왜냐하면 우리 레이코 양은 예쁘니까."

그렇게 말하고 레이코는 눈을 반짝이며 의욕에 가득 찼다. 실은 이전부터 산타복을 입어보고 싶었던 것이다.

가게야마는 어쩔 수 없다는 듯이 땅이 꺼져라 큰 한숨을 토했다.

그날 밤, 구니타치 중심가, 다이가쿠 길에 2인조 산타클로스가 나타났다. 한 명은 은테 안경을 낀 키 큰 남자 산타. 다른 한 명은 붉은 미니스커트 의상을 멋지게 차려입은 여자 산타. 두 사람의 활약으로 '노엘'의 케이크는 불티나게 팔렸다고 한다.

머리카락은 살인범의 생명입니다

1

구니타치 시라고 하면 주오선 연선 도시 중에서는 비교적 부자가 사는 동네, 라는 좋은 이미지가 있는 평범한 도시다. 그런 구니타치에 문자 그대로의 자산가로 특히 유명한 하나야기 가문이 있다.

'하나야기 가전'이라고 하면 니시도쿄 쪽에서는 널리 그 이름이 알려진 가전 양판점이다. 같은 업계의 '야마다'나 '고지마'와 치열한 경쟁을 벌이고 있는 존재다. 그 가문의 저택은 히토쓰바시 대학과 가까운 한적한 주택가에 자리를 잡고서, 주변의 검소한 이층 주택들을 압도하는 존재감을 드러내 보이고 있었다. 높고 붉은 벽돌담과 거대한 대문은 다른 이의 침입을 완고히 거부하는 듯했다.

새해 분위기도 과거의 것이 된 일월 중순의 어느 이른 아침.

하나야기 가에서 오랫동안 더부살이 하는 가정부 다미야 요시에는, 잠이 덜 깬 눈을 손등으로 비비면서 아침 햇살이 비치는 복도를 혼자 걷고 있었다. 이제부터 주방으로 가서 아침 식사 준비를 하려는 참이다.

복도의 공기는 차갑게 식어 있고, 저택은 쥐죽은 듯 고요하다. 무리도 아니다. 날이 밝았다고 해도 아직 오전 일곱시를 막 지났을 뿐이다. 게다가 원래 하나야기 저택 사람들은 기본적으로 잠꾸러기다. 가정부보다 먼저 일어날 정도로 기운 넘치는 아침형 인간은 한 사람도 없는 것이다.

그러던 그때, 다미야 요시에는 문득 기묘한 감각을 느끼고 복도 중간에서 발을 멈췄다.

"뭐지?"

그녀는 코를 벌름거리면서 주위를 둘러봤다. 가정부의 민감한 코가 뭔가를 태우는 듯한 기분 나쁜 냄새를 맡았던 것이다.

"누군가가 부엌에서 생선이라도 굽나……?"

그러나 냄새가 나는 곳은 부엌이 아니었다. 애초에 이른 아침에 자기 말고 다른 사람이 부엌에서 생선을 구울 리가 없다. 그때 복도에 접한 응접실이 그녀의 시야에 들어왔다. 중후한 디자인의 나무문이 약간 열려 있었던 것이다. 탄 냄새는 이 열린 문틈으로 나오는 듯했다.

"누가 응접실에서 생선이라도 굽는 걸까……."

아니, 그럴 리가 없다. 가정부는 자신의 생각을 되짚고, 현실적인 가능성을 생각했다.

"혹시 불이 난 거 아냐?!"

그러고 보니 응접실에는 우아한 분위기를 연출하기 위한 난로가 있었다. 실제로 사용한 적은 거의 없지만, 그래도 난로는 난로다. 안에 불을 지필 수 있다.

불길한 예감이 든 다미야 요시에는 곧바로 문제의 문 앞으로 걸어가서 형식적인 노크를 몇 번 했다. 그리고 곧바로 무거운 문을 크게 열어젖혔다.

커튼이 쳐진 응접실은 밤처럼 어두웠다. 한 걸음 안에 들이자, 뭔가를 태운 듯한 냄새가 한층 진하게 느껴졌다. 이 방에서 뭔가 이상한 일이 일어나고 있는 것이 틀림없다. 그렇게 생각한 다미야 요시에는 조심조심 창가로 걸어가서 두꺼운 커튼을 단숨에 젖혔다. 응접실은 곧바로 눈부신 아침 햇살로 가득 찼다.

그 순간, 다미야 요시에는 생각지도 못한 광경을 보고 자기도 모르게 '앗!' 하고 소리쳤다.

응접실 중앙에 놓인 응접세트. 그 소파 위에 순백색 스웨터를 입은 사람이 드러눕듯이 길게 누워 있었다. 자고 있는 것은 아니었다. 그 사람의 가슴팍에는 선명한 붉은 얼룩이 물들어 있었다. 그리고 그곳에서 흘러 떨어진 붉은 방울이 두꺼운 카펫 위에 붉은 지도를 그리고 있었다.

가슴께에서 흘러나오고 있는 붉은색은 피가 틀림없었다.

"……!"

다미야 요시에는 깜짝 놀란 채로 그 자리에 못 박히고 말았다. 그러나 시선만은 드러누운 사람의 얼굴로 빨려 들어갔다. 표정이 없는 창백한 얼굴은 그 사람이 이미 숨이 끊어져 있음을 확연히 보여주고 있었다. 뾰족한 턱, 작은 입, 길게 찢어진 눈, 아주 짧은 흑발.

다미야 요시에는 목구멍에서 짜내는 듯한 목소리로 누군가의 이름을 말했다.

"……나, 나쓰키 님……."

하나야기 나쓰키는 이 가문의 막내다. 천진난만하고 누구에게나 사랑받는 열아홉 살. 밝은 미래가 약속되어 있었을 그 인생에 갑자기 막이 내려졌다는 건가.

눈앞의 광경을 믿을 수 없었던 다미야 요시에는 떨리는 두 손으로 얼굴을 덮고, 발길을 돌려 재빨리 응접실에서 뛰쳐나왔다.

"크, 큰일이에요, 나쓰키 님이!"

그런데 복도로 나오자마자 등 뒤에서 그녀를 부르는 목소리가 들렸다.

"무슨 일이에요, 요시에 씨?"

"히익!" 하고 깜짝 놀라며 돌아본 가정부는, 눈앞에 선 사람의 모습을 보고 다시 "히이이익!" 하고 비명을 지르며 그 자리에 엉덩방아를 찧었다.

"나, 나나, 나쓰키 님! 어, 어째서!"

놀랍게도 그곳에 서 있는 흑발 쇼트커트의 소유자는 하나야기 나쓰키가 틀림없었다. 영문을 알 수 없었던 가정부는 복도에 엉덩방아를 찧은 채로 응접실 문과 나쓰키를 번갈아 바라보며, "어라, 저기, 어라라……" 하고 가벼운 착란 증상을 보였다.

"나쓰키 님이 여기 계신다……. 그렇다면 저기 있는 건 대체 누구지……?"

한편, 도통 영문을 알 수 없다는 표정의 하나야기 나쓰키는, "무슨 말을 하는 건가요, 요시에 씨?"라고 말하면서 반쯤 열린 응접실 문 안을 아무렇게나 들여다보았다.

그 순간, 나쓰키의 옆얼굴에도 '웃!' 하고 긴장의 빛이 퍼졌다. 그러나 나쓰키는 겁먹지 않고 눈앞에 보이는 사람 곁으로 걸어가더니, 가까이에서 그 모습을 살폈다. 이윽고 작게 고개를 끄덕이고는 침착한 어조로 정확한 사실을 고했다.

"이 사람, 유코 씨예요. 유코 씨가 죽어 있어요."

"네?! 유코 씨라면 데라다 유코 씨?!"

다미야 요시에는 믿을 수 없다는 듯이 다시 한 번 소파 위를 보았다.

데라다 유코는 하나야기 가의 친척으로, 나쓰키의 사촌이었다. 하나야기 가에는 이따금씩 놀러오는 터라, 다미야 요시에도 그녀를 잘 알고 있었다. 그러나 유코와 나쓰키의 모습을 착각한 적은 여태까지 한 번도 없었다. 왜냐하면 데라다 유코는 허리까지 닿을 정도로 길고 아름다운 흑발을 가진 여자였기 때문이다. 머리카락이 짧은 하나야기 나쓰키하고는 한눈에 구별된다.

그렇다는 건, 어째서……?

그런 가정부의 의문에 대답하듯이, 나쓰키가 놀라움에 가득 찬 소리로 말했다.

"틀림없어요, 요시에 씨. 죽은 건 데라다 유코 씨예요. 하지만 왜지? 왜 유코 씨의 머리카락이 싹둑 잘려 있는 걸까. 혹시 이건 살인 사건? 머리카락을 자른 것도 범인의 짓인가 ······."

2

호쇼 레이코는 화장대 앞에 앉아서 거울에 비친 자신의 모습을 노려보며 승산이 없는 눈싸움에 귀중한 아침 시간을 소비하고 있는 중이었다.

왼손에는 드라이어, 오른손에는 헤어브러시. 그런 레이코의 머리 꼭대기에는 심술궂게 불쑥 삐쳐 올라간 머리카락이 있었다. 아무리 누르고 쓰다듬어도, 결코 굴하지 않고 자신의 존재를 주장하고 있었다. 자기 머리카락이지만, 정말 반항기 충만한 중학생처럼 애를 먹인다. 이윽고 머리카락과의 소득 없는 싸움에 피로를 느낀 레이코가 거울을 향해 브러시를 던졌을 무렵, 그녀의 휴대전화가 울렸다.

"네, 호쇼입니다 ······ 네? 하나야기 저택에서 ······ 네, 알겠습니다. 바로 가겠습니다."

레이코는 통화를 끝내자, 방 밖에 대기하고 있을 충실한 하인에게 명령했다.

"가게야마! 긴급출동이야. 아침 식사는 필요 없으니까 바로 차를 준비해! 그리고 재킷과 코트를 가져와. 그리고 ······ 삐친 머리를 한

번에 고칠 방법이 있으면 좀 알려줘!"

레이코는 거울 앞을 벗어나서, 일분일초도 낭비하지 않는 빠릿빠릿한 움직임으로 방을 나가 저택의 현관 홀로 향했다. 거기서 그녀를 기다리고 있던 것은 턱시도 차림의 장신의 남성. 지적이고 차가운 인상을 주는 단정한 얼굴에 은테 안경이 잘 어울린다. 그는 호쇼 가문의 집사인 가게야마다. 가게야마는 손에 든 검은 재킷을 능숙한 동작으로 레이코에게 입히고, 심플한 롱코트를 그녀에게 건넸다.

그리고 가게야마는 이것이 마지막 마무리라는 듯이 "여기 있습니다, 아가씨"라고 말하며 이 자리에 어울리지 않는 아이템을 그녀에게 내밀었다.

커다란 가위였다.

"……."

자다가 눌려서 삐친 머리를 한번에 고치는 방법이 이거란 얘기구나. 레이코는 가위와 그것을 내민 집사의 얼굴을 차례로 바라보며 말했다.

"저기, 가게야마. 내 머리카락은 로프 끄트머리가 아니라고!"

빈정거림을 담아서 번뜩 노려보자, 집사는 미안하다는 듯이 가위를 등 뒤로 감추었다.

"실례했습니다."

가게야마는 아무 일도 없었다는 듯이 인사하고는 문을 열고 레이코를 에스코트했다.

"……그러면, 그대로 차로 가시지요."

이윽고 가게야마가 운전하는 전장 칠 미터의 리무진이 호쇼 저택의 문을 출발했다.

뒷좌석의 레이코는 머리 꼭대기의 삐친 머리를 신경 쓰면서 평소대로 머리를 묶고, 검은테의 도수 없는 안경을 꼈다. 호쇼 레이코가 아가씨에서 신참 형사로 화려하게…… 아니, 수수하게 변신하는 순간이다. 내용물은 같아도 겉모습은 아주 수수한, 그리고 조금 똑똑해 보이는 인상이다.

이 변신 뒤의 레이코밖에 모르는 구니타치 경찰서 동료들은 그녀가 거대 재벌 '호쇼 그룹'의 총수, 호쇼 세이타로의 딸이라는 것을 어째서인지 전혀 깨닫지 못하고 있다. 일단 경찰관으로서 직무에 힘쓰고 싶은 레이코에게는 좋은 일이다. 하지만 아무리 그래도 너무 눈치가 없는 거 아닌가? 미인에게 흥미가 없는 건가? 하고 오히려 불만이 느껴지는 일도 있기도 하니, 여자의 마음이란 참으로 복잡하다. 어쨌든 현재로서는 한동안 레이코의 정체는 드러날 것 같지 않다.

"그런데, 아가씨. 하나야기 가에 뭔가 중대한 사건이 일어난 것입니까?"

"저택 건물에서 젊은 여성의 시체가 발견되었다나 봐. 아무래도 살인사건 같아."

"아아, 역시……."

가게야마는 아쉽다는 듯 고개를 저었다.

"저는 예전부터 걱정하고 있었습니다. 최근 하나야기 가문에는 이래저래 말썽이 끊이지 않고 있습니다. 당주였던 하나야기 겐지 씨가 교통사고로 돌아가신 이래로, 하나야기 가문의 혼란은 차마 볼 수 없을 정도라 합니다. 얼마 안 가서 더 나쁜 일이 일어나는 게 아닐까 하는 소문을 자주 듣고 있었습니다."

"허어, 누가 그런 소문을 당신에게 들려주었어?"

"어라, 모르십니까? 아가씨의 아버지이신 호쇼 세이타로 님은 자기 이외의 상류층에 관한 가십을 끔찍이 좋아하시는 걸로 유명하십니다."

"……."

아버지의 세속적인 취미가, 딸로서는 죽고 싶을 정도로 레이코는 부끄러웠다.

"정말, 아버지는 참……."

레이코는 뒷좌석에서 몸을 움츠리면서 이야기를 계속했다.

"최근의 하나야기 가문이 혼란스러운 건 확실하지. 발단은 환갑을 옛날에 넘긴 하나야기 겐지가 술집 여자에게 열을 올린 불륜 소동이었어. 그것을 계기로 부인인 하나야기 유키에와의 불화가 표면화되었지. 싸움이 길게 이어지는 중에, 하나야기 겐지가 갑자기 트럭에 치여서 세상을 떠났어."

"네. 바로 한 달 정도 전의 일입니다."

"술에 취한 겐지가 부주의하게 길을 건너다 일어난 교통사고. 경찰은 그렇게 판단했지만, 실제로는 어떻게 된 건지 아무도 모르지. 일설에 의하면 진흙탕 싸움 같은 애증극에 신물이 난 겐지가 스스로 차를 향해 뛰어들었다는 이야기가 돌고 있어. 하지만 그것보다도 문제는 그 사람이 죽은 뒤였지. 겐지의 불륜 상대인 이토 후미코가 갑자기 하나야기 가를 찾아온 거야. 후미코는 새롭게 작성된 유언장을 보이며, '나에게도 하나야기 겐지의 유산을 상속받을 권리가 있다'라고 주장했지. 그리고 오늘 아침에 드디어 하나야기 저택에서 살인사건이 발생! 아아, 정말 앞으로 일이 어떻게 전개될까! 너무너무 신경 쓰이지 않아, 가게야마?"

동의를 구하는 레이코에게 운전석의 가게야마는 씩 하고 심술궂은 미소를 지었다.

"아가씨도 상류층의 가십을 몹시 좋아하시나보군요. 역시 피는 속일 수 없습니다."

"아, 아니야!"

레이코는 당황하며 평계를 댔다.

"나는 어디까지나 경찰관으로서의 직업적 관심에서 이런 문제에 흥미를 가지고 있을 뿐이야. 아버지와 똑같이 취급하지 마."

"이거 실례했습니다."

가게야마는 미소 지으면서 고개를 끄덕였다.

"그런데 아가씨, 슬슬 하나야기 저택입니다만, 어떻게 하시겠습니까? 이대로 경찰차의 행렬 옆에 차를……."

"바보 같은 소리 하지 마, 가게야마! 캐딜락으로 그런 짓을 했다가는 완전히 가자마쓰리 경부하고 똑같잖아. 됐어, 여기서 내려줘. 걸어갈 테니까."

레이코는 하나야기 저택 앞에서 리무진을 세웠다. 가게야마는 고개를 숙이면서 "활약을 기원하겠습니다"라며 레이코를 배웅했다. 레이코는 "내게 맡겨"라고 여유 있게 손을 흔들면서 상쾌하게 코트 자락을 펄럭이며 하나야기 저택을 향해 걷기 시작했다.

3

하나야기 저택 문 앞에서 경찰차들이 속속 집결 중이었다. 그런 가운데, 염치도 없이 그 대열에 코를 들이밀고 있는 은색 재규어를 레이코는 곁눈으로 확인했다. 영국 차를 각별히 사랑하는 상사는 이미 한 발짝 앞서 현장에 도착하신 것 같다. 레이코는 종종걸음으로 문을 지나서 저택에 발을 들였다.

그러자 갑자기 등 뒤에서, "안녕하신가, 아가씨!" 하고 누군가의 목소리가 들렸다.

아니, 누군가가 아니다. 살인 현장에서 레이코를 아가씨라고 부를 만한 인물은 전 세계에서 단 한 사람. 돌아보자 아니나 다를까, 눈앞에 미소 짓고 있는 것은 하얀 양복 차림의 남자. 그는 구니타치 경찰서가 자랑하는 초 엘리트이자 레이코의 직속 상사, 가자마쓰리 경부다. 그 정체는 유명 자동차 메이커 '가자마쓰리 모터스' 창업가의 상속자라는 것은 구니타치 경찰서의 전 직원뿐만 아니라 다마 지구에서 활동하는 범죄자들 대다수가 잘 알고 있다.

"아, 늦었습니다, 경부님. 또다시 살인사건 같군요."

"음. 내가 자네와 콤비를 이루게 된 이후로 구니타치 경찰서 관내에서 살인사건의 숫자가 부쩍 늘어난 것 같아. 뭐, 단순한 우연이라고 생각하지만, 그다지 유쾌하지 않은 데이터로군…… 으음?!"

갑자기 가자마쓰리 경부는 중요한 것을 발견했다는 듯이 미간을 좁히면서 레이코에게 얼굴을 가까이 가져왔다.

"우, 왜 그러시나요, 경부님? 뭐, 뭔가 제 얼굴에……."

"아니, 얼굴이 아니야."

경부는 레이코의 머리카락을 손가락으로 가리키면서 말했다.

"호쇼 형사, 자네의 머리 꼭대기에서 이상한 털이 튀어나와 있다고. 아니면 그런 헤어스타일인가?"

"아, 아닙니다! 이상한 털이 아니에요! 손가락으로 가리키지 마세요!"

경부의 배려심 없는 손끝을 피하듯이 레이코는 필사적으로 머리를 눌렀다. 아침에 가게야마가 내밀었던 가위를 고맙게 써야 했다고 레이코는 이제 와서야 후회했다.

"그런 것보다 경부님, 얼른 사건 이야기를……. 죽은 건 누구인가요? 하나야기 유키에? 아니면 이토 후미코인가요?"

"어라, 역시 자네도 그렇게 생각했나? 실은 나도 그래."

경부는 천천히 복도를 걷기 시작했다.

"뭐, 최근의 하나야기 가에서 부인과 불륜 상대의 적대 관계를 생각하면 그렇게 성급히 생각하는 것도 무리는 아니지. 하지만 유

254

감스럽게도 죽은 건 부인도 불륜 상대도 아닌 모양이야."

"경부님, 지금 같은 표현이라면 부인이나 불륜 상대가 죽지 않아서 유감이다, 라고 말씀하시는 것처럼 들린다고요."

"어라, 그런가? 뭐, 그냥 말을 하다 보니 그렇게 된 거야."

경부는 신경 쓰지 않고 말을 이었다.

"피해자는 데라다 유코라고 하는데, 하나야기 유키에의 조카로 여대생이라더군. 자세한 건 아직 알 수 없어. 어쨌든 시체와 대면해 보도록 할까?"

이윽고 두 형사는 복도 끝에 있는 응접실에 도착했다. 가죽 소파와 흑단 테이블, 사이드 보드 등이 배치된 공간은 아주 차분한 느낌이다. 그 중에도 벽 쪽에 있는 난로가 한층 우아한 분위기를 연출하고 있다.

피해자, 데라다 유코의 시체는 소파 위에 드러누워 있었다. 가자마쓰리 경부는 재빨리 그쪽으로 다가갔다. 시체의 상태를 샅샅이 관찰한 경부는 누가 봐도 한눈에 알 수 있는 뻔한 사실을 장황하게 이야기하기 시작했다.

"보게나, 호쇼 형사. 피해자의 가슴에는 예리한 날붙이에 찔린 상처가 있어. 흉기는 아마도 칼 같은 물건일 거야. 정면에서 콱 찌른 거지. 그 밖에 외상 같은 것은 보이지 않으니, 이것이 치명상이라고 생각해도 되겠고. 시체 옆에 흉기 같은 것은 없어. 즉 범인이 가지고 갔다는 뜻이지. 으음, 이 상황에서 보면 아무래도 이건 틀림없이 살인사건이야."

"……."

당연하지. 그 정도는 초등학생이라도 안다. 새삼스럽게 엘리트 경부가 진지하게 늘어놓을 만한 추리는 아니다. 그러나 가자마쓰리 경부는 레이코의 싸늘한 반응에도 굴하지 않고 그녀의 얼굴을 응시하면서 이렇게 말했다.

"호쇼 형사, 자네가 보고 뭔가 깨달은 건 없나? 아무리 사소한 거라도 상관없어. 자, 사양 말고 말해주게."

"으음, 그러면 사양 말고 이야기하죠."

그렇게 말하고 레이코는 경부가 놓친 중대한 사실을 언급했다.

"피해자의 머리카락이 잘려 있는 것에 대해서는 문제시하지 않아도 되겠습니까?"

"음, 머리카락?!"

경부는 한순간 눈썹을 '여덟 팔' 자로 만들더니 시체의 머리 부분으로 시선을 던졌다.

"어디 보자, 이건 원래 이런 머리모양이 아닌가?"

"아니에요!"

레이코는 도수 없는 안경을 손끝으로 밀어 올리면서 단언했다.

"젊은 여자가 이렇게 난잡한 짧은 머리를 하고 거리를 돌아다닐 리가 없어요. 이건 분명히 범인의 손에 난폭하게 잘린 겁니다. 가위나 뭔가로 싹둑싹둑 잘린 게 틀림없습니다."

"그, 그렇군, 그런가. 어쩐지 별로 어울리지 않는다는 생각이 들더라니."

아니, 이 경우에는 어울리고 안 어울리고가 아니라 왜 이런 짓을 했는가가 문제다.

"범인의 목적은 무엇일까요. 일부러 피해자의 머리카락을 자른 이유는?"

레이코의 진지한 물음에 가자마쓰리 경부는 "으음" 하고 신음했다. 그리고 경부는 팔짱을 끼고서 레이코의 머리를 빤히 바라보다가, 진지한 얼굴로 이렇게 속삭였다.

"자다가 삐친 머리를 고치기 위해서, 라든가?"

"……."

경부님, 한 번만 더 그 이야기를 꺼냈다간 정말로 한 대 맞는 수가 있어요.

레이코는 경부에게 위협하는 듯한 날카로운 시선을 던졌다. 그러자 뭔가를 느꼈는지 '움찔' 하고 등을 떤 가자마쓰리 경부는 갑자기 화제를 바꿨다.

"어, 어쨌든 첫 발견자에게 말을 들어보도록 하지. 시체의 머리카락을 자르는 살인귀의 정체도 다소는 짐작이 갈지도 모르니까."

첫 발견자인 가정부 다미야 요시에가 응접실에 불려왔다.

앞치마 차림의 다미야 요시에는 초로에 접어들어 백발이 눈에 띄는 여성이었다. 그런 그녀는 두 형사에게 시체 발견에 이르는 경위와 당시의 충격을 풍부한 표정과 함께 이야기해주었다. 가정부의 증언에는 막힘이 없어서, 레이코에게는 사실 그대로를 이야기하는 것처럼 느껴졌다.

증언을 다 들은 가자마쓰리 경부는 다미야 요시에에게 가장 신경 쓰이던 점에 대해 재빨리 질문을 던졌다.

"데라다 유코 씨는 유키에 부인의 조카. 즉 하나야기 가문의 친척에 지나지 않습니다. 그런 그 여자가 왜 이 저택에서 살해된 걸까요? 그 여자는 어젯밤부터 묵고 있었습니까?"

"아뇨, 묵지 않았습니다. 실은 저도 이상하게 생각하고 있습니다. 왜 유코 씨가 이 저택에 있었는지. 유코 씨가 방문했다는 이야기는 듣지 못했으니까요."

"흠, 즉 피해자는 누구에게도 알리지 않고 저택에 숨어들었다. 혹은 저택의 누군가에게 몰래 불려왔다는 이야기군요. 그리고 심야에 응접실에서 아무도 모르게 살해되었다는 건가. 그렇군요, 그렇군요."

이어서 경부가 흥미를 보인 것은 피해자의 머리모양이었다.

"데라다 유코 씨는 허리까지 올 정도로 머리카락이 길었다고 하셨죠. 그렇다는 것은 이 시체의 머리카락이 범인의 손에 잘렸다는 뜻이 됩니다. 그렇겠죠?"

"네, 틀림없습니다, 형사님."

경부에게 말을 돌리더니, 다미야 요시에는 재빨리 그 화제를 들고 왔다.

"저도 처음에 봤을 때에는 유코 씨라고 알아차리지 못했을 정도로 아주 싹둑 잘려 있었습니다. 유코 씨의 머리카락은 정말 길고 아

258

름다운 흑발이라서 남자들의 시선을 한데 모으곤 했죠. 그걸 저렇게 망가뜨리다니, 어떻게 사람이 그렇게 몹쓸 짓을 할 수 있을까요! 절대 용서할 수 없어요."

다미야 요시에는 심하게 분개하는 모습이었다. 그렇지만 그녀의 분노의 창끝은 데라다 유코를 살해한 데 있는 것이 아니라, 여자의 머리카락을 자른 행위를 향한 것처럼 보이기도 했다. 그 정도로 아름다운 머리카락이었다는 말일까? 그렇다면 범인의 동기는 의외로 그 부분에 있다고 생각할 수 있지 않을까. 세상에는 여성의 머리카락에 비정상적인 집착을 보이는 남성이 많이 있다.

레이코의 사고가 거기까지 진행되었을 때, 가자마쓰리 경부가 자신만만하게 입을 열었다.

"범인은 남성이야. 세상에는 여성의 머리카락에 비정상적인 집착을 보이는 남성이 많이 있으니까. 범인은 머리카락 페티시인 남성. 그렇게 생각하지 않나, 호쇼 형사?"

"……."

저기, 실은 조금 전까지 그렇게 생각하고 있었습니다만…….

그러나 경부가 동의를 구한 순간, 역시 이것은 아니라고 레이코는 생각을 고쳤다. 특별한 이유는 없다. 이유는 없지만, 가자마쓰리 경부의 반대 방향으로 가는 것이 결국은 진실에 도달하는 가장 가까운 길이란 것을 레이코는 과거의 경험으로 학습하고 있었다. 경부가 범인은 머리카락 페티시인 남성이라고 말한다면, 분명히 그것은 잘못된 답이다. 범인은 머리카락 페티시가 아니다. 범행 동기는 다른 곳에 있을 것이다.

그런 레이코의 생각을 뒷받침하듯이 다미야 요시에가 경부의 말에 반박했다.

"범인은 유코 씨의 머리카락을 원했던 것은 아니라고 생각합니다."

"호오, 어째서 그렇게 생각하십니까? 남자는 모두가 머리카락 페티시인데요."

모두는 아니다. 경부의 사고는 편견에 가득 차 있다. 다미야 요시에는 상관하지 않고 말을 이었다.

"어째서라뇨. 아직 모르시겠나요? 이 응접실에 떠도는 탄 냄새. 이 냄새가 어디서 나는가 하면, 아무래도 이 난로인 것 같은데……."

그렇게 말하면서 다미야 요시에는 벽 쪽의 멋진 난로로 다가가서 그 안을 가리켰다. 허연 재들 사이로 시커먼 재 같은 것이 보였다. 검은 부분만을 보니, 마치 검은 뱀이 난로 속에 똬리를 틀고 있는 듯한 형상이었다. 레이코는 곧바로 그 검은 존재의 정체를 깨달았다.

"이건 머리카락! 범인은 피해자에게서 잘라낸 머리카락을 난로에 태운 거군요!"

"네, 저도 그렇게 생각합니다. 범인이 유코 씨의 머리카락을 원하는 남자라면 자른 그 자리에서 태우지는 않을 거예요."

확실히 그녀가 말하는 대로다. 범인은 피해자의 머리카락에 집착하지 않았다. 오히려 반대다. 아름다운 머리카락을 잘라내고, 그 자리에서 불태워버렸다. 이 행위는 여성에 대한 최대의 모독이라 생각해도 좋다. 어쩌면 범인은 데라다 유코의 아름다운 머리카락에 대해 비정상적일 정도의 질투를 느낀 여성이 아닐까. 그래서 살해하는 것만으로는 만족하지 못하고 시체의 머리카락을 훼손하는 행위를 한 것이다. 그렇게 생각하는 편이 더 납득이 간다.

레이코가 거기까지 생각했을 때, 또다시 가자마쓰리 경부가 쓸데없이 끼어들었다.

"범인은 여자야. 데라다 유코의 아름다운 머리카락에 비정상적일 정도의 질투를 느낀 여자. 그렇게 생각하지 않나, 호쇼 형사?"

"……."

네, 그렇게 생각하고 있었습니다. 경부님이 입을 열기 전까지는, 확실히.

그러나 결국 이것으로 경부의 반대 입장을 취하는 작전도 쓸 수 없게 되었다. 진실로 이르는 지름길이 막힌 지금, 범인이 남성인지 여성인지의 가능성은 반반이 된 것이다.

4

이윽고 검시관이 현장에 달려오고, 검시가 이루어졌다. 검시관의 소견으로는 데라다 유코의 사인은 실혈성 쇼크사. 치명상은 가슴의 찔린 상처로, 흉기는 예리한 날붙이. 이를테면 과도나 부엌칼 같은 것. 사후경직 진행 정도로 봐서 사망추정 시각은 새벽 한시 전후로 판단되었다. 잘린 머리카락에 대해 검시관의 입에서 특별히 눈에 띄는 견해는 나오지 않았다.

"어쨌든 현장이 하나야기 가문의 응접실이니까 하나야기 가문 사람을 의심하는 게 순리겠지."

가자마쓰리 경부의 수사방침은 실로 단순했다. 단순한 것이 최고인지는 알 수 없지만, 레이코도 일단은 수긍할 수밖에 없다.

"겐지 씨는 돌아가셨으니 지금 저택에서 지내고 있는 건 부인인 유키에와 두 자식들뿐입니다. 둘 다 스무 살 전후라고 합니다만. 어떡하시겠습니까? 우선은 유키에 부인에게 이야기를 들을까요?"

"아니, 자식들부터 먼저 하지. 특히 가정부의 이야기에서 나온 나쓰키라는 여자애, 그 여자한테 이야기를 듣고 싶어. 어쩐지 가정부의 이야기만으로는 납득이 안 된다는 기분이 들어……."

그리하여 두 자식들이 나란히 형사들 앞으로 불려왔다. 장소는 예전에 겐지가 서재로 쓰고 있던 방이다. 긴장한 낯빛으로 그 방에 나타난 두 사람은 형사들이 물어보는 대로 이름과 나이, 직업을 고했다.

"하나야기 하루나, 스물세 살. 직장은 '하나야기 가전' 본사 총무부입니다."

"하나야기 나쓰키, 열아홉 살. 대학생입니다. 다만 히토쓰바시 대학은 아니라고 만일을 위해서 말씀드리죠."

하루나와 나쓰키는 둘 다 뽀얀 피부의 단정한 얼굴이었다. 하루나는 옷깃 근처에 닿는 평범한 단발머리. 한편 나쓰키는 남자처럼 짧은 머리다. 그런 헤어스타일의 차이를 제외하면 쏙 닮은 두 사람은 서로 피를 나눈 사이임이 명백했다.

그러나 그런 두 사람을 눈앞에 두고, 경부는 단정한 옆얼굴에 당황의 빛을 띠고 있었다. 나쓰키의 인사가 마음에 들지 않았기 때문에⋯⋯가 아니다. 경부는 나쓰키의 잡티 하나 없는 깨끗한 얼굴에 자기 얼굴을 가까이 가져가면서 배려 없이 물었다.

"당신, 여자겠죠?"

하나야기 나쓰키는 기분이 상했다는 듯이 무뚝뚝한 어조로 대답했다.

"저, 남잔데요."

"으잉!"

경부는 당황한 듯이 눈을 껌뻑거렸다.

"그, 그런가?"

"네, 정말이에요."

그렇게 대답한 건 누나인 하루나 쪽이었다.

"제가 아는 한, 나쓰키는 어릴 적부터 계속 남자였어요. 여자였던 적은 한 번도 없어요. 그러니까 나쓰키는 제 여동생이 아니라 남동생이죠. 아시겠나요, 형사님?"

논리정연하게 해설하는 이 누나 쪽도 조금 별난 사람인 것 같다.

"그, 그렇군요. 뭐, 남자라는 말을 듣고 보니 확실히 남자로군……."

그러나 경부는 여전히 반신반의하는 표정으로 말했다.

"가정부는 여자라고 말하지 않았던가, 호쇼 형사?"

"아뇨, 그러고 보니 남자라고도 여자라고도 말하지 않았던 것 같습니다. 다만 저도 여자인 것 같다는 느낌을 받았습니다만."

"여자 같다고 하지 마! 어디로 보나 남자잖아. 봐, 머리카락도 짧고, 목소리도 굵고. 주위 사람들 사이에서는 매혹의 저음이라고 불리고 있다고!"

오른손으로 짧은 머리카락을 쓰다듬으면서 단호하게 항의하는 나쓰키. 그러나 그 목소리는 자기가 말하는 것 정도로 굵지 않았다. 남자치고는 오히려 높은 톤이다. 생김새는 어떻게 보더라도 명백히 여성 같다. 그렇군, 시체 발견 당시에 다미야 요시에가 머리카락이 잘린 피해자를 보고 나쓰키가 죽었다고 지레짐작한 것도 무리는 아니다.

고개를 끄덕이는 레이코 옆에서 가자마쓰리 경부도 역시 납득이 갔다는 듯 크게 고개를 끄덕였다.

"실은 가정부의 이야기를 듣고 기묘한 위화감이 들었어. 시체를 본 나쓰키가 너무 침착하다는 기분이 들어서. 보통 젊은 여성이라면 비명 한 번이라도 지를 만한 장면이잖아. 하지만 남자 대학생이라면 뭐, 일단은 이해가 가는군."

그렇지만 남자니까 시체를 봐도 놀라지 않는다는 것도 역시 경부의 편견에 지나지 않는다. 나쓰키가 냉정할 수 있던 것은 그곳에 시체가 있다는 것을 사전에 알고 있었으니까. 즉 이 여자…… 아니, 이 남자가 진범이라고 생각할 수도 있을 것이다.

신중하게 가능성을 검토하는 레이코. 한편 경부는 비교적 가볍게 화제를 바꿨다.

"그건 그렇고, 살해된 데라다 유코 씨와 당신들은 사촌 사이라고 하더군요."

"네. 유코의 어머니가 우리 어머니의 여동생, 이모거든요." 하루나가 조리 있게 설명했다. "우리는 어릴 적부터 서로의 집을 오가는 사이였어요. 하지만 이 년 정도 전에 유코의 부모님이 교통사고로 두 분 다 돌아가셔서……."

"그 이후로 유코는 혼자 살았어요"라고 나쓰키가 뒤를 이었다. "그래서 유코에게 지금은 우리가 가족 같은 존재예요. 이따금씩 이 집에 들러서 같이 식사를 하거나 놀러 나가거나 해요. 그런데 이렇게 되다니……."

"그렇군요. 그러면 심야에 데라다 유코 씨가 하나야기 집에 찾아오는 일도 드물지는 않았습니까?"

이 경부의 질문에 대해서는 누나와 남동생은 얼굴을 마주하면서 고개를 가로저었다.

"아뇨, 늦은 밤에 찾아오지는 않죠."

"네, 그런 기억은 없네요."

"그렇다면 데라다 유코 씨는 왜 어젯밤에 이 저택에 왔을까요?"

"누군가를 만나러 온 거겠지."

"누군가가 누구야?"

"누나라든가?"

"난 아냐, 나쓰키 너 아니야?"

"아니야."

"아니라고?"

"그러면 어머니라든가."

"그럴까……."

데라다 유코가 언제 이 저택에 나타났는가. 무엇을 위해서? 하루나와 나쓰키의 대화는 그 부분의 사정에 대해 모호한 수준의 대화를 주거니 받거니 했다. 경부는 다시 화제를 바꿨다.

"그러면 데라다 유코 씨의 인품에 대해서 들려주실 수 있겠습니까? 예를 들어 그 사람에게 원한을 품을 사람은 없었습니까?"

"설마요. 유코가 남에게 미움을 받다니. 유코는 그 이름대로 아주 유하고 착한 사람이에요. 모두에게 사랑받고 있었어요. 그렇지, 나쓰키?"

"아, 그렇지. 유코는 아주 평범한 대학생이었어. 누군가에게 죽이고 싶을 정도의 원한을 사다니, 생각도 할 수 없어."

하루나와 나쓰키의 말을 들은 가자마쓰리 경부는 "거기, 잠깐만요"이라고 말하며 과장스럽게 어깨를 축 늘어뜨렸다.

"극히 평범한 대학생이니까 원한을 사지 않는다? 착한 사람이니까 사랑받는다? 그렇다고만은 볼 수 없습니다. 실제로 대학 시절의 나는 부모가 부자고 얼굴이 잘생긴 것 말고는 딱히 특별할 것 없는

266

극히 평범한 학생이었고, 게다가 성격도 나무랄 데 없는 호남이었죠. 하지만 그런 나를 미워하던 사람은 두 손으로 다 못 꼽을 정도로 많았습니다. 세상은 그런 법입니다."

"……"

레이코는 기가 막혀서 아무 말도 하지 못했다.

비단 이번만이 아닌 얘기지만, 가자마쓰리 경부가 늘어놓는 옛날이야기는 경부 특유의 자랑과 겸손이 뒤섞여 있어서 딴죽 걸 곳이 너무 많다. 하루나와 나쓰키가 듣기에는 도통 알아먹을 수 없는 작문을 읽어주는 느낌이겠지.

이 이상 경부가 입을 열게 해서는 구니타치 경찰서의 위신이 떨어진다. 그렇게 판단한 레이코는 스스로 한 발짝 나아가서 미인(?) 남매에게 형식상의 질문을 던졌다. 이른바 알리바이 조사, 였다. 그러나 아무리 범죄 수사상에서 절대 필요하다고 해도, "오늘 새벽 한 시 전후에 당신은 어디서 뭘 하고 있었습니까?"라는 질문에 제대로 된 대답을 할 수 있는 사람은 거의 없을 것이다. 있다면 분명히 그녀석은 미리 가짜 알리바이를 준비한 범인이다. 그러자 아니나 다를까, 하루나와 나쓰키는 사이좋게 나란히 고개를 좌우로 저었다.

"그 시간에는 방에서 혼자 있었어요."

"응, 나도 푹 자고 있었지."

가짜 알리바이를 주장하지 않는 것을 보면 두 사람 다 결백하다. 아니, 그렇다고 단정하는 것은 너무 성급한 결론이다. 레이코는 신중한 태도를 무너뜨리지 않고 단서를 찾아나갔다.

"당신들도 아시겠지만 데라다 유코 씨의 머리카락이 싹둑 잘려 있었습니다. 그 행위에 무슨 의미가 있을까요? 뭔가 떠오르시는 것은 없습니까?"

이 질문에 두 사람이 어떤 반응을 보이는가. 머리카락 페티시인 남성의 짓이라고 대답할까, 아름다운 머리카락을 질투하는 여자의 짓이라고 대답할까. 레이코는 흥미진진하게 두 사람의 대답을 기다렸다. 그러나 하루나 쪽은 잠시 생각한 뒤에, 항복한다는 듯이 고개를 저었다.

"모르겠어죠. 전혀 짐작도 되지 않아요."

한편 마찬가지로 생각에 잠겨 있던 나쓰키는 "아, 혹시!" 하는 외침과 함께 고개를 들더니, 레이코와 가자마쓰리 경부 앞에서 당당히 이렇게 말했다.

"이발사 견습생이 연습용으로 이용한 거 아닌가?"

그럴 리 없잖아! 라고 하루나의 가차 없는 목소리가 서재 천장에 울려 퍼졌다.

하루나와 나쓰키에 대한 질문을 전체적으로 끝낸 뒤, 가자마쓰리 경부는 기억났다는 듯 말했다.

"그러고 보니 당신들, 죽은 데라다 유코 씨의 사진을 가지고 있지 않습니까? 있다면 한 장쯤 빌리고 싶은데. 어쨌든 우리는 머리카락이 잘리기 전의 유코 씨를 보지 못했으니까요."

"좋아요. 유코의 사진이라면 몇 장이라도 있으니까."

경부의 요청에 응한 나쓰키가 서재를 뛰어나갔다. 다시 레이코 일행 앞에 나타난 나쓰키는 노트 사이즈의 앨범을 들고 있었다. 그는 책상 위에 그것을 펼치며 말했다.

"어느 것이 좋을까…… 이건 어때요? 올해 설 연휴에 다 같이 쇼난의 바다로 드라이브 갔을 때의 사진이에요. 잘 찍혔죠?"

사진 안에는 생전의 데라다 유코의 모습이 찍혀 있었다. 화창하게 갠 하늘 아래서 한겨울의 바다를 배경으로 미소 지으며 V 사인을 하고 있다. 그 밖에도 같은 장소에서 촬영된 사진이 몇 장 있었다. 어느 것이나 정면을 향하고 있는 사진이었다. 그러나 경부는 어째서인지 불만족스럽게 고개를 저었다.

"물론 얼굴이 찍혀 있어야 합니다만, 그것과 동시에 긴 머리카락이 머리 꼭대기부터 머리카락 끝까지 제대로 찍혀 있는, 그런 사진이 필요합니다만."

요컨대 얼굴과 등을 동시에 보고 싶다는 얘기다. 레이코는 자기도 모르게 한숨을 내쉬었다.

"경부님, 그런 요구에 딱 맞는 그런 사진이 있을 리……."

"아니, 있어요. 그런 사진."

그렇게 말하며 나쓰키가 앨범의 페이지를 옛날 사진들 쪽으로 슬슬 넘겼다.

"보세요, 이건 어떨까요? 작년 가을에 찍은 건데."

레이코는 나쓰키가 가리킨 사진을 자세히 관찰했다. 장소는 대학 캠퍼스인 듯했다. 등 뒤에 찍혀 있는 볶음국수 노점으로 보아, 대학

축제 중의 한때라는 것을 알 수 있었다. 데라다 유코는 카메라에 등을 보이고 이쪽을 돌아보는 모습으로 미소 짓고 있다. 등 뒤로 흐르는 풍성한 흑발이 부드러운 가을 햇살을 받아 사진 속에서 반짝이고 있었다. 얼굴은 약간 비스듬히 향하고 있지만, 얼굴과 머리카락을 동시에 사진 안에 담으려면 이 '뒤돌아보는 미인'의 포즈가 제일 자연스러울 것이다.

마음에 드는 포즈인지, 앨범 안에는 같은 모습으로 찍힌 사진이 여러 장 있었다.

"이게 생전의 피해자인가. 정말로 아름다운 머리카락이었군. 이걸 좀 빌리겠습니다."

"이상한 일에 쓰지 마세요."라고 나쓰키가 주의 깊게 못을 박았다.

"이상한 일이란 게 뭐야?"

하루나가 고개를 갸웃거렸다.

5

하루나와 나쓰키의 질문이 끝나자 가자마쓰리 경부는 복도에 대기하고 있던 순경들을 향해서 "하나야기 유키에를 여기로 데려와"라고 명령했다. 부인의 도착을 기다리는 동안, 경부는 사냥감의 냄새를 쫓는 하이에나처럼 서재 안을 촐랑거리며 돌아다니고 있었다.

"이 데라다 유코 살인사건은 하나야기 가의 사건이야. 하나야기

가문에는 스캔들이 잇따라 터지고 있고, 현재도 겐지 씨의 유산을 둘러싼 분쟁이 한창이지. 이번 사건은 그 일련의 흐름 속에서 일어난 사건으로 봐야 해. 자네도 그렇게 생각하지, 호쇼 형사?"

"으음."

솔직히 잘 알 수 없다고 생각한 레이코는 말을 골랐다.

"데라다 유코는 하나야기 유키에의 조카입니다. 직접 유산 상속에 관계된 사람이 아니죠. 그 여자를 죽여서 누군가가 이득을 보는 걸까요?"

"그야 누군가 이득을 보는 녀석이 있겠지. 뭐, 괜찮아. 유키에 부인에게 이야기를 들으면 분명히 뭔가 알 수 있을 거야. 어, 온 것 같군. 이야, 기다리고 있었습니다. 어서 들어오……."

'철컥' 하고 경부의 말을 기다리지도 않고 유키에 부인이 문을 열고 서재 안으로 발을 들였다. 자기 집이니까 누구에게 안내받을 것도 없다고 주장하는 듯한 당당한 태도였다. 그런 그녀는 형사들 앞으로 오더니 대뜸 강한 어조로 단언했다.

"범인은 그 여자예요. 형사님, 지금 당장 그 여자를 체포하세요."

경부의 얼굴을 노려보는 유키에 부인은 하얀 터틀넥 니트에 베이지색 스커트. 옷차림은 때문인지 청초한 느낌이었지만, 그 말에는 강한 박력이 있었다.

"지, 진정하세요, 부인."

경부는 부인의 기백에 뒷걸음질 치면서 말했다.

"'그 여자'라고 하셨는데, 그 여자란 혹시 이……."

"이토 후미코예요."

유키에 부인은 경부의 말을 끊으며 대답했다.

"그 밖에 누가 있다는 건가요, 형사님!"

"아뇨, 압니다, 부인께서 하고 싶은 말은 왠지 모르게 알 것 같습니다. 하지만 부인, 살인은 하나야기 저택 응접실에서 한밤중에 일어났습니다. 외부인인 이토 후미코에게 범행은 어렵……."

"어렵지 않아요."

유키에 부인의 말이 다시 경부의 발언을 끊었다. 아무래도 그녀는 타인의 말을 듣지 않는 타입 같다. 경부의 얼굴에는 명백히 불쾌한 표정이 떠올랐다. 그러나 부인은 신경도 쓰지 않는 기세로 자기 생각을 이야기하기 시작했다.

"이토 후미코는 우리 남편과 만나고 있었어요. 그렇다면 이 저택의 열쇠를 가지고 있을지도 몰라요. 몰래 복사했을 가능성도 있잖아요. 열쇠만 있으면 깊은 밤에 숨어드는 것은 간단해요. 그렇지 않나요, 형사님?"

"그, 그것은 그렇습니다만 무엇을 위해서? 이토 후미코가 저택에 숨어들어서 데라다 유코를 살해할 이유는 뭡니까? 동기가 없지 않습……."

"동기라면 있습……."

"어떤 동기입니까!"

이때다 싶었는지 이번에는 경부가 부인의 발언을 끊었다.

"……."

경부님, 왜 쓸데없는 경쟁심을 불태우는 건가요. 참고인 조사는 '상대방 말 끊기 대회'가 아니라고요. 어이없어하던 레이코는 혼자서 냉정하게 부인에게 물었다.

"이토 후미코가 데라다 유코 씨를 살해한 동기로 뭔가 짚이는 게 있습니까?"

그러자 유키에 부인은 대답 대신, 몸을 빙글 돌리더니 두 형사로부터 조금 떨어졌다. 이게 뭔가 하며 서로 얼굴을 마주보는 레이코와 경부. 그런 두 사람 앞에서 부인은 뒤를 돌아보는 포즈를 취하며 두 사람 쪽을 향해 요염한 미소를 지었다.

"……어떤가요?"

어떤가요, 라고 물어봐도 대답할 말이 없다. 형사들이 어떻게 반응해야 할지 몰라 망설이고 있자, 유키에 부인은 미소를 멈추고 찢어지는 듯한 높은 소리로 말했다.

"저의 뒷모습을 보고, 뭔가 느껴지는 게 없냐고 묻는 거예요. 모르시겠어요? 이 등에 흘러내린 길고 아름다운 흑발. 뒷모습만 보면 도저히 오십대로는 생각되지 않죠? 이십대라고 착각할 정도는 되지 않나요?"

"어…… 아하, 그런 의미입니까. 어디 보자."

당황하는 기색으로 경부는 앞머리를 긁어 올렸다.

"그러네요. 이, 이봐, 호쇼 형사. 자네는 어떻게 생각하지?"

"네?"

너무해요, 경부님! 이런 말도 안 되는 질문의 대답을 부하에게 떠

넘기다니.

레이코는 불만을 품으면서 필사적으로 누구도 상처 입히지 않는 최선의 답을 찾아보았다.

"아, 네. 확실히 이십대로 보이지 않는 것도 아니라고 생각되지 않는 것도 아니네요."

결국 그렇다는 건지 아니라는 건지, 대답한 레이코도 잘 알 수 없었다.

"……그래서 그게 왜요?"

"그게 왜요, 라뇨! 답이 명백하지 않습니까."

유키에 부인은 다시 형사들을 향하고는 충격 발언을 했다.

"이토 후미코는 저라고 착각하고 데라다 유코를 찌른 거예요."

"에, 에엑?!"

가자마쓰리 경부는 순간 깜짝 놀랐지만 바로 고개를 끄덕였다.

"흐음. 사람을 잘못 보고 죽였다는 말씀입니까. 그렇군요. 얼굴은 어떨지 몰라도, 뒷모습만이라면 있을 수 없는 일은 아니죠."

"……형사님, 일부러 실례되는 소리 하시는 거 아닌가요?"

유키에 부인은 미간의 주름에 여자의 자존심을 배어나오게 하면서 자신의 추리를 계속 이야기했다.

"이토 후미코는 저를 죽이려고 복사한 열쇠로 문을 열고 한밤중에 이 저택에 몰래 숨어들었어요. 그리고 우연히 데라다 유코와 만났죠. 이 저택에 긴 머리의 여성은 단 한 명뿐이라고 믿고 있던 이토 후미코는 그 뒷모습을 보고 저라고 착각했어요. 그리고 그 여자는 응접실에서 유코를 찔러 죽인 거예요. 찌른 뒤에 자신의 착각을 깨달았다고 해도 이미 엎질러진 물이죠. 어떤가요, 형사님?"

도전적인 유키에 부인의 태도. 한편 가자마쓰리 경부는 어깨를 축 늘어뜨리는 포즈로 대답했다.

"재미있는 의견입니다만, 납득이 가지 않는 점이 있군요. 왜 범인은 피해자의 머리카락을 자르는 행동을 했을까요?"

"그건 당연히 수사를 혼란스럽게 만들기 위한 눈속임이잖아요."

"그렇군요. 그러면 또 한 가지. 가령 이것이 착각으로 인한 살인일 경우, 이토 후미코의 진짜 표적은 유키에 부인이란 이야기가 됩니다. 그런데 이토 후미코가 당신을 살해한들, 별로 의미가 있다고는 생각되지 않습니다. 이토 후미코가 가진 유언장이 가짜라면 어차피 그것으로 끝입니다. 만약 법적으로 유효하다면, 그 여자는 당신의 생사와 관계없이 겐지 씨의 재산을 상속받을 수 있죠. 어느 쪽이라도 그 여자가 당신을 죽여야 할 이유는 없는 것이 아닌지요?"

웬일로 조리 있는 경부의 의견이었다. 그러나 유키에 부인은 착잡한 표정을 지으면서, "살인에 이유 같은 건 필요하지 않아요"라고 극단적인 말을 토해냈다.

"실제로 그 여자가 저를 미워하고 있다는 건 사실이에요. 아니면 형사님은 지금 그 여자를 두둔하는 건가요?"

"아뇨, 그럴 생각은 없습니다. 물론 우리도 이토 후미코가 중요한 용의자 중 한 사람이라고 인식하고 있습니다."

경부와 유키에 부인의 대화가 일단락되는 것을 기다렸다가, 레이코는 늘 하는 질문을 던졌다.

"이야기를 바꾸겠습니다. 부인께서는 새벽 한시에 어디서 무엇을 하고 계셨는지요?"

이 질문에 유키에 부인은 "어머나, 나를 의심하는 건가요?"라며 상상하던 대로의 반응을 보였다. 그리고 그녀는 분하다는 듯 표정을 일그러뜨리며 말했다.

"새벽 한시라면 침대 위에 있었죠. 그런 밤중에 알리바이 같은 게 있겠어요?"

"무리도 아니죠."

레이코는 고개를 끄덕였다.

"그런데 최근에 데라다 유코 씨의 주위에 뭔가 이상한 일은 없었습니까? 아시는 것이 있으면 뭐든 말씀해주세요."

"이상한 일이라……."

잠시 허공을 응시하며 생각에 잠겼던 유키에 부인은, 천천히 입을 열었다.

"그러고 보니 유코는 남자친구가 생긴 게 아니었을까요."

"남자친구?! 왜 그렇게 생각하시죠?"

"그도 그럴 것이 최근에 유코가 헤어스타일을 살짝 바꿨으니까요. 조금 웨이브를 넣었던가. 게다가 머리색도 조금 갈색 빛이 도는 것 같았고. 아무도 깨닫지 못할 정도의 미약한 변화였지만, 저의 눈은 속일 수 없어요. 그건 분명히 남자친구의 취향일 거예요."

틀림없어요! 라고 멋대로 단정하는 유키에 부인. 그러나 남자친구의 취향으로 눈썹 한줄 바꾼 적이 없는 레이코는 부인의 말이 별로 와닿지 않았다.

<h1 style="text-align:center">6</h1>

레이코와 가자마쓰리 경부는 하나야기 저택 관계자들에 대한 전체적인 조사를 마쳤다. 그러나 이것으로 끝은 아니다. 마지막 한 명, 꼭 이야기를 들어야 하는 사람이 있다. 이토 후미코다.

"그 여자는 겐지 씨가 사준 나카노 구의 아파트에 혼자 살고 있다고 합니다. 가보시겠습니까, 경부님? 알겠습니다. 그러면 바로 차로…… 아뇨! 경부님의 재규어가 아니라 평범한 위장 경찰차로!"

레이코는 이 육식남 상사를 상징하는 재규어라는 탈것에는 전혀 탈 생각이 없었다. 아직 한 번도 탄 적이 없고, 타는 것은 곧 패배하는 것이라는 생각이 들 정도였다. 그 결과, 레이코의 주장이 통해서 형사들은 평범한 위장 경찰차를 타고 나카노 구로 이동했다.

나카노라고 하면 나카노 브로드웨이로 상징되는 컬트적인 거리로, 서쪽의 아키하바라라고도 불리는 인기 명소다. 그러나 지방에서 찾아온 사람은 이 나카노 브로드웨이가 어디 있는지 쉽게 찾기 어려울 것이다. 얼마나 활기찬 거리일까 하는 생각으로 찾아다니는 한, 절대 찾을 수 없다. 왜냐하면 나카노 브로드웨이는 길이 아니라 빌딩이기 때문이다.

참고로 레이코가 그 사실을 깨달은 것은 부끄럽게도 경찰관이 되고 난 뒤의 일이었다. 그렇지만 무리도 아닌 것이, 본고장 뉴욕의 브로드웨이를 아는 레이코 아가씨로서는, 도쿄 나카노의 브로드웨이가 그런 마니악한 빌딩이라고는 상상조차 할 수 없었던 것이다.

그런 나카노는 실은 이상할 정도로 라면 가게가 많은 거리이기도 하다. 역시라고 해야 할까, 이토 후미코가 사는 아파트도 일층은 라면 가게였다. 돼지 뼈 국물의 진한 향기를 맡으면서 레이코 일행은 용의자가 사는 삼층의 한 집으로 향했다. 그러나 몇 번이나 벨을 눌러도 대답이 없었다. 부재중인 것 같았다. 할 수 없이 두 사람은 일층의 라면 가게에서 정보를 수집하기로 했다.

주방에서 파를 썰고 있는 주방장을 붙잡고 "이토 후미코란 사람을 압니까?"라고 경부가 묻자, 주방장은 갑자기 구석 자리를 부엌칼로 가리켰다.

"저기, 저쪽에 앉아 있는 게 후미코요."

그곳에는 긴 머리를 쓸어 올리면서 소금 라면을 후룩후룩 먹고 있는 야윈 여성의 모습이 있었다. 검은 스웨터에 딱 달라붙는 청바지 입어 차림새는 수수하지만, 얼굴은 단정해서 미인의 부류에 들 법하다. 머리카락은 금발에 가까운 갈색일까. 길이는 유키에 부인과 비슷한 정도는 되는 것 같다.

"저희들은 구니타치 경찰서에서 나온 사람입니다. 이토 후미코 씨죠?"

가자마쓰리 경부의 물음에 그녀는 '후룩' 하고 힘차게 면을 먹고 나서 그렇다고 대답했다. 형사들은 그녀의 맞은편 자리에 앉아서 사발 하나를 사이에 두고 용의자와 대면했다. 후미코는 이번에는 숟가락을 들어 국물을 맛보았다. 갑작스런 형사의 방문에도 그녀는 전혀 놀라는 기색이 없었다.

"하나야기 저택에서 살인사건이 났다면서? 뉴스에서 봤어. 하지만 나와는 관계없는 일이야. 죽은 여자 이름이 뭐였더라. 모르는 여자 같았는데."

"데라다 유코. 유키에 부인의 조카로, 이 여자입니다."

경부는 나쓰키에게 빌린 사진을 내밀었다. 후미코는 그곳에 찍힌 머리가 긴 미녀를 언뜻 보고 먹는 것을 멈췄다. 잠시 동안 가만히 사진을 응시하더니, 이윽고 고개를 좌우로 저었다.

"모르는 여자네. 겐지 씨의 장례식 때 본 것 같은 기분도 들지만, 이야기를 나눈 적은 한 번도 없을 거야. 그런 여자를 죽여서 내가 무슨 득을 보겠어?"

막힘없이 자기 입장을 변호한 후미코는 다시 '후룩' 하고 호쾌하게 면을 먹고 나서, "안 그래요, 여형사 양반?"이라고 레이코에게 동의를 구했다.

그렇지만 당연하게도 레이코는 "네, 그러네요"라고 고개를 끄덕일 수는 없었다. 유키에 부인이 말했던 대로 착각해서 살인을 저질렀을 가능성이 남아 있기 때문이다. 거기서 레이코는 날카롭게 물었다.

"오늘 새벽 한시 전후에 어디에서 뭘 하고 있었습니까?"

이 질문에 하나야기 저택 사람들은 "방에서 자고 있었다"라는 평범한 대답을 했지만, 역시나 이토 후미코는 술집에서 일해 버릇한 여자답게 좀 다른 대답을 했다.

"새벽 한시라면 나카노 구의 어딘가에서 누군가와 한잔하고 있지 않을까 하는데. 너무 많이 마셨는지 잊어버렸어. 정신이 드니까 우리 집 침대 위였고. 그래서 조금 전에 일어나서 지금 아침을 먹고 있지. 이미 낮이지만."

그렇게 말하고서 후미코는 아침 식사인지 점심 식사인지 알 수 없는 라면을 후룩후룩 먹었다. 레이코는 하나야기 겐지가 이런 여자의 어디에 매력을 느낀 걸까 싶어 새삼스럽게 신기하다고 생각했다.

"요컨대, 알리바이는 없다는 거군요?"

재차 레이코가 확인하자, 후미코는 그렇다고 바로 대답했다.

"하지만 그게 어쨌다는 거지? 형사님들은 진심으로 나를 의심하고 있나? 말도 안 되는 소리. 왜 내가…… 아하, 그런가? 형사님들, 하나야기 쪽 사람들에게 부추김당했구먼. 대체 누구야, 내 악담을 한 녀석은? 뭐, 대충 짐작은 가지만. 어차피 유키에 할망구겠지? 아니면 하루나 쪽인가?"

"음?!"

가자마쓰리 경부가 후미코의 말에 반응했다.

"왜 하루나 씨의 이름이 나오는 겁니까?"

확실히 좀 갑작스러운 느낌이다. 레이코도 흥미롭게 생각하며 그녀의 설명을 기다렸다. 후미코는 그런 형사들을 애타게 만드는 듯이 차슈를 하나 먹고 나서야 간신히 전후 사정을 설명했다.

"작년 십이월에 있던 일이었지. 하루나가 갑자기 우리 집에 소리를 빽빽 지르며 들이닥쳤던 적이 있었어. 처음 만나는 주제에, 대뜸 현관 앞에서 나를 도둑년이라고 불러대더라고. 내가 가만히 있으니까 그 여자는 일방적으로 계속 내뱉었지. '아버지와 헤어져라' '어머니가 불쌍하다' '어차피 재산을 노린 거 아니냐' '이 ××!' '너 같은 건 ○○!'이라는 식으로."

"으음, ××이고 ○○인가. 그건 말이 심하군요."

경부는 몸을 젖히는 듯한 자세로 놀라움을 표했다.

"그래서 그 뒤로는 어떻게 되었습니까. 쫓아내셨습니까? 아니면 싸웠습니까?"

"그럴 리 없잖아!"

후미코는 주먹 쥔 손으로 테이블을 '쿵' 하고 내리쳤다.

"물론 쫓아내려고 했지. 그런데 저쪽은 좀처럼 돌아가지 않더라고. 이러쿵저러쿵하는 사이에 하루나의 휴대전화에 전화가 걸려왔어. 그리고 그 여자는 전화를 받더니 곧 안색이 싹 변하더라고. 그리고 통화를 끝내자마자, 이유도 말하지 않고 우리 집 현관에서 뛰어나갔어."

"호오, 신경 쓰이는군요. 누구에게 어떤 연락을 받았던 걸까요?"

"집에서 걸려온 전화였던 모양이야. 겐지 씨가 트럭에 치인 사고를 알리는 첫 전화였던 게지. 나한테는 아무것도 알려주지 않고 가버린 건 그런 이유에서였던 거야. 덕분에 나는 그 사람이 죽었다는 뉴스를 다음날 신문의 부고란을 보고야 알았어. 너무 하잖아…….나는 진짜로 그 사람에게 반했었는데…….”

후미코의 가라앉은 목소리에 레이코는 문득 동정을 느꼈다. 설령 불륜 관계라고 해도 확실히 후미코는 겐지 씨를 사랑하고 있었던 거겠지. 그녀의 슬픔은 진짜다.

그렇게 레이코가 생각한 다음 순간, 후미코는 두 손으로 그릇을 잡더니 목을 울리면서 국물을 마지막 한 방울까지 다 마셔버리는 것이 아닌가.

“크하! 잘 먹었다!”

먹성 좋게 라면을 깨끗이 비우고 나서 행복해 보이는 후미코의 모습에, 레이코는 뭐가 진실인지 알 수 없어졌다.

7

그날 밤, 곧 날짜가 바뀌려고 하는 늦은 시각이었다.

반짝이는 별들 같은 샹들리에에 비친 호쇼 저택의 다이닝룸에는 하루의 격무를 마치고 돌아온 레이코가 늦은 저녁 식사를 하고 있었다. 오늘은 하루 종일 일에 쫓긴 나머지 만족스럽게 식사할 짬도 없었던 것이다. 몹시 배가 고팠던 레이코는 호쇼 저택의 우수한 요리사가 준비한 초일류 급의 저녁을 순식간에 먹어치우고서 간신히 공복을 채웠다. 그리고 마지막의 마지막, 레이코는 눈앞의 사발을 두 손으로 잡고서 목을 울리면서 국물을 마지막 한 방울까지……

"어흠!"

갑자기 어색한 헛기침. 목소리의 주인은 레이코 곁에 대기하고 있는 턱시도 차림의 집사였다.

"경망스럽습니다, 아가씨. 숙녀가 할 만한 행동이 아닙니다."

"뭐 어때. 당신이 잠깐 눈감아주면 그걸로 끝날 얘기야. 그게 신사의 에티켓이란 거 아니야?"

"허어."

집사 가게야마는 난처하다는 듯이 숨을 토했다.

"애초에 왜 오늘 저녁의 메뉴가 라면인지요? 아가씨의 요청이라고 들었습니다만, 대체 어째서?"

"저기, 그건……."

그것은 나카노에서 봤던 이토 후미코가 게걸스럽게 라면을 먹는 모습이 뇌리에 새겨졌기 때문이지만.

"뭐 어때. 나도 가끔씩은 이런 서민적인 맛이 그리울 때가 있다고. 좋아, 이제 그릇을 치워줘. 소홍주를 부탁해."

결국 마지막 한 방울까지 비워버리지는 못한 채로 호쇼가 특제 소금 라면은 치워졌다. 그 대신 소홍주가 부어진 글라스를 든 레이코는, 야경이 내려다보이는 응접실로 이동해서 소파에 앉았다. 하루의 끝에 간신히 찾아온 안락한 시간. 그러나 그때에도 레이코의 머리를 스치는 것은 문제의 '두발 훼손 살인사건'이었다. 어째서 범인은 데라다 유코를 살해하고 그 머리카락을 잘라 불태우려 했던 것일까.

"어째서 범인은 데라다 유코를 살해하고 그 머리카락을 잘라 불태운 것일까요?"

"그래, 그거야. 그게 문제……가 아니라, 가게야마!"

레이코는 자기도 모르게 소파에서 일어났다.

"당신이 어떻게 그걸 알고 있는 거야? 데라다 유코 살해사건은 어떨지 몰라도 그 여자의 머리카락이 잘려 있었다는 얘기는 수사원들밖에 모르는 기밀사항이야."

"그리 기밀사항도 아닙니다. 저의 정보 출처는 주인어른이십니다. 주인어른은 하나야기 가문의 유키에 부인에게 직접 정보를 얻으셨겠죠. 어쨌든 주인어른은 자기 이외의 상류층에 관한 가십을 끔찍이 좋아하시는 분이라……."

"그 대사는 오늘 아침에도 들었어! 두 번씩 말하지 마! 아아, 정말. 아버지도 참……."

레이코의 뺨이 삽시간에 붉어진 것은 소흥주 때문만은 아닐 것이다.

그렇지만 그렇게까지 정보가 새고 있다면 더 이상 감출 이유도 없다. 게다가 이 가게야마라는 집사는 상류층의 가십에는 흥미가 없지만, 난해한 살인사건 이야기에는 이상할 정도로 흥미를 보이는 남자다. 그리고 레이코의 이야기를 들은 것만으로 가자마쓰리 경부가 백 년 걸려도 간파할 수 없는 진상을 한순간에 간파해내는 눈의 소유자다. 레이코는 그런 가게야마를 남몰래 신뢰하고 있었다.

"알았어. 자세히 이야기할 테니까 당신의 의견을 들려줘."

그렇게 말하고 레이코는 소파에 고쳐 앉고서 오늘 하루의 전말을 순서대로 들려주었다.

가게야마는 레이코의 옆에 대기하면서 묵묵히 그녀의 이야기에 귀를 기울였다. 레이코가 이야기를 마치자, 가게야마는 모든 수수께끼가 풀렸다는 듯이 고개를 끄덕였다.

"으흠, 그런 이야기입니까. 잘 알았습니다."

"이, 벌써 안 거야? 과연 가게야마네. 그래서 뭘 안 거야?"

"네. 아가씨가 저녁 메뉴로 라면을 원하신 이유를 지금 확실히 알았습니다."

"⋯⋯."

소파에 앉은 레이코의 온몸에서 힘이 쭉 빠졌다.

"괜히 추켜세웠네. 하긴 무리도 아니겠지. 수사는 이제 막 시작했을 뿐이니까 정보가 부족해."

"네. 그래서 몇 가지 확인하고 싶은 것이 있습니다만."

조심스럽게 운을 떼고, 가게야마는 레이코에게 질문했다.

"우선 첫 번째. 피해자의 머리카락은 가위로 잘려 있었다고 봐도 틀림없겠습니까? 다른 날붙이일 가능성은?"

"가위야. 틀림없어. 잘린 머리카락의 절단면을 조사하면 확연히 알 수 있다고 했어."

"그러면 두 번째. 난로에서 태운 머리카락은 정말로 피해자의 것입니까? 다른 사람의 머리카락이었을 가능성은?"

"그럴 가능성은 없어. 난로 안에서 불탄 건 데라다 유코의 머리카락이야. 현장에서 남은 머리카락을 채취해서 조사한 결과, 그 점은 확인이 끝났어."

"그렇군요. 그러면 마지막으로 또 한 가지."

가게야마는 레이코를 향해서 손가락을 하나 세우면서 가장 중대한 질문을 했다.

"이만한 정보를 얻으셨으면서 전혀 진상에 도달하지 못하다니, 아가씨는 정말 머리가 나쁘신 것이 아닙니까?"

어라? 내가 왜 이렇게 된 거지?!

정신을 차리고 보니 레이코는 바닥에 엉덩방아를 찧은 상태였다. 손에 든 글라스에서 호박색 액체가 넘쳐흐르고 있다. 아무래도 너무 놀란 나머지, 소파에서 미끄러져 떨어진 것 같다. 무리도 아니다. 집사의 질문에 진지하게 답해주려고 준비하고 있었는데, 준비하고 있었는데, 준비하고 있었는데…… 또다시 느닷없이 폭언을 내뱉었다! 대비하지 못했던 나 자신이 밉다!

"저기…… 제가 뭔가 실례되는 말씀을 드린 걸까요."

"아니, 실례고 뭐고, 당신 말이지."

레이코는 글라스를 테이블에 내리치듯이 내려놓고서, 벌떡 일어나 폭언 집사를 향해 반격을 개시했다.

"머리가 나쁘다니, 무슨 소리야. 나쁘다니! 아무리 '나쁘십니까?'라고 존댓말로 말해봤자 좋은 의미가 되지는 않는다고!"

"실례했습니다. 깊이 사죄드립니다. 그렇지만 역시 이만한 단서가 주어졌는데 여전히 진상을 모르신다는 건 조금 둔하신 것이⋯⋯."

"아직도 그 소리냐!"

레이코는 가게야마의 폭언을 도중에 끊고서 도전하듯이 말했다.

"거기까지 말했다는 건, 당신에게는 진상이 보였다는 거네. 그러면 들려주겠어? 범인은 누구야? 왜 피해자의 머리카락이 잘려 있는 거야?"

레이코의 질문 공세에 가게야마는 간신히 설명으로 넘어갔다.

"제가 기묘하다고 생각했던 것은 피해자의 머리카락이 가위로 잘려 있었다는 점입니다. 아가씨는 그 점을 이상하게 생각하지 않으셨습니다만."

"그래. 생각하지 않으셨어."

레이코는 망연하게 대답했다.

"그도 그럴 것이, 머리카락을 자르는 도구라면 일단 가위잖아. 뭐가 이상해?"

"그러면 여쭙겠습니다만, 범인은 데라다 유코를 살해할 때에 흉기로 뭘 사용했습니까?"

"그건 예리한 날붙이야. 아마도 칼이겠지. 범인은 칼로 데라다 유코의 가슴을 찌르고, 그런 뒤에 피해자의 머리카락을 잘랐어."

"가위를 사용해서 말입니까? 범인의 손에는 칼이 들려 있는데?"

가게야마의 지적에 레이코는 아차 했다.

확실히 범인은 데라다 유코를 찌른 뒤에 칼을 뽑아내서 가져갔다. 범인의 손에는 확실히 칼 한 자루가 있었다는 뜻이다. 그럼에도 불구하고 범인은 피해자의 머리카락을 자를 때에 칼이 아니라 가위를 사용했다. 어째서인가.

"그, 그건…… 칼을 써도 괜찮았을지도 모르지만…… 역시 가위 쪽이 뭔가…… 으음, 이상하네."

허둥지둥하다가 결국 레이코는 항복했다.

"확실히 당신이 말한 대로 왜 칼이 아니라 가위를 썼을까?"

"일반적으로 이야기하자면, 긴 머리카락을 하나로 잡아서 싹둑 자를 수 있는 상황에서는 칼 쪽이 편리하겠지요. 가위로는 제대로 자를 수 없지요. 한편, 어느 정도 짧아진 머리카락을 더욱 짧게 깎아야 할 때에는 가위 쪽이 편리하리라고 생각됩니다."

"그 말이 맞아. 그렇다는 얘긴, 무슨 뜻이야?"

"아가씨께서는 '왜 범인은 피해자의 머리카락을 잘랐는가'를 문제시하고 계신 듯하더군요. 하지만 정말로 중요하게 생각해야 할 문제는 '왜 범인은 피해자의 머리카락을 일부러 극단적으로 짧게 잘랐는가'일 것입니다. 그냥 머리카락을 자르고 싶을 뿐이라면 칼 한 자루만으로 끝낼 수 있는데, 일부러 가위를 사용하면서까지 더욱 짧게 했습니다. 그 이유가 이 사건의 최대 포인트라고 생각됩니다."

"그, 그러네. 그래서 그 이유는 뭐야?"

"그렇게 다음을 서두르지 마십시오, 아가씨. 올바른 추리에는 나름대로의 시간과 수고가 필요합니다."

가게야마는 느긋한 몸짓으로 은테 안경을 손끝으로 밀어 올리더니 갑자기 이야기를 바꿨다.

"그런데 아가씨의 말씀 중에서 제가 기묘하게 생각한 점이 또 한 가지 있습니다. 데라다 유코의 사진에 대해서입니다만, 아가씨는 뭔가 깨닫지 못하셨습니까?"

"작년 가을의 대학 축제에서 찍은 사진 얘기구나. 글쎄, 특별히 이상한 점은 없었다고 생각하는데? 굳이 말하자면 그 뒤돌아보는 미인 같은 포즈가 작위적으로 보였다는 것 정도일까."

"데라다 유코가 마음에 들어하던 포즈였다고 하셨죠."

"분명히 자랑하는 머리카락을 보이고 싶었던 거겠지. 똑같은 포즈의 사진이 몇 장이나 있었어."

"그렇지만 올해 설 연휴에 쇼난의 바다로 드라이브 갔을 때의 사진에는 그 마음에 들어했다는 포즈로 찍은 사진이 한 장도 없었습니다. 그렇지요?"

"엇?"

레이코는 자기도 모르게 말을 잃었다.

"듣고 보니 확실히 그렇네. 어째서일까?"

"뒤돌아보는 미인 같은 포즈를 선호했던 건 자랑하는 머리카락을 보이고 싶으니까. 그렇다면 그 포즈를 갑자기 하지 않게 된 것은 어째서인가. 모든 것을 반대로 생각하면 답은 저절로 밝혀집니다. 즉……."

가게야마는 잠시 공백을 두었다가, 천천히 결론을 말했다.

"데라다 유코의 머리카락은 이미 자랑하는 머리카락이 아니었던 것입니다."

"뭐어? 자랑하는 머리카락이 아니었다니, 무슨 얘기야? 혹시……."

"네. 가발, 헤어피스, 위그……. 호칭은 다양합니다만, 일단 여기서는 가발이라고 부르기로 하죠. 요컨대 최근에 데라다 유코의 긴 머리는 자기 자신의 머리카락이 아니라 가발이었다고 생각됩니다. 다만 그 변화를 알아챈 사람은 유키에 부인뿐이었던 것 같습니다만."

"그러고 보니 유키에 부인은 데라다 유코의 머리 색깔의 변화에 대해서 이야기했었지. 부인은 그 변화를 남자친구의 취향이라고 말했지만."

"남자친구의 취향은 아닙니다. 머리카락 자체가 진짜에서 가짜로 바뀌었으니까요."

"그렇구나. 재미있는 추리네, 가게야마. 하지만 억지스런 추리로 들리기도 해. 추리라기보다는 단순한 상상이야. 증거도 없고."

"네. 그 점은 부정하지 않겠습니다. 그렇지만 데라다 유코의 머리카락이 가발이라고 가정한다면, 이번 범인의 기묘한 행위에도 합리적인 설명이 갑니다."

"범인의 기묘한 행위라면…… 피해자의 머리카락을 자르는 행위구나."

"정확히 말하면 '피해자의 머리카락을 극단적으로 짧게 하는 행

290

위'입니다. 이제 아시겠죠? 왜 범인은 피해자의 머리카락을 극단적으로 짧게 잘랐는가. 그것은 가발에 감춰진 피해자의 진짜 머리카락이 이미 짧은 상태였기 때문입니다. 즉 이것은 범인의 교묘한 위장입니다."

"그렇구나. 이미 짧아진 머리카락을 더욱 짧게 한다. 모르는 사람이 보면 데라다 유코가 자랑하는 긴 머리가 마치 어젯밤에 싹둑 잘린 것처럼 착각하겠어."

"네. 게다가 잘린 대량의 머리카락이 난로에서 불태워졌으니 더욱 그렇겠죠. 실제로 난로에서 불태워진 머리카락은 어젯밤에 잘린 것뿐만은 아닙니다. 훨씬 전에 잘랐던 머리카락을 어젯밤에 태운 것뿐입니다."

"모든 것은 데라다 유코의 머리카락이 어젯밤까지 긴 상태였다고 생각하게 만들기 위한 공작이었다는 얘기구나."

"과연 아가씨이십니다. 이해가 빠르십니다."

입에 발린 말을 하고 나서 가게야마는 추리를 계속 이었다.

"아마도 최근 데라다 유코의 진짜 머리모양은 예전 같은 긴 머리가 아니고, 그렇다고 남자라고 착각할 정도의 쇼트커트도 아닌 그 중간. 요컨대 평범한 수준의 단발이었다고 생각됩니다. 그러면 어째서 데라다 유코는 자기가 자랑하는 긴 머리카락을 자르고 그런 흔한 머리모양을 했는가. 그리고 어째서 그것을 가발로 숨기고 있었는가. 그곳에는 깊은 의미가 있다고 생각해야만 합니다."

"당연하지. 하지만 대체 어떤 의미가 있는데?"

"아가씨, 데라다 유코가 단발머리 된 모습을 상상해주십시오. 누군가를 닮았다는 생각이 들지 않으십니까?"

레이코는 들은 대로 사진을 보고 긴 머리의 데라다 유코를 머릿속에서 단발머리로 변환해보았다. 누군가를 닮은 듯한 기분은 들지만, 솔직히 말해서 좀처럼 떠오르지 않았다. 고개를 갸웃거리며 끙끙거리고 있자, 못 참겠다는 듯이 가게야마가 물어왔다.

"어떠십니까, 아가씨. 하나야기 하루나와 꼭 닮지 않았습니까?"

"어, 하루나하고?! 아, 듣고 보니 닮았는지도……. 아니, 잠깐!"

레이코는 중대한 사실을 깨닫고 자기도 모르게 소리쳤다.

"닮았는지 닮지 않았는지 하는 얘기 이전에, 가게야마. 당신, 하나야기 하루나의 얼굴도 데라다 유코의 얼굴도 모르잖아. 왜 거기서 두 사람이 닮았다는 얘기가 나오는 거야? 이상하잖아."

"아뇨, 이상하지 않습니다. 아가씨의 이야기를 듣기로는 그런 결론이 납니다. 우선 오늘 아침. 가정부인 다미야 요시에는 머리카락이 잘린 데라다 유코의 모습을 보고 그것이 하나야기 나쓰키라고 착각했습니다. 원래부터 두 사람의 얼굴이 많이 닮았던 거겠죠. 사촌 사이니까 이상하지는 않습니다. 그리고 하나야기 나쓰키와 하루나는 성별과 머리모양은 다를지언정 얼굴은 많이 닮은 미인 남매. 아가씨께서 그렇게 말씀하셨지요. 그렇다면 데라다 유코와 하나야기 하루나도 머리 모양이 다를 뿐, 얼굴은 많이 닮았을 것입니다. 실물을 보지 않아도 그렇게 상상할 수 있습니다. 어떠십니까, 아가씨?"

"아아, 그러네. 듣고 보니까 두 사람은 머리모양만 같게 하면 쏙 닮았을지도 몰라."

레이코는 머릿속에서 하나야기 하루나와 데라다 유코의 얼굴을 겹쳐보면서 고개를 갸웃거렸다.

"하지만 무슨 얘기야? 얼굴이 비슷한 두 사람이 일부러 머리모양까지 같게 했다는 거야? 그리고 데라다 유코는 그것을 가발로 숨기고 있었다고? 대체 왜?"

레이코가 제기한 몇 가지 의문을 듣자, 가게야마의 안경 아래에 있는 눈동자가 빛났다.

"아가씨, 이미 답은 나와 있습니다."

그리고 차갑게 울리는 목소리로 말했다.

"이것은 사촌 사이인 하나야기 하루나와 데라다 유코가 꾸민 2인 1역입니다. 그리고 그 목적은 아마도 알리바이 공작입니다."

"알리바이 공작이라니!" 레이코가 깜짝 놀란 목소리로 말했다. "대체 무엇을 위해 그런 짓을?"

가게야마는 조용한 말투로 결론을 이야기했다.

"물론, 하나야기 겐지 씨를 살해하기 위해서입니다."

8

"하나야기 겐지 씨를 살해?!"

레이코는 아연실색하여 가게야마의 말을 되풀이하고서 고개를 좌우로 흔들었다.

"바보 같은 소리. 그럴 리가 없잖아. 겐지 씨는 교통사고로 죽었어. 아니, 어쩌면 자살의 가능성도 생각할 수 있지만, 살인이라니. 말도 안 돼."

"저도 오늘 아침까지는 그렇게 생각하고 있었습니다. 그렇지만 아가씨께서 하신 이야기를 듣고 나니 겐지 씨의 죽음이 단순한 사고나 자살이라고는 도저히 생각되지 않았습니다. 아가씨는 이토 후미코의 증언 속에서 나온 하루나의 에피소드를 어떻게 생각하십니까? 하루나가 이토 후미코의 집에서 난동을 부리러 온 것과 겐지 씨가 차에 치인 것이 같은 날의 같은 시간대라는 것은 너무나 절묘한 우연이라고 생각되지 않으십니까? 아니, 그 이전에 애초에 그때 고함치던 여성은 정말로 하루나였을까요?"

"어, 그것도 그런가. 그러면 이토 후미코의 집에서 난동을 부렸던 여자의 정체는……."

"네. 하루나라고 자칭하던 그 여자가 머리를 단발로 자른 데라다 유코였던 것입니다."

"하지만 아무리 그래도 들키지 않을까? 비슷하긴 해도 다른 사람이니까."

"아뇨, 절대 들키지 않습니다."

가게야마는 자신만만하게 씩 미소를 지었다.

"왜냐하면 이토 후미코와 하나야기 하루나는 그때가 첫 만남이었으니까요."

"아, 그렇구나."

정확히 말하면 이토 후미코는 하루나가 아니라 데라다 유코와 만났으니까, 첫 만남조차 이루어지지 않았던 것이다. 확실히 들킬 걱정은 없다.

"그러면 그 무렵에 진짜 하루나는 어디에서 뭘 하고 있었던 거야?"

"진짜 하루나는 구니타치에 있으면서, 귀가 중인 겐지 씨의 뒤를 밟으며 살해할 기회를 노리고 있었다고 생각됩니다. 그리고 하루나는 실제로 어둠 속에서 겐지 씨를 습격했겠죠. 하지만 하루나는 첫 일격으로 목적을 달성하지 못했습니다. 겐지 씨는 필사적으로 도망치기 시작했고, 정신없이 도로로 뛰어들었다가 운 나쁘게 트럭에 치여 사망했습니다. 결과적으로 하루나는 더할 나위 없이 자연스러운 모습으로 겐지 씨를 저 세상으로 보내는 데 성공했다…… 라는, 대충 그런 경위였다고 생각됩니다."

확실히 가게야마가 이야기한 일은 일어날 수 있다. 그 경우, 겐지 씨의 죽음은 사고나 자살로밖에 보이지 않는다. 살인미수 끝에 벌어진 참사라는 진상을 간파하는 것은 쉽지 않다. 레이코는 가게야마의 혜안에 다시 한 번 혀를 내둘렀다.

"이토 후미코의 집에 있던 데라다 유코의 휴대전화로 전화를 건 사람은 하루나였구나. 이제 알리바이 공작은 충분하니까 돌아와도 된다는 연락이었어."

"네. 그리고 그 사건 직후부터 데라다 유코는 가발을 쓰고 단발머리를 계속 감췄던 것입니다. 사건의 열기가 식는 것을 노려서 가발을 벗을 계획이었겠죠. 그야말로 완전범죄입니다. 그러나 세상 일이 그렇게 마음대로 굴러가지 않습니다. 어차피 공범 관계라는 것은 깨지기 쉬운 관계입니다."

"내분이 벌어진 거구나. 주범인 하루나가 공범인 데라다 유코에 대한 보수를 깎은 거야. 혹은 데라다 유코 쪽이 탐욕스럽게 더 내놓으라고 했을지도 모르지."

"어쨌든 두 사람 사이에 긴장이 높아졌고, 끝내 어젯밤 하나야기 저택에서 사건이 벌어졌습니다. 말할 것도 없이 데라다 유코를 살해한 사람은 하나야기 하루나입니다. 아마도 계획적인 범행은 아닐 겁니다. 하루나로서는 자택에서의 살인사건은 가능하면 피하고 싶었을 테니까요. 그렇지만 결국 하루나는 하나야기 저택 응접실에서 공범자의 입을 막고 말았습니다. 그 여자는 궁지에 몰렸습니다. 이대로 데라다 유코의 시신을 경찰에게 넘길 수는 없습니다. 왜냐하면 머리카락의 비밀이 밝혀져버리니까요. 그렇다고 가발을 가지고 가면 그걸로 끝나는가? 아니요, 가발 아래에는 단발머리가 된 데라다 유코의 진짜 머리카락이 있습니다. 데라다 유코의 얼굴은 하루나와 흡사합니다. 이대로는 위험합니다. 거기서 가위가 등장하니다. 하루나는 데라다 유코의 단발머리를 더욱 짧게 잘라서 남자와 헷갈리는 쇼트커트로 만들었습니다. 그렇게 하는 것으로 그녀의 머리카락을 둘러싼 모든 비밀을 덮으려고 했던 것입니다. 이상이 이번 '두발 훼손 살인사건'의 진상이라 생각됩니다."

추리를 다 이야기한 가게야마는, "어떠십니까, 아가씨"라고 레이코 앞에서 공손히 인사를 했다.

레이코는 너무나 의외의 진상에 충격을 받아서 말이 나오지 않았다. 데라다 유코의 죽음에 대해 추리를 진행하다 떠오른 또 다른 것은 하나야기 겐지의 죽음을 둘러싼 의외의 진상이었다.

아마도 이번에도 역시 가게야마의 추리는 정곡을 찌르고 있을 것이 틀림없다. 그러나 레이코는 의문의 확인을 위해서 가게야마에 대해 몇 가지 질문을 던졌다.

"동기는 뭘까? 하나야기 하루나가 겐지 씨를 살해할 동기와 데라다 유코가 거기에 협력할 동기는 뭐였지?"

"하루나의 경우에는 유산을 노렸거나, 혹은 불륜을 저지른 아버지에 대한 원한이라고 생각됩니다."

"그렇지만 상대는 친아버지야. 그렇게 간단히 살의를 품을 수 있나?"

"친아버지이기에 딸로서는 더욱 그 부정을 용서하기 어려웠다고도 생각할 수 있습니다. 이른바 근친 증오가 살인을 부른 케이스는 드물지 않습니다. 세상에 아가씨와 주인어른처럼 사이가 좋은 부녀 관계만이 있는 것은 아닙니다."

"뭐야, 그건. 빈정거리는 거야?"

레이코는 곁눈으로 집사를 노려보면서 말했다.

"뭐, 좋아. 그러면 데라다 유코의 동기는 뭐야?"

"데라다 유코의 경우에는 역시 돈이 목적이었겠죠. 자기 계획에 협력해준다면 유산의 어느 정도를 주겠다. 하루나가 그런 제안을 해왔던 건지도 모릅니다."

"데라다 유코의 긴 머리는 겐지 씨 사건 전에 자른 거구나. 하루나가 잘라준 걸까?"

"아마도 그렇겠죠. 그리고 하루나는 자른 데라다 유코의 머리카락을 버리지 않고 보관하고 있었던 것으로 생각됩니다. 그랬기에 하루나는 어젯밤에 그것을 난로에 태워서 위장의 일환으로 삼을 수 있었습니다."

"그렇구나. 그러면 마지막으로 하나."

그렇게 말하고 레이코는 기대에 찬 시선으로 가게야마를 바라봤다.

"당신의 추리는 아마도 틀림없을 거라고 생각하지만, 유감스럽게도 증거가 아무것도 없어. 저기, 어떡하면 범인을 체포할 수 있을까? 뭔가 좋은 방법은 없어?"

너무나 숨김없는 레이코의 말에, 가게야마는 어이가 없다는 듯 작게 한숨을 쉬었다. 그리고 그는 안경 아래서 자상한 눈빛으로 건방진 아가씨를 타이르듯이 말했다.

"아가씨. 그것이야말로 경찰이 할 일입니다. 저는 감당할 수 없습니다. 어쨌든 저는 일개 집사에 불과하니까요."

완전한 밀실 따원 없습니다

1

밤하늘에 떠오른 달도 얼어붙을 듯한 어느 이월의 심야. 장소는 구니타치 시의 한구석. 그곳에 다른 것을 압도하는 호화로운 저택이 하나 우뚝 서 있다. 붉은 벽돌로 둘러싸인 이층 건물은 담쟁이덩굴이 얽혀 있는 오래된 서양식 건축이다. 마쓰시타 저택이라고 불리는 그 저택 문 앞에 지금 한 대의 고급 외제차가 미끄러지듯이 멈춰섰다. 달빛을 반사하며 반짝반짝 빛나는 은색 차체. 운전석 문이 열리고 나타난 것은 어둠을 날려버릴 듯이 한없이 새하얀 양복 차림의 남자.

구니타치 경찰서가 자랑하는 젊은 엘리트 수사관, 가자마쓰리 경부였다.

"이거야 원. 나 정도 되는 사람이 정신없이 수사하던 나머지, 소중한 수첩을 현장에 놔두고 와버릴 줄이야. 하지만 일찍 깨달아서 다행이야. 이런 단순한 실수가 부하들에게 알려졌다간 엘리트로서의 내 평판에 흠집이 나지. 호쇼 형사도 필시 슬퍼하겠지……."

가자마쓰리 경부는 자신의 입맛에 맞게 현실을 왜곡한 혼잣말을 중얼거리면서 문 안으로 들어갔다. 앞에는 현장 경비를 담당하는 제복 순경의 모습이 있었다. 직립 부동자세로 경례를 하는 순경에게 경부는, "수고하네"라고 두 손가락을 가볍게 흔들어서 경례했다. 그리고 갑자기 날카로운 시선으로 노려보며, "지금 내가 뭐라고 혼잣말을 했던가?"라고 위협과도 비슷한 질문을 던졌다.

질문을 들은 순경은 "아, 아뇨, 아무것도! 아무것도 말씀하시지 않았고, 아무것도 듣지 못했습니다!"라고 부들부들 떠는 목소리로 말했다. 아무래도 전부 들렸던 것 같다.

경부는 뭐, 좋아, 라며 순경 따위는 상대하지 않고 혼자서 걷기 시작했다. 낡은 본관을 그대로 지나서 경부는 똑바로 별관으로 향했다. 이쪽은 본관과 달리 삼 년 전에 신축된 심플한 단층 건물이었다. 마쓰시타 저택의 소유주인 서양화의 대가, 마쓰시타 게이잔이 창작에 몰두하던 작업장이다.

그것과 동시에, 마쓰시타 화백이 갑작스런 최후를 맞은 장소이기도 했다. 어젯밤, 화백은 이 별관에 있는 아틀리에에서 누군가의 손에 목숨을 잃었다. 그것도 수사원 모두가 고개를 갸웃거리는 이상한 밀실 상황 속에서.

그렇지만 밀실 따윈 지금은 어떻게 되든 상관없다. 중요한 건 수

첩이다. 그 콤팩트한 수첩 속에는 가자마쓰리 경부의 일부터 사생활에 이르기까지의 모든 정보가 망라되어 있다. 범죄자의 손에 넘어가면 공갈의 소재가 되고, 좋아하는 여성의 손에 넘어가면 이후로 일체 말을 걸어주지 않게 될 것이다. 그 정도로 파괴력이 넘치는 폭탄 같은 수첩이다. 가자마쓰리 경부가 한밤중에 일부러 현장에 돌아온 이유다.

"응?!" 경부는 별관 현관을 보고서 고개를 갸웃거렸다. "이상하군. 여기에도 경비로 순경을 배치해뒀을 텐데."

그러나 현관에는 순경이나 형사의 모습은 한 명도 보이지 않았다. 이래서는 누구라도 현장에 마음대로 출입할 수 있지 않은가.

실로 안성맞춤인 상황…… 아니, 정말 한심하군! 가자마쓰리 경부는 분노를 드러내면서 별관 문을 열었다. 똑바로 뻗은 복도를 나아가면 나오는 막다른 방이 마쓰시타 게이잔의 아틀리에다. 즉 어젯밤의 살인 현장. 문의 손잡이를 꾹 움켜쥔 가자마쓰리 경부는 힘차게 현장 문을 열어젖혔다.

"이봐, 아무도 없나!"

대답하는 목소리는 들리지 않았다. 그 대신 시야 한구석에 비친 기묘한 광경이 경부를 경악시켰다. 경부는 자기도 모르게 앞쪽을 가리키며 떨리는 목소리로 외쳤다.

"……뭐, 뭐야, 이건!"

2

구니타치 경찰서의 젊은 여형사, 호쇼 레이코가 사건이 발생했다는 보고를 받고 마쓰시타 게이잔의 자택으로 달려온 것은 이월 이십일 밤이었다. 마쓰시타 저택 주변은 이미 사이렌 소리를 울리며 달려온 경찰차나 순경들로 북적여 매우 소란스러운 분위기였다.

거대 재벌 '호쇼 그룹' 총수의 외동딸인 레이코지만, 표면상으로는 신참 형사다. 그녀는 검은 팬츠 수트에 검은테 안경이라는 수수한 차림으로 나타나 상쾌하게 노란색 테이프를 지났다.

현장은 마쓰시타 저택 본관 뒤편에 있는, 별관이라 불리는 건물이었다. 순경에게 안내를 받으며 재빨리 별관으로 향했을 때, 레이코의 눈앞에서 갑자기 현관문이 열렸다. 이어서 나타난 것은 작은 몸집의 노인을 실은 들것과 그것을 둘러싼 수많은 구급대원이었다.

다들 비켜, 비켜! 그렇게 외치는 듯 맹렬히 뛰어나온 그들의 모습에 레이코는 자기도 모르게 길을 양보했다. 그 순간, 노인의 얼굴을 엿볼 수 있었다.

로맨스그레이의 머리카락과 서양인을 떠올리게 하는 이목구비가 또렷하고 단정한 얼굴. 구니타치가 자랑하는 유명 화가, 마쓰시타 게이잔이 틀림없었다. 그러나 그 얼굴은 이미 핏기가 사라져서 창백했다. 의식이 있는지도 의심스러웠다. 구급대원들은 불안하게 지켜보는 레이코 앞을 바람처럼 지나가더니 눈 깜짝할 새에 들것을 구급차에 실었다. 이윽고 구급차는 밤을 찢는 사이렌과 함께 마쓰시타 저택을 튀어나갔다.

"아아, 목숨이라도 구하면 좋을 텐데……."

진심으로 그렇게 기원하는 레이코를 향해, "음. 자네가 말한 대로야, 호쇼 형사"라고 갑자기 등 뒤에서 대답하는 목소리가 들렸다.

레이코는 실크로 짠 고급 손수건을 물에 푹 적셔서 등에 갖다대는 듯한, 요컨대 별로 기분 좋지 않은 감촉을 느끼며 돌아보았다.

아니나 다를까, 이미 구니타치의 살인 현장에는 익숙해진 하얀 양복 차림의 남자, 가자마쓰리 경부가 서 있었다. 유명 자동차 메이커 '가자마쓰리 모터스' 창업가의 상속자는 구니타치 경찰서에서 제일가는 멋쟁이이기도 하다. 소리도 내지 않고 여성의 등 뒤로 살그머니 다가와서, 은근슬쩍 자연스럽게 허리에 손을 두르는 테크닉은 일품이다. 한걸음 잘못 내딛었다가는 성희롱으로 고소당할지도 모르는 인물이다. 그런 경부는 사건 현장에는 어울리지 않는 멋진 미소를 레이코를 향해 지으며 이렇게 말을 이었다.

"나도 진심으로 마쓰시타 화백이 부디 목숨을 건졌으면 좋겠다고 생각하고 있어. 왜냐하면 목숨만 건지면 피해자의 입에서 신념의 이름을 들을 수 있으니까."

딱히 인명 존중이라든가 예술적 손실이 안타깝다는 이유가 아니라, 그저 단순히 이 사건을 손쉽게 해결하고 싶은 것뿐인 듯한 발언이었다. 정말 가자마쓰리 경부다운 안이한 발상이다. 하지만 조금 전에 봤던 피해자의 상태로는 목숨을 건질 수 있다는 보증이 없다.

"그렇지만 피해자의 상태를 봐서는 목숨을 건질 수 있다는 보증은 없어."

경부는 레이코의 생각 그대로를 입 밖에 내더니, 다시 한 번 별관 현관을 가리켰다.

"어쨌든 현장을 보도록 하자고. 마쓰시타 화백은 저 별관의 아틀리에에서 누군가의 칼에 찔린 것 같아."

곧바로 두 사람은 함께 별관으로 향했다. 현관으로 들어가자 긴 복도가 뻗어 있었고, 그 끝에 자리한 방이 아틀리에인 모양이었다. 순경과 감식과원들이 이리저리 오가며 현장을 드나드는 모습이 보였다. 레이코와 가자마쓰리 경부도 한창 소란스러운 아틀리에에 간신히 한 걸음을 들였다.

그 순간, 레이코의 눈에 날아든 것은 성스러울 정도로 아름다운 미녀의 모습이었다. 갸름한 얼굴의 미녀가 침대 위에서 죽은 듯 자고 있었다.

그렇다고 해도 정말 사건 현장에서 여성이 졸고 있는 것은 아닐 터. 그런 이상한 녀석이 있다면, 그 즉시 쫓겨날 것이다. 미녀가 자고 있는 곳은 벽 속이었다.

"벽화로군요."

레이코는 도수 없는 안경을 밀어 올리면서 눈앞의 그림을 들여다 보았다. 아틀리에의 한쪽 벽면에 거대한 그림이 그려져 있었다. 물론 마쓰시타 게이잔 화백이 그린 것이 틀림없을 것이다. 모티프는 《잠자는 숲속의 공주》다. 조명이 없는 어두운 방. 오른쪽 상단에는 닫힌 낡은 창문. 중앙의 침대에는 꿈꾸는 듯한 표정으로 잠든 잠자는 공주. 그 주위에는 북유럽 신화에서 나올 듯한 요정들의 모습이 몇 사람(몇 마리?) 그려져 있다. 그런 의미에서는 요정화라고 불리는 장르의 일종이라고도 할 수 있을 것 같았다.

솔직히 레이코는 이 그림의 예술적인 가치는 잘 알 수 없었다. 마쓰시타 게이잔이라고 하면 정밀한 필치로 그린 환상적인 회화부터 생명력이 넘치는 리얼한 인물화, 혹은 보통 사람은 이해하기 힘든 난해한 작품에 이르기까지 폭 넓은 화풍으로 유명한 화가다. 이 벽화는 그의 환상회화의 흐름에 따른 작품이라고 생각된다. 그러나 마쓰시타 게이잔 본래의 섬세한 터치가 이 벽화에서는 느껴지지 않는다.

혹시 실패작인가?! 레이코는 솔직히 그런 생각도 품었다. 아니, 이런 얘길 섣불리 입 밖에 냈다간 예술적인 소양이 없다는 것이 까발려질지도 모른다고, 호쇼 레이코! 그렇게 자신을 꾸짖으며 레이코는 신중하게 입을 다물었다.

그러나 그런 그녀 옆에는, 있지도 않은 예술적 소양을 최대한으로 어필하고 싶어하는 인물이 한 사람 있었다. 그는 감격한 듯이 두 팔을 벌리며 외쳤다.

"오오! 보게나, 호쇼 형사! 이 벽화야말로 소문으로 듣던 마쓰시타 화백의 대작, 〈잠자는 공주와 요정〉이야. 이곳에서밖에 볼 수 없는 환상의 작품이지. 어떤가, 평판대로 훌륭하지 않나. 이 대담한 구도. 박력 있는 터치. 선명한 색채. 어디를 놓고 봐도 마쓰시타 예술의 도달점이라고 부르기에 부족함이 없어. 그야말로 궁극의 작품

이야!"

"……."

어째서일까. 그가 칭찬하면 칭찬할수록 마쓰시타 게이잔의 예술이 휴지조각처럼 얄팍하게 느껴지기 시작한다.

"저기…… 경부님은 마쓰시타 게이잔의 그림에 대해서 잘 아시나보군요."

"딱히 잘 알지는 않아"라고 경부는 웬일로 겸손하게 말했다. "다만 가자마쓰리 가에는 마쓰시타 게이잔의 그림을 대여섯 점 정도 소장하고 있기 때문에 다소는 그 훌륭함에 대해 알고 있지. 그것뿐인데, 왜?"

"아뇨, 아무것도 아닙니다."

겸손이라고 생각하며 듣고 있던 내가 바보였지. 요컨대 그냥 자기 자랑이잖아.

"마쓰시타 화백의 작품을 대여섯 점이나……. 아! 그렇다면 혹시 그의 대표작인 〈툇마루에서의 자화상〉도 가지고 계십니까?"

"설마. 〈툇마루에서의 자화상〉은 아랍의 석유왕이 소장하고 있다고 들었어. 그런 건 우리도 손을 댈 수 없어."

"허어, 그렇습니까. 마쓰시타 게이잔의 대표작이면 몹시 비싸겠죠."

"그렇지. 이 벽화도 만약 가격을 붙인다면 대단한 액수가 될 거야. 자네도 실수로라도 건드리거나 하지 않는 편이 좋아. 까딱 잘못해서 상처라도 냈다간, 그것만으로 몇 천만 엔이라고."

몇 천만 엔이란 말을 들어도 레이코는 꿈쩍도 하지 않았지만, 그 대신 주위에 있던 순경이나 사복형사들은 일제히 벽화로부터 거리를 두었다. 박봉에 시달리는 그들에게 경부의 위협은 효과 만점이었던 것 같다.

현장에 이상한 긴장감이 떠도는 가운데, 레이코는 다시 한 번 아틀리에를 둘러보았다. 넓이는 학교의 교실 정도. 화구들이 들어 있는 선반, 이젤과 둥근 의자, 다양한 오브제, 창작 중인 그림 등이 비좁게 늘어서 있는 모습은 역시 학교의 미술실을 떠올리게 한다. 다만 천장이 아주 높다. 사오 미터는 된다. 거대한 벽화를 그리려면 이 정도의 높이가 필요했던 거겠지.

그리고 그 벽화에서 조금 떨어진 바닥 위에 큰 대자로 사람의 윤곽이 하얀 테이프로 그려져 있다. 마쓰시타 화백이 발견된 위치였다. 그 자리와 벽화가 그려진 벽 사이에 엉뚱하게 느껴지는 한 물체가 아무렇게나 드러누워 있었다.

사다리였다. 높은 천장에 닿을 정도로 긴 알루미늄 사다리다.

"아틀리에에 사다리? 아아, 그런가. 벽화 같은 걸 제작할 때에는 필요하겠지, 분명히."

"하지만 이런 장소에 쓰러져 있는 것은 이상합니다. 사건하고 관계 있을까요?"

"글쎄, 아직은 모르지. 관계가 있을지 없을지."

가자마쓰리 경부가 신중한 태도를 취했다. 그러자 그의 등 뒤에서 갑자기 젊은 여성이 튀는 듯한 목소리로 대답했다.

"아뇨, 분명히 관계가 있습니다. 타이밍으로 봤을 때, 그 사다리가 사건에 중요한 의미를 지니고 있는 것이 확실합니다."

"으음?!"

뒤돌아보는 경부. 그곳에 서 있는 것은 두 명의 젊은 여성이었다.

"당신들은?"

한 명은 커리어우먼 같은 분위기를 풍기는 정장 차림의 여성. 나이는 삼십대일까. 길게 찢어진 눈에 오뚝한 코. 짧은 머리카락은 아름다운 밤색. 라인을 강조한 타이트스커트에서는 매력적인 무릎과 각선미가 엿보인다.

"나카자토라고 합니다. 나카자토 마키. 잡지에서 미술 관련 기사를 쓰는 프리 라이터입니다. 게이잔 선생님과는 여러 번 일을 같이 하고 있었습니다."

그 옆에 서 있는 다른 한 여성은 나카자토 마키와는 대조적으로 소극적인 분위기다. 눈꼬리가 처진 순해 보이는 눈과 검고 찰랑이는 긴 머리가 인상적이다. 발목까지 내려오는 긴 꽃무늬 스커트가 잘 어울리는 여자. 그녀는 깊이 허리를 굽히면서 자기소개를 했다.

"아이하라 미사키입니다. 저희 어머니가 마쓰시타 가의 먼 친척이라서 이 집에 하숙을 하며 미술대학에 다니고 있습니다."

그러자 두 여성의 등 뒤에서 사복형사가 큰 목소리로 보충 설명을 했다.

"경부님. 이 두 사람이 이번 사건의 첫 발견자입니다."

"그런가."

312

짧게 고개를 끄덕이더니 경부는 새삼스럽게 두 여성을 상대했다.

"지금 하신 말씀을 좀 더 자세히 들려주실 수 있겠습니까? 타이밍으로 봤을 때에 확실하다는 건 무슨 뜻인지요?"

경부의 질문에 대답한 것은 나카자토 마키 쪽이었다.

"저는 오늘 오후 여덟시에 게이잔 선생님을 뵙기로 약속을 했습니다. 미술 전문지의 인터뷰 기사를 쓰기 위해서였지요. 저는 약속 시간 십 분 전에 도착해서 우선 본관을 방문했습니다. 맞이해주신 분은 아이하라 씨였습니다. 아이하라 씨의 말로는 게이잔 선생님께서 별관에 계시다고 했습니다. 그래서 아이하라 씨와 같이 별관으로 향했습니다. 그런데 아이하라 씨가 별관의 현관문을 열려고 한 순간, 문 너머에서 남자의 비명이 들려왔습니다."

"그건 틀림없습니까? 남자의 비명이란 건."

"틀림없고말고요. '끄악!' 하는 큰 소리였습니다."

"그렇군요. 그건 비명으로밖에 생각되지 않는군요. 그래서 당신들은 어떻게 했습니까?"

"곧바로 문을 열고 큰 소리로 선생님을 불렀습니다. 그러나 대답은 없었습니다. 걱정이 된 저희들은 복도를 질러서 곧바로 아틀리에의 문 앞으로 향했습니다."

문득 뭔가 마음에 걸려서 레이코가 질문을 했다.

"왜 곧바로 아틀리에로? 이 건물에는 다른 방도 많이 있는 것 같은데요."

"네, 그건 그렇죠"라고 대답한 건 아이하라 미사키 쪽이었다.

"이 별관 안에는 아틀리에 말고도 아저씨의 서재나 작품을 소장하는 창고가 있어요. 하지만 아저씨가 주로 시간을 보내는 곳은 역시 아틀리에에요. 그래서 왠지 모르게 아저씨는 그쪽에 있을 것 같은 기분이 들었어요. 그래서 아틀리에의 문을 열려고 하는데 안에서 다시 큰 소리가 나서……."

"큰 소리라뇨?"

가자마쓰리 경부가 앞으로 몸을 숙였다.

"사다리가 쓰러지는 소리였어요. 그렇다고 해도 그 시점에서는 무슨 소린지 알 수 없었어요. 다만 '꽈당' 하는, 뭔가 큰 물건이 쓰러진 소리가 났어요. 저하고 나카자토 씨는 깜짝 놀라서 얼굴을 마주 보고, 당황하며 아틀리에의 문을 열고 둘이 함께 뛰어 들어갔어요."

아이하라 미사키의 뒤를 받치듯이 다시 나카자토 마키가 입을 열었다.

"아틀리에 안에 발을 들인 순간, 저도 모르게 숨이 턱 막히고 말았습니다. 방구석 쪽에 게이잔 선생님이 엎드리듯 쓰러져 있었기 때문입니다. 저는 곧바로 선생님 곁으로 달려갔습니다. 솔직히 저는 선생님이 사다리에서 떨어진 거라고만 생각했습니다. 선생님의 바로 옆에 사다리가 뒹굴고 있었으니까요. 하지만 실제로는 그렇지 않았습니다. 가까이에서 보고야 비로소 깨달았습니다. 선생님의 등에 칼이 꽂혀 있는 것을. 그 순간 아이하라 씨가 커다란 비명을 질렀죠."

"네, 깜짝 놀라서 저도 모르게……."

314

아이하라 미사키는 당시의 공포가 되살아난 듯이 몸을 떨었다.

"그렇지만 나카자토 씨는 저보다 훨씬 침착해서, 신중하게 아저씨의 몸을 안아들었어요. 그러자 아저씨는 아직 의식이 있었는지, 게슴츠레하게 눈을 뜨시더라고요. 그렇지만 말을 할 만한 힘은 없었던 것 같았어요. 나카자토 씨가 '어떻게 된 일인가요, 선생님?' 하고 묻자, 아저씨는 말은 하지 않은 채로 똑바로 손끝을 그림 쪽으로 향했습니다."

"그림 쪽?! 그림이라면 이 벽화 말씀인가요?"

"네. 아저씨는 이 벽화 중앙 부근, 딱 잠자는 공주의 얼굴 부분을 가리켰어요. 그리고 그 직후에 힘이 다한 듯 의식을 잃었죠. 그렇죠. 나카자토 씨?"

나카자토 마키는 "네, 그런 느낌이었죠"라고 아이하라 미사키의 발언을 긍정했다.

"그 직후에 본관에 있던 가족 분들이 이상한 점을 깨닫고 아틀리에로 달려왔습니다. 사다리가 쓰러진 소리나 그 뒤에 이어지는 아이하라 씨의 비명을 듣고 달려왔다고 합니다."

"마쓰시타 가의 가족 분들이란, 구체적으로 어느 분들입니까?"

"게이잔 선생님의 부인인 마쓰시타 도모에 씨. 그리고 외아들이자 조각가인 히로아키 씨, 이 두 사람입니다. 저는 두 사람에게 간단히 상황을 설명했습니다. 그것을 들은 히로아키 씨가 바로 구급차를 부르고, 그 뒤에 경찰에 연락했습니다. 명백히 범죄성이 있는 사건이라고 볼 수 있는 상황이었으니까요."

"그렇군요. 확실히 이건 범죄가 틀림없습니다. 마쓰시타 게이잔 화백은 이 아틀리에에서 누군가의 습격을 받고 등을 나이프로 찔려서 '끄악!' 하고 비명을…… 으음?!"

어쩐지 납득이 안 간다는 듯이 이맛살을 찌푸린 가자마쓰리 경부. 그 쓸데없을 정도로 단정한 얼굴이 이번에는 아틀리에의 창문을 향했다. 그리고 다시 첫 발견자인 두 사람을 보았다.

"당신들은 마쓰시타 화백의 비명을 들은 직후에 별관의 현관문을 열었죠. 그때, 현관이나 복도에 사람의 모습은 없었습니까?"

"네, 아무도 없었습니다. 현관도 복도도 텅 비어 있었습니다."

나카자토 마키가 대답했다.

"사다리가 쓰러진 소리가 들렸을 때, 당신들은 아틀리에 입구 앞에 있었죠. 그리고 문을 열었을 때, 아틀리에에 칼에 찔린 마쓰시타 화백 외에 누군가 있었습니까?"

"아뇨, 아저씨 혼자뿐이었어요. 아무도 없었어요"라고 이번에는 아이하라 미사키가 고개를 저었다.

"그렇다면 말입니다."

가자마쓰리 경부는 신중한 태도로 말을 이었다.

"마쓰시타 화백을 찌른 범인은 대체 어디로 사라진 것일까요? 당신들의 이야기를 듣기로는, 범인은 이 아틀리에 입구에서 한 발짝도 나가지 않았다고 생각됩니다. 그러면 창문으로 도망친 걸까요? 아뇨, 그렇지 않습니다. 보시는 대로 아틀리에의 창문에는 방범창이 설치되어 있습니다. 범인은 창문으로 달아난 것은 아닙니다. 그렇지만 복도에서 현관으로 도망치려고 하면 반드시 두 분과 마주칠 겁니다. 그렇다면…….”

“…… 저기, 경부님.”

레이코는 자기도 모르게 끼어들었다.

“두 사람이 현장에 달려왔을 때, 범인은 아직 아틀리에 안에 있었던 것이 아닐까요? 사람 한 명이 숨을 정도의 공간이라면, 이곳에도 충분히 있습니다. 선반 뒤편이나 오브제 뒤나 문 뒤쪽이어도 괜찮겠죠. 범인은 그런 장소에 잠깐 동안 몸을 숨기고 두 사람을 지나 보냈습니다. 그리고 두 사람이 피해자에게 정신이 팔려 있는 틈을 타 아틀리에에서 빠져나간 거죠. 이건 충분히 있을 수 있는 이야기예요.”

“음, 그거다!”

가자마쓰리 경부는 멋지게 손가락을 튕기고 그 손가락으로 자기 부하를 가리켰다.

“나도 지금 그 가능성을 생각하고 있던 참이야. 과연 대단하군, 호쇼 형사.”

“아, 아뇨, 그렇지도 않습니다……”라고 레이코는 마치 고개를 저었다.

이건 겸손이 아니다. 솔직히 말해서 가자마쓰리 경부와 같은 수준인 것을 칭찬받아봤자 전혀 기쁘지 않다. 그렇다기보다는 부끄럽기 그지없다. 아니, 오히려 화가 난다.

레이코는 다양한 감정에 표정이 어두워졌다. 그때, 나카자토 마키가 세차게 고개를 저었다.

"아뇨, 형사님이 말씀하시는 그런 가능성은 있을 수 없습니다. 이 아틀리에의 문은 스프링으로 자동으로 닫히게 되어 있습니다. 범인이 아틀리에에서 도망쳐 나가려면 이 닫힌 문을 직접 열고 나가야만 합니다. 생각해보세요, 형사님. 과연 저희 두 사람의 눈에 띄지 않을 수 있었을까요?"

"하지만 당신들은 피해자에게 정신이 팔려 있었고 입구 쪽의 주의가 소홀해져서 알아차리지 못한 것이······."

"아뇨. 제가 선생님을 안아들었을 때, 아이하라 씨는 입구에 등을 향하고 있었습니다. 하지만 저는 오히려 입구 쪽을 정면으로 향하고 있었습니다. 문을 열고서 누군가가 나가면 반드시 제 눈에 들어왔을 겁니다. 그렇죠, 아이하라 씨?"

"그러네요. 문을 열고 닫으면 소리도 나고 기척도 느껴져요. 그때에 누군가가 몰래 아틀리에를 나갔다고는 좀처럼 생각할 수가 없네요."

"그렇습니다. 절대 불가능해요."

나카자토 마키는 더욱 자신을 얻은 것처럼 주장했다.

절대, 라고 말해버리면 레이코로서도 뭐라 받아칠 말이 없다. 확실히 둘이나 있는 첫 발견자들에게 들키지 않고 몰래 탈출했다는 설은 너무 편의주의적인지도 모른다. 그러나 '몰래 탈출설'이 부정되어버리면 그 다음에는 어떻게 되지? 범인에게 남겨진 탈출 경로는 전무하다.

그렇다면 이 아틀리에는 이른바 밀실이란 뜻인가?

지금까지 일부러 피해왔던 밀실이라는 단어. 그것이 레이코의 뇌리에 떠오른 순간, 이것을 이신전심이라고 해야 할지는 알 수 없지만 가자마쓰리 경부가 기다리고 있었다는 듯이 선언했다.

"밀실이다. 이 사건은 그야말로 밀실 살인사건이야!"

경부의 발언에 곧바로 현장의 공기가 얼어붙었다. 나카자토 마키는 "앗!" 하고 눈을 동그랗게 떴고 아이하라 미사키는 "읏!" 하고 입을 눌렀다. 현장에서 작업 중이던 감식과원은, "으윽!" 하고 넘어지며 머리를 세게 부딪쳤다. 이윽고 찾아온 것은 견디기 힘든 침묵. 레이코는 일부러 과장스런 몸짓으로 도수 없는 안경에 손가락을 대면서, "어흠!" 하고 헛기침을 했다. 그리고 사무적인 말투로 상사의 잘못을 정정했다.

"경부님. 확실히 밀실일지도 모릅니다만, 살인은 아닙니다. 마쓰시타 화백은 아직 돌아가시지 않았으니까요."

그러나 가자마쓰리 경부의 경솔한 발언도 결코 틀리지는 않았다. 응급실로 실려 간 마쓰시타 게이잔은 결국 한 번도 의식을 회복하지 못하고 사건이 일어나고 몇 시간 뒤인 당일 미명에 숨을 거두었다. 즉 경부의 실언대로 아틀리에의 사건은 밀실 살인사건이 돼버린 것이다.

3

사건이 있던 밤부터 하룻밤이 지난 이월 이십일일. 호쇼 레이코와 가자마쓰리 경부는 차 안에서 잠깐 눈을 붙인 정도의 불완전한 상태로 다음날 아침의 수사에 임했다. 다만 불완전하다고 해도 그것은 몸의 컨디션 문제일 뿐이었다. 본래 겉모습에 신경을 쓰는 두 사람은 수사를 재개하기 전에 열심히 거울을 보며 얼굴을 체크했다. 어떤 상황에서도 한 점 흐트러짐 없는 모습으로 어려운 사건에 임하는 젊은 수사관의 이미지를 유지하는 데 성공하고 있었다.

"좋았어, 겉모습은 OK야. 그렇다면 다음은 유족과 면회하는 것이 가장 중요한 과제로군."

"네, 경부님. 부인인 마쓰시타 도모에와 외아들인 히로아키죠."

도모에와 히로아키는 두 사람 다 마쓰시타 게이잔의 보호자 신분으로 어제 하루 내내 병원에 있었다. 그랬기 때문에 어젯밤 레이코 일행은 그들에게 직접 이야기를 들을 기회가 없었던 것이다.

두 사람의 조사는 마쓰시타 저택 본관의 거실에서 이루어졌다. 한 가정의 기둥을 갑자기 이런 모습으로 잃어버렸기에 둘 다 초췌한 표정으로 형사 일행 앞에 나타날 거라고 생각했지만, 의외로 두 사람은 꽤 기운이 있어 보였다. 아니, 기운은 없었는지도 모르지만 적어도 마쓰시타 게이잔의 죽음에 큰 충격을 받은 모습은 아니었다. 의외로 살인사건의 심문 조사라는 큰 일을 앞두고 열심히 거울에 비친 제 모습을 체크했을 가능성도 있다.

"오래 기다리셨습니다. 뭐든지 물어보세요. 남편을 죽인 범인을 체포해주신다면, 협력을 아끼지 않겠습니다."

그렇게 말하며 고개를 숙인 마쓰시타 도모에는 쉰다섯 살. 무릎 길이의 스커트에 베이지색 블라우스라는 시크한 옷차림이다. 그래도 나이보다 젊게 보이는 것은 조금 화려한 화장 덕분인가. 긴 흑발은 부드럽게 웨이브가 들어가 있어서 요염한 인상을 주고 있었다. 한 가정의 어머니라기보다는 술집 마담이라고 부르고 싶은 분위기도 약간 느껴졌다.

"어머니가 이야기하시는 대로입니다. 저도 범인 체포에 전력으로 협력하겠습니다, 형사님."

의욕에 넘치는 듯 힘찬 목소리로 말한 마쓰시타 히로아키는 서른 살. 갈색 면바지에 검은 스웨터. 겉보기에는 아직 대학생이라고 해도 통할 정도로 어려 보인다. 일단 프로필 상의 직업은 조각가라고 되어 있지만, 아마도 이것은 그 밖에 댈 만한 직업이 없기 때문에 그렇게 불리고 있는 것이 틀림없다. 적어도 레이코는 조각가 마쓰시타 히로아키의 작품을 구경한 적은 한 번도 없다. 애초에 그의 작품이 이 세상에 존재하는지도 미심쩍다.

"으음, 이번 일은 참으로 안타깝게…… 어쩌고저쩌고."

가자마쓰리 경부는 형식적인 위로의 말을 읊은 뒤에 곧바로 사건 이야기로 넘어갔다.

"실례인 줄 압니다만, 바로 본론으로 넘어가도록 하죠. 어젯밤에 사건이 발생했을 때의 상황에 대해 여쭤보겠습니다. 두 분은 어떻게 해서 아틀리에의 사건을 깨닫게 되셨습니까?"

경부의 물음에 대답한 것은 도모에 부인 쪽이었다.

"발단은 사다리가 쓰러진 그 소리였습니다. 그때 저와 히로아키는 거실에 있었습니다. 그런데 어딘가 멀리서 큰 소리가 들리더군요. 무슨 일인가 하며 히로아키가 창문을 열고 밖을 보았는데, 이번에는 별관 쪽에서 여자의 비명이……. 나중에 그건 아이하라 씨의 비명이란 걸 알았습니다만, 그때는 대체 무슨 일인가 하고 생각했습니다."

"확실히 그랬죠."

뒤를 이어 아들인 히로아키가 말했다.

"그래서 저하고 어머니는 황급히 별관으로 달려갔습니다. 아틀리에에는 아이하라 씨와 나카자토 마키 씨가 있었습니다. 그리고 바닥에는 의식을 잃은 아버지가……. 저는 나카자토 씨에게 사정을 듣고서 곧바로 구급차와 경찰을 불렀습니다. 정말 정신이 하나도 없더군요. 그 뒤로 저하고 어머니는 같이 구급차를 타고 그대로 병원으로 향했습니다."

도모에 부인과 히로아키의 증언은 어젯밤에 들었던 나카자토 마키와 아이하라 미사키의 증언과 일치하는 것이었다. 사건이 발생했을 때에 본관에 있었다는 것은 두 사람 모두 살인과는 무관하다는 뜻이 된다. 다만 두 사람은 모자 관계다. 몰래 말을 맞추고 있을 가능성도 부정할 수 없었다.

레이코는 의심 어린 눈으로 두 사람을 응시하면서 "마쓰시타 게이잔 씨에게 원한을 품고 있을 만한 짐작 가는 사람이 있습니까?"
라고 범죄 수사에서 흔한 질문을 던졌다. 그러나 어머니와 아들은
일제히 입을 모아서,

"아뇨, 남편은 남에게 원한을 살 만한 짓은 아무것도……."

"맞아요, 아버지는 누구에게나 사랑받는 훌륭한 예술가였어
요……."

라고 고인의 인품을 칭송하고 그 위대한 업적을 회상했다. 우스
울 정도로 내용 없는 대답에 치를 떨면서 레이코는 그 이상의 질문
을 단념했다. 경찰이 선량한 유족을 연기하는 그들에게 장단을 맞
춰줘야 할 의무는 없다.

그 뒤로 한동안 마쓰시타 화백을 둘러싼 몇 가지 질문과 대답이
오갔다. 지루한 문답이 이어진 뒤에, 가자마쓰리 경부는 단단히 노
리고 있었다는 듯이 중대한 질문을 던졌다.

"그런데 범행 현장에 있던 대작 〈잠자는 공주와 요정〉 말입니다,
정말 훌륭하더군요. 특히 잠자는 공주의 표정이 훌륭합니다. 저것
에는 누군가 모델이 된 여성이 있는 것이……."

"저예요!"

질문이 끝나기도 전에 도모에 부인이 곧바로 오른손을 들었다.

"그 벽화는 남편이 저를 모델로 그린 거예요. 다른 누구도 아니
에요."

"어, 부인이십니까?"

의외라는 듯이 경부가 말했다.

"뭔가 불만이라도 있으신가요?"

도모에 부인은 번뜩하고 경부를 노려보았다.

"남편이 부인을 모델로 그림을 그린다. 아무것도 이상할 게 없어요. 형사님도 보셨을 거예요. 그 침대에서 자는 여성의 아름다운 긴 머리. 여성다움을 강조하는 체형. 꿈을 꾸고 있는 듯한 표정. 어느 것을 놓고 봐도 저를 이미지화해서 그린 것이 틀림없어요. 그렇지, 히로아키?"

"무, 물론이에요, 어머니. 저 잠자는 공주의 모델은 어머니 말고는, 어, 어, 없어요."

히로아키의 반응에서는 제 어머니의 압력을 받고 있다는 것이 훤히 들여다보였다. 역시 이 두 사람은 공범 관계인 걸까? 레이코의 의혹은 점점 부풀었다. 어머니가 주범이고 아들이 종범. 충분히 있을 수 있는 이야기다.

"그렇습니까. 부인이 모델입니까. 뭐, 확실히 부인의 머리카락은 깁니다만."

하지만 공통점은 그 점뿐이군요, 라고 말하고 싶어하는 얼굴로 경부는 턱을 쓰다듬었다.

"그런데 부인. 알고 계십니까? 첫 발견자들의 증언에 의하면 마쓰시타 화백은 의식을 잃기 직전에 벽화를 가리켰다고 합니다. 벽화 안에 그려진 잠자는 공주의 얼굴을요. 저는 이것이 피해자가 최후에 남긴 일종의 다잉 메시지가 아닐까 하는 생각이 들더군요. 즉, 이 잠자는 공주야말로 진범이라는 메시지죠. 그렇다는 이야기는……."

"나카자토 마키예요!"

도모에 부인은 순식간에 손바닥을 뒤집었다. 손바닥도 빨리 뒤집
으면 뒤집은 것을 깨닫지 못한다. 그렇게 믿고 있는 것처럼 비정상
적으로 빠른 손바닥 뒤집기였다.

"실은 그 잠자는 공주의 모델은 나카자토 마키예요."

"네에?!"

아들인 히로아키도 기가 막힌다는 눈치로 외쳤다.

"어느 쪽이에요, 엄마!"

"엄마라고 부르지 말라고 했잖니!"

아들에게 호통을 친 도모에 부인은 다시 형사들 쪽을 향했다.

"이제는 사실을 말씀드리지요. 그 벽화에 그려진 잠자는 공주의
진짜 모델은 미술 관련 라이터인 나카자토 마키입니다. 남편은 삼
년 정도 전부터 그 여자하고 친해져서 저의 눈을 피해 몰래 만나고
있었어요. 네, 틀림없습니다. 저쪽은 몰래 잘 만나고 있다고 생각했
겠지만 아내인 저의 눈을 속일 수는 없어요. 때마침 두 사람이 사귀
기 시작한 삼 년 전에 남편은 아틀리에의 벽화 제작에 들어갔습니
다. 그러니까 시기적으로 봐서 저 잠자는 공주의 모델은 나카자토
마키가 틀림없습니다. 그렇지, 히로아키?"

"응, 확실히 저 잠자는 공주는 어떻게 봐도 젊은 여자지. 어머니
같은 아줌…… 아니, 귀부인으로는 보이지 않아. 굳이 말하자면 나
카자토 마키 쪽에 가까울지도. 피부색도 어머니처럼 칙칙하지 않

고, 몸매도 어머니만큼 빈약하지도 않고…….”

“히로아키!” 도모에 부인이 눈을 삼각형으로 만들며 외쳤다. “넌 대체 누구 편이니!”

어머나, 공범 관계가 무너지고 있네. 레이코는 마음속으로 후후후, 하고 웃으면서 상황의 진행을 지켜보았다.

한편 가자마쓰리 경부는 납득이 안 간다는 듯이 작게 신음 소리를 냈다.

“으음, 나카자토 마키 씨라. 확실히 벽화 속의 잠자는 공주와 비교하면 나이로 봐선 가깝죠. 그렇지만 별로 닮았다는 생각은 들지 않는군요. 머리모양을 봐도 나카자토 씨는 짧고…….”

“아뇨, 거기에 그려진 잠자는 공주는 나카자토 마키예요. 그리고 그 잠자는 공주의 얼굴을 남편이 가렸다면 그것이 의미하는 바는 단 하나. 남편을 칼로 찌른 진범은 나카자토 마키예요.”

도모에 부인은 어느새 서슬 퍼런 얼굴이 되어서는 마치 눈앞에서 나카자토 마키가 있는 것처럼 말했다. 레이코는 입가에 빈정거리는 미소를 지으면서 심술궂은 질문을 던져보았다.

“하지만 부인. 조금 전의 말씀으로는 마쓰시타 화백께선 남의 원한을 살 만한 일은 하나도 없는, 누구에게나 사랑받는 훌륭한 예술가였을 텐데요…….”

그러자 도모에는 착잡한 얼굴로 레이코를 바라보며 또다시 전매특허인 손바닥 뒤집기를 선보였다.

“그건 거짓말이었어요. 누구에게나 사랑받는 인간이어서는 훌륭한 예술가가 될 수 없는걸요."

과연, 지당한 말이다. 분명히 마쓰시타 게이잔은 훌륭한 예술가였음이 틀림없다.

4

그날 오후, 레이코와 가자마쓰리 경부는 아이하라 미사키를 아틀리에로 불러냈다. 의아한 표정으로 현장에 나타난 아이하라 미사키를 앞에 두고, 가자마쓰리 경부는 늘 하듯이 훈남 스타일의 미소를 지었다.

"아이하라 씨는 미대생이라면서요? 그렇다면 저보다도 미술 쪽으로는 잘 아시겠죠."

딱히 미대생이 아니어도 가자마쓰리 경부보다는 잘 알겠지. 레이코의 감각으로 보자면 그 정도로 경부는 미술에 무지하다. 물론 그 본인에게 그런 자각은 없겠지만.

"그래서 당신에게 묻고 싶은 것이 있습니다. 실은 이 벽화에 대해서입니다만."

"으음, 이 프레스코화가 왜요?"

"어, 네! 그, 그렇습니다. 이 프레스코화에 대해서 여쭙고 싶습니다!"

"……."

경부님, 이 벽화가 프레스코화라는 걸 지금 처음 아셨군요.

그렇다고 해도 그 점은 레이코도 마찬가지였으므로 경부의 무지를 비웃을 수는 없었다. 그렇구나, 이것이 세상에서 말하는 프레스코화라는 거구나. 레이코는 신선한 기분으로 눈앞의 벽화를 바라보았다.

한편, 경부는 열심히 아는 체를 하면서 물었다.

"그러니까 이, 이 프레스코화가 그려진 건 삼 년 전이라고 들었는데, 틀림없습니까?"

"네, 삼 년 전이에요. 이 별관을 세운 직후에 아틀리에의 벽화도 제작에 들어갔어요. 그렇다기보다 아마도 아저씨는 이 프레스코화를 그리고 싶어서 이 별관을 지은 게 아닐까 하고 생각해요. 커다란 프레스코화를 그리기 위해서는 넓은 벽이 필요하니까요."

"그러고 보니 이 별관은 본관에 비해서 아주 새 건물이죠. 그렇군요. 이 별관의 아틀리에 자체가 마쓰시타 화백의 커다란 새 캔버스였군요. 그리고 화백은 그 캔버스에 사랑하는 여성을 모델로 거대한 프레스코화를 그렸다는 건가……. 아이하라 씨는 이 잠자는 공주의 모델이 된 여성으로 도모에 부인과 나카자토 마키 씨 중 어느 쪽이라고 생각하십니까?"

"어, 아주머니와 나카자토 씨?"

아이하라 미사키는 멀뚱하게 고개를 갸웃거렸다.

"그 두 사람 중에 어느 한쪽인가요? 에이, 양쪽 다 안 닮았어요. 애초에 모델이 있다는 이야기도 들은 적 없어요. 모델 같은 게 있었나요? 저는 이 잠자는 공주는 아저씨의 상상 속에서 만들어낸 이상적인 여성이라고 생각하는데요."

"어, 아아, 그런가요…… 흐음."

빗나간 짐작에 머쓱해져 입을 다무는 경부. 이윽고 찾아온 침묵을 깨듯이 레이코가 입을 열었다. 조금 전부터 계속 묻고 싶었던 질문이 있었던 것이다.

"아이하라 씨, 프레스코화라는 것은 말하자면 어떤 그림인가요? 아니, 물론 이름은 들어서 알고 있습니다. 벽화라고 하면 프레스코화죠. 그렇죠, 경부님?"

"아, 아아, 그렇지. 미켈란젤로의 시스티나 대성당의 프레스코화 같은 것이 특히 유명하지. 나는 몇 번인가 현지에 여행을 가서 직접 감상한 적이 있어."

결국 이번에도 경부의 입에서 튀어나온 건 자기 자랑이었다.

"하지만 확실히 프레스코화가 구체적으로 어떤 그림인가는 잘 모르겠군. 친절히 알려주실 수 있겠습니까?"

"물론이죠."

흔쾌히 대답하며 아이하라 미사키는 설명을 시작했다.

"프레스코란 이탈리아어로 '신선한'이라는 뜻이에요. 영어로 말하면 'Fresh'에 해당하죠. 즉 벽에 칠한 회반죽이 Fresh한 상태일 때, 그 덜 마른 회반죽 위에 물에 녹인 안료를 직접 발라서 그림을 그리는 거예요. 시간이 지나면 회반죽이 마르면서 안료가 벽의 표면에 배인 상태로 정착되는 거죠. 이해가 되시죠, 형사님?"

"흠흠. 그렇군요, 그런 거군요"라고 고개를 끄덕이지만 경부는 분명히 이해하지 못하고 있다.

"요컨대 벽에 회반죽을 칠하면서 그곳에 그림을 그려가는 거군요"라고 말하는 레이코.

"말씀하신 대로예요. 금속제 흙손을 들고서 벽에 회반죽을 바르고, 그 작업이 끝나면 이번에는 흙손을 그림붓으로 바꿔들고 그 자리에 그림을 그리죠. 그러고 나서 다시 회반죽을 바르고, 그림을 그리고……. 그런 작업을 몇 번씩 반복하면서 하나의 작품을 완성해가는 것이 프레스코화의 특징이에요. 그래서 커다란 벽화를 완성하는 것에는 엄청난 노력이 동반되죠. 벽에 회반죽을 바르는 미장이 같은 작업과, 그것이 덜 마른 상태에 재빨리 그림을 그린다는 예술가로서의 능력이 동시에 요구되니까요. 그렇다고 해도 저는 실제로 창작에 관계한 경험이 없어서 진짜 어려움은 모르지만요."

아이하라 미사키는 살짝 어깨를 움츠리며 부끄러운 듯 웃었다.

레이코는 멋쟁이 신사로 알려진 마쓰시타 게이잔이 미장이처럼 금속 흙손을 한손에 들고 회반죽을 바르고 있는 모습을 좀처럼 상상할 수 없었다.

"아이하라 씨는 마쓰시타 화백이 이 프레스코화를 제작하는 모습을 직접 보셨습니까? 화백이 흙손을 들고 벽에 회반죽을 바르는 장면을."

"네, 딱 한 번이요. 하지만 제작에 갓 들어갔을 무렵이었어요. 아저씨는 사다리에 올라가서 벽화의 오른쪽 윗부분…… 저기, 낡은

창문이 그려져 있는 부근을 그리던 중이었어요. 아직 잠자는 공주
도 요정도 그려지지 않았을 때에요. 아, 맞다. 그래서 저는 아저씨
에게 물어봤었어요. '이거 무슨 그림인가요?'라고. 그랬더니 아저
씨는 히죽히죽 웃으면서 '글쎄다, 무슨 그림을 그릴까?'라고 말씀
하셨죠. 완성된 작품을 보고서야 잠자는 공주와 요정의 그림이란
걸 알았어요. 아저씨는 그렇게 장난기 많은 구석이 있었죠. 마치 어
린아이 같은 부분이⋯⋯."

아이하라 미사키는 다시 벽화 오른쪽 상단에 시선을 던지며, 당
시를 회상하듯이 눈을 가느다랗게 떴다.

아이하라 미사키가 떠난 아틀리에. 〈잠자는 공주와 요정〉의 벽화
앞에 서서 경부는 단정한 옆얼굴에 과장스런 고뇌의 표정을 짓고
있었다.

"이 잠자는 공주의 모델이 도모에 부인인지 나카자토 마키인지
는 결국 알 수 없었어. 그렇지만 어느 쪽이라 한들 마찬가지야. 두
사람 다 범인일 수는 없어. 밀실 문제가 있으니까. 마쓰시타 게이잔
은 도망칠 곳이 없는 아틀리에 안에서 혼자 칼에 찔려 죽어 있었어.
그리고 그때 용의자들은 밀실 밖에 있었어. 이건 움직일 수 없는 사
실이야. 그렇지, 호쇼 형사?"

"네, 관계자의 이야기를 듣기로는 그런 것 같더군요"

"하지만 그래서는 이번 살인사건에는 범인이 없다는 이야기가
되고 말아. 그렇다면 이건 어떻게 된 일이지? 역시 뭔가 트릭이 있

다는 건가……. 으음?!"

깊이 생각에 잠긴 척을 하던 경부의 시선이 어느 한 점에 머물렀다. 벽화 앞에 넘어져 있던 그 사다리다. 경부는 새삼스럽게 그 사다리에 다가가서 꼼꼼히 관찰했다.

"그러고 보니 이번 사건에서 이 사다리가 한 역할은 대체 뭐지? 왜 피해자의 비명이 들린 직후에 사다리가 쓰러진 소리가 났다고 했지? 잠깐. 쓰러진 소리가 났다는 건, 그 이전에는 사다리가 벽을 향해 세워져 있었다는 뜻이야. 사다리란 원래 그런 식으로 쓰는 물건이니까. 음! 그런가, 설마 그런 것이었나!"

무슨 생각을 한 것인지, 경부는 딱 하고 손가락을 울렸다. 그러고는 천천히 사다리를 들어 올리더니 벽화가 그려진 벽을 향해 세웠다. 사다리 끝은 높이 사 미터 정도 되는 벽화 윗부분까지 도달했다. 거의 천장에 손이 닿을 정도의 높이다. 그 사실을 확인하고, 경부는 승리를 확신한 듯한 회심의 미소를 지었다. 곧바로 사다리에 발을 올리더니 한 단 한 단 확인하듯이 올라갔다.

"괜찮으겠어요, 경부님? 조심하세요."

레이코는 상사를 걱정하는 자상한 부하를 연기하는 한편으로, 가자마쓰리 경부의 부주의에 의한 낙하사고(충분히 있을 수 있는 일이다)에 대비해서 일부러 사다리에서 거리를 두었다.

이윽고 사다리 꼭대기까지 올라간 경부는 진지한 표정으로 천장의 상태를 확인했다. 천장은 여러 개의 패널이 이어 붙은 형태였다. 경부는 갑자기 뭔가를 확인한 것처럼, "여기다아아앗!" 하고 외치며 갑자기 천장판을 아래서 주먹으로 올려쳤다. 그러나 올려친 주먹은 큰 북을 두드린 것 같은 소리를 낼 뿐, 덧없이 천장판에서 튕겨져 나왔다.

"……."

한순간의 정적과 약간의 먼지가 경부 주위에 덧없이 떨어져 내렸다.

"……."

레이코는 안경테에 손끝을 대고 과장스런 몸짓으로 천장을 보며 말했다.

"경부님, '여기다아아앗!'이라고 말씀하셨는데, 어디인가요?! 어디요, 어디?!"

"아, 아니, 여기가 아니었나보군."

경부는 아픈 손을 후후 불면서 원망스러운 듯 천장을 노려보았다.

"하지만 반드시 어딘가에 비밀 통로가 있을 거야. 좋았어. 이렇게 되었으니 하나하나 전부 확인해봐야겠군."

힘차게 선언하더니 경부는 조금씩 사다리의 위치를 바꾸어가며 천장판 한 장 한 장을 확인했다. 레이코는 한숨 쉬는 표정으로 상사의 분투를 지켜볼 뿐이었다.

요컨대 경부는 범인이 사다리를 타고 올라가서 천장판을 밀어 올리고 천장 뒤편으로 도주했다고 추리한 듯했다. 확실히 사다리의 사용 방법으로 보면 앞뒤는 맞는다. 그렇지만 역시 가자마쓰리 경부답다고 해야 할까, 정말 흔해 빠진 안이한 트릭이 아닌가. 이걸로 밀실의 수수께끼가 풀린다면 이 세상에 명탐정은 필요 없을 것이다.

그런 생각을 하는 레이코 앞에서 아니나 다를까, 가자마쓰리 경부의 추리는 보기 좋게 헛수고로 끝났다. 아틀리에의 천장판은 어느 것이나 단단히 고정되어 있었고, 범인의 도주에 이용된 흔적은 일체 찾아볼 수 없었다. 결국 밀실의 수수께끼는 그대로 남겨졌다.

"에에잇, 빌어먹을!"

사다리 위에서 화풀이로 벽을 후려치는 가자마쓰리 경부. 그러자 힘 조절을 제대로 못했는지, 갑자기 그가 올라서 있던 사다리가 휘청하고 흔들렸다.

"와, 와, 와악!"

역시 이렇게 되는구나! 피할 준비를 하는 레이코 앞에서 균형을 잃은 사다리가 푹 쓰러졌다.

"겨, 경부님!"

딱히 걱정한 것은 아니지만, 예의상 레이코는 상사를 향해 외쳤다.

그런 레이코의 눈앞에서 경부는 천장에서 바닥을 향해 완전히 거꾸로 섰다. 그 순간, 레이코의 뇌리에 뭔가가 번뜩이며 떠올랐다. 그러나 그렇게 떠오른 발상도 경부가 바닥에 떨어지는 큰 소리에 의해 지워졌다.

정신을 차리고 보니, 죽지 않기는 했지만 죽을 뻔한 상황에 처했던 경부는 바닥 위에 큰 대자로 뻗어 있었다. 그리고 레이코를 향해 힘없고 원망 섞인 목소리로 신음했다.

"호, 호쇼 형사…… 왜, 사다리를, 잡아, 주지 않았, 지……?"

"죄, 죄송합니다. 경부님."

도우려다가 괜히 다치고 싶지 않아서 저도 모르게······라고는 제아무리 레이코라도 말할 수 없었다.

<h1 style="text-align:center">5</h1>

그날 밤 늦게 호쇼 저택으로 귀환한 레이코는 검은 팬츠 슈트를 벗어버리고 아가씨다운 핑크색 원피스 차림으로 변신했다. 저녁 식사로는 새끼 양 철판구이, 오리 찜 구이, 흰살 생선 향초 구이라는 호쇼 가에 전해지는 오리지널 메뉴 '구이 삼연타'를 즐겼다. 배불리 먹은 레이코는 문득 생각이 나서 저택 한구석에 있는 어느 방으로 걸음을 옮겼다.

그곳은 레이코의 아버지, 호쇼 세이타로가 남아도는 재력을 과시하기 위해 가치도 모르고 마구 사들인 동서고금의 미술품, 공예품, 귀중품 등이 보관되어 있는 방이었다. 이 장소를 레이코는 몰래 '예술의 묘지'라고 부르고 있었다. 한 번 이 방에 들어온 물건은 어지간한 일이 없는 한, 그 예술적 가치와는 상관없이 두 번 다시 주인의 관심을 받지 못하는 것이었다.

레이코는 그런 불쌍한 보물들 중에서 한 점의 회화를 찾아내고 그 앞에 잠시 멈춰 섰다.

작은 그림 속에는 오른손에 붓, 왼손에 팔레트를 든 남자의 모습이 섬세한 터치로 그려져 있다. 배경에 그려진 덩굴이 얽혀 있는 저택의 모습은 다소 낯이 익었다.

레이코의 눈치에 위화감을 품은 것이겠지. 곁에서 대기하던 은테 안경을 낀 장신의 남자가 몸을 굽히며 그녀에게 말을 걸었다.

"어쩐 일이십니까, 아가씨? 상당히 열심히 보고 계십니다만."

"저기, 가게야마. 그거 알아?"

레이코는 그림 속의 남성을 응시하면서 집사에게 물었다.

"이 그림, 아랍의 석유왕이 소장하고 있다는 소문이 도는 모양이야."

"누가 그런 헛소문을?! 마쓰시타 게이잔의 대표작 〈툇마루에서의 자화상〉은 계속 호쇼 저택의 이 방에서 소중히 사장(死藏)되고 있습니다."

"그렇구나. 하지만 가게야마. 아버지 앞에서 '사장'이라고 말하면 안 돼. 아버지가 상처받으실 테니까."

"알겠습니다."

가게야마는 황송하다는 듯이 고개를 숙였다.

"그러고 보니 마쓰시타 게이잔 화백은 어젯밤에 누군가에게 살해되었고 현재도 수사는 난항 중이라고 하더군요. 그렇게 한낮의 와이드쇼…… 아니, 일곱시 뉴스가 전하고 있었습니다만."

"……."

이 남자의 정보원은 결국 한낮의 와이드쇼인가. 레이코는 자기도 모르게 한숨을 내쉬었다.

"그래, 확실히 수사는 난항 중이야. 최대 문제는 현장이 완전한 밀실이었다는 점이지."

레이코는 가게야마의 관심을 끌기 위해서 일부러 '밀실'이라는 미끼를 던졌다. 이 가게야마라는 남자는 집사이면서도 대단한 추리력의 소유자라서 레이코가 하는 이야기만 듣고도 수많은 어려운 사건을 해결해온 실적을 갖고 있다. 그렇지만 레이코에게는 형사로서의 프라이드와 아가씨로서의 체면이 둘 다 있으므로 너무 노골적으로 협력을 요청할 수는 없었다.

"어때, 가게야마. 흥미 있어? 뭐하다면 자세히 이야기해줄 수도 있는데……."

"허어, 밀실입니까."

가게야마는 의외로 별로 내키지 않는다는 태도였다.

"솔직히 말씀드려서 별로 흥미가 당기진 않습니다. 애초에 이 세상에 완벽한 밀실 살인 따위는 존재하지 않습니다. 분명히 어딘가에 통로가 있겠지요. 천장 위쪽 같은 곳은 찾아보셨습니까?"

"물론 찾아봤어." 그리고 레이코는 가게야마를 향해 상대를 무시하는 차가운 시선을 보냈다.

"흐음. 가게야마도 의외로 그 정도의 발상밖에 못하는 건가. 가자마쓰리 경부와 같은 수준이구나~."

마지막 말은 확실히 가게야마의 심기를 건드린 것 같다. 항상 무표정한 가게야마의 뺨이 한순간 씰룩거린 것을 레이코도 볼 수 있었다. 굴욕이라고 느낀 것 같다. 하긴, 가자마쓰리 경부와 동급 취급을 받는다면 누군들 냉정히 있을 수 있으랴.

그리고 아니나 다를까, 가게야마는 레이코 앞으로 한 걸음 다가
서며 자신의 가슴에 손을 댔다.

"저에게 사건에 대해 상세히 이야기해주십시오, 아가씨."

레이코는 가까이에 있던 골동품 흔들의자에 앉아서 상세히 사건
에 대해 이야기했다. 그 곁에서 가게야마는 똑바른 자세로 레이코
의 말에 귀를 기울였다. 이야기가 끝나자 재빨리 레이코는 가게야
마에게 의견을 구했다.

"……어때, 가게야마. 뭔가 알아낸 것이 있어?"

가게야마는 질문하는 레이코를 밀어내듯이 손바닥을 앞으로 내
밀었다.

"제 생각을 말씀드리기 전에, 아가씨의 생각을 들려주십시오. 말
씀에 의하면 아가씨는 가자마쓰리 경부님이 사다리에서 떨어지는
모습을 보시고 뭔가 머릿속에서 번뜩이신 듯합니다. 대체 그 총명
한 두뇌에 무엇이 번뜩였는지, 꼭 들려주셨으면 합니다만."

"응?! 아니, 뭘 그렇게까지. 내 머릿속에 떠오른 발상 정도야, 남
에게 이야기할 정도는 아니니까……."

그렇게 레이코는 부끄러워하면서도 나쁜 기분은 아니었다. 결국
누군가에게 들려주고 싶은 것이 본심이다.

"그래, 그렇게 듣고 싶어?! 그러면 가게야마한테만 이야기해줄
게. 내가 떠올린 것은 말이지, 요컨대 마쓰시타 게이잔은 사고사가
아닐까 하는 점이야."

"사고사입니까. 그것은 대체 어떤 상황에서……."

"포인트는 마쓰시타 화백의 '끄악!' 하는 비명과, 잠시 후에 들려온 사다리가 쓰러진 소리야. 그 직후에 화백은 등에 칼을 찔린 상태로 발견되었어. 그러니까 우리는 무의식중에 화백의 비명은 누군가에게 찔렸을 때의 비명이라고 단정하고 있지. 하지만 정말로 그럴까? 그건 화백이 사다리에서 막 떨어지려고 할 때, 그 공포 때문에 지른 비명이 아니었을까. 그것이 내가 떠올린 생각이야. 실제로 가자마쓰리 경부는 사다리에서 떨어지기 직전에 커다란 비명을 질렀어. 경부의 경우에는 '와악!' 하는 느낌의 비명이었지만, 비명 소리야 사람마다 다르니까. 마쓰시타 화백의 경우에는 그것이 '끄악!'이었던 거지."

"그렇군요. 그 비명이 누군가에게 찔렸을 때 낸 소리라고 단정할 수는 없다. 그야말로 혜안이십니다. 아가씨. 그러면 현실에서 마쓰시타 화백이 칼에 찔렸던 것은 어째서입니까?"

"그것은 찔린 게 아니라 자기가 찌른 거야. 화백은 칼을 손에 들고 사다리에 올라서서 그 프레스코화를 향해 있었어. 아마도 물감을 긁어내는 수정작업이라도 하고 있었겠지. 그런데 화백이 실수로 사다리 위에서 밸런스를 잃으면서 비명을 질렀어. 그리고 끝내 위기를 피하지 못하고 떨어졌지. 사다리는 쓰러져서 소리를 냈고, 화백은 자기 손에 쥐고 있던 칼에……."

"과연! 자기 몸을 찔러버렸다는 말씀이군요!"

"그래!"

레이코는 자기 생각을 이해해주었다며 손뼉을 쳤다.

"즉 이건 살인도 뭣도 아닌, 밀실 상태의 아틀리에에서 일어난 불행한 사고였다는 거야. 어때, 가게야마. 내 추리가!"

"아아, 아가씨!"

가게야마는 감격에 젖은 표정으로 레이코를 향해 크게 고개를 끄덕였다.

"그야말로 아가씨가 말씀하신 대로입니다. 확실히 아가씨의 평범한 발상 따윈 남에게 이야기할 정도는 아니었습니다. 들어봤자 시간 낭비였습니다."

갑자기 눈앞에서 작렬한 가게야마의 폭언. 놀란 나머지 레이코는 흔들의자 채로 뒤로 쓰러져서 비좁게 진열된 수많은 미술품들을 일제히 쓰러뜨려 파괴했다. 그 손실은 헤아릴 수 없지만, 그것보다 레이코의 정신적 피해가 컸다.

"……."

레이코는 피어오르는 먼지 속에서 천천히 일어나서, 폭언 집사를 번뜩 노려보았다.

"당신 말이야…… 남을 신나게 추켜세우다가…… 평범하다니 무슨 말이 그래, 평범한 발상이라니! 의기양양하게 이야기한 나야말로 시간 낭비만 했잖아!"

"죄, 죄송합니다. 평범이란 표현은 말이 지나쳤습니다. 범상하다고 말했어야 했나 하고……."

"똑같은 의미야!"

레이코의 절규가 예술의 무덤에 메아리쳤다.

"어차피 처음부터 바보 취급하기 위해서 내 추리를 이야기해보라고 한 거지! 이 심술쟁이 집사!"

"아뇨, 결코 그럴 생각은 없었습니다."

가게야마는 아주 공손히 고개를 숙이고, 레이코에게 호소하는 듯한 시선을 보냈다.

"아가씨가 들려주신 추리는 도중까지는 꽤 괜찮았습니다. 그렇지만 마지막이 좋지 않습니다. 잘 생각해주십시오, 아가씨. 칼은 마쓰시타 화백의 등에 꽂혀 있었습니다. 대체 어떤 자세로 사다리에서 떨어져야 자기가 자기 등에 칼을 꽂을 수 있을까요? 그런 절묘한 낙하사고가 이 세상에 있을 거라고 진심으로 생각하십니까. 아가씨?"

"어?! 아니, 뭐…… 그건 그렇지만……."

확실히 거기가 추리의 약점이란 것은 레이코도 알고 있었지만.

"그러면 어떻게 된 거란 얘기야, 가게야마는. 사고가 아니라면 역시 살인? 하지만 현장은 밀실이야."

"그렇지만 이 세상에 완전한 밀실 살인은 없습니다. 그것이 저의 변하지 않는 생각입니다. 그런데 아가씨에게 한 가지 부탁이 있습니다."

가게야마는 레이코의 눈을 들여다보면서 의외의 말을 꺼냈다.

"지금 저를 마쓰시타 화백의 아틀리에로 데려가주실 수 없겠습니까?"

"어, 당신을 살인 현장에?! 하, 하지만 그건 룰 위반이……."

당황하는 레이코 앞에 가게야마는 엄한 표정으로 턱에 손을 갖다댔다.

"물론 탐정은 현장을 직접 보지 않고 이야기를 들은 것만으로 추리하죠. 그것이 안락의자 탐정물의 룰. 그런 의미에서는 저의 요구는 룰 위반일지도 모릅니다."

"아니, 그런 의미가 아니라!"

레이코는 가게야마의 착각을 바로잡았다.

"일반인인 당신을 살인 현장에 데리고 가는 것이 경찰관으로서는 룰 위반이 아닐까 한다는 얘기야."

"아아, 그런 의미였습니까. 뭐, 그 정도의 룰은 깨도 문제없을 겁니다. 만에 하나의 경우, 아가씨의 배후에는 위대하신 아버님과 거대한 '호쇼 그룹'이 버티고 있습니다. 구니타치 경찰서에서의 아가씨의 지위가 흔들리는 일은 없습니다."

"……."

아주 노골적인 집사의 말에 레이코는 아연실색했다. 그렇지만 묘하게 납득이 갔다.

"확실히 당신 말이 맞을지도 몰라. 알았어. 몰래 데리고 가줄게. 다만 일부러 현장에 직접 발을 들이려는 만큼, 나름대로 생각이 있는 거겠지?"

도발하는 듯한 레이코의 말에 그녀의 충실한 하인은 공손하게 머리를 숙였다.

"물론이고말고요. 아가씨의 기대에 어긋나지 않는 결말을 약속 드리겠습니다."

6

결국 그 뒤로 삼십 분도 채 지나지 않아, 레이코와 가게야마는 리무진을 타고 마쓰시타 저택 별관에 도착했다. 경비를 서고 있는 제복 순경을 레이코가 입담과 윙크 한 번으로 현장에서 내보내고, 두 사람은 드디어 아틀리에에 발을 들였다. 〈잠자는 공주와 요정〉의 벽화를 앞에 두고 레이코가 가게야마에게 이야기를 재촉했다.

"자, 여기가 살인 현장이야. 피해자가 실려나간 것 이외에는 사건 발각 당시 그대로야. 어때, 뭔가 알겠어?"

가게야마는 벽화를 오른쪽에서 왼쪽으로 세심하게 바라보면서 갑작스럽게 질문을 던졌다.

"만약, 아가씨가 이 벽에 회반죽을 바른다면 어떻게 하시겠습니까? 아니, '실력 있는 미장이에게 부탁한다'라든가 하는 걸 묻는 것이 아니라……."

"그러면 '가게야마에게 시킨다'라는 것도 안 돼? 으음, 하지만 왜 부잣집 아가씨가 미장이 흉내를 내야 하는 건데? 질문하는 의미를 모르겠어."

"그렇다면 벽에 페인트를 칠하는 작업으로 바꿔도 상관없습니다. 아가씨는 벽에 페인트를 칠할 때에 벽 아래쪽부터 먼저 칠하시 겠습니까?"

"그럴 리 없잖아. 우선 위쪽을 칠한 다음에 아래쪽으로 칠해나갈 거야. 그도 그럴 것이, 페인트는 위에서 아래로 흘러 내리니까, 그 러는 편이 작업하기 쉬워."

"말씀하신 대로입니다. 그러면 오른쪽과 왼쪽은 어떨까요? 벽 오 른쪽부터 칠합니까? 아니면 왼쪽부터 칠합니까?"

"그건 어느 쪽이라도 마찬가지 아닐까?"

그러나 레이코는 페인트를 칠하는 시늉을 직접 해보고 금방 답을 찾았다.

"아니, 왼쪽부터 오른쪽이야. 나는 오른손잡이니까 페인트 붓의 움직임은 왼쪽부터 오른쪽이 되지. 그렇다는 이야기는 벽 왼쪽부터 오른쪽 방향으로 칠해가는 편이 훨씬 쉽다는 거지."

"즉 오른손잡이가 벽에 페인트를 칠할 경우에는 위에서 아래로, 왼쪽에서 오른쪽으로 칠하는 것이 가장 합리적이라는 이야기가 되 겠지요."

"그렇게 되는데…… 무슨 소릴 하고 싶은 거야, 가게야마?"

"프레스코화를 그릴 때에는 벽에 회반죽을 칠하는 작업을 빼놓 을 수 없습니다. 그리고 금속 흙손으로 회반죽을 칠하는 작업은 페 인트 붓으로 페인트를 칠하는 작업과 비슷하지요. 즉 벽의 왼쪽 위 부터 칠하기 시작해서 오른쪽 아래에서 끝내는 것이 오른손잡이에 게 가장 작업하기 쉬운 수순입니다. 그런데 마쓰시타 화백은 오른손잡이였습니까, 왼손잡이였습니까?"

"에이, 그런 걸 어떻게 알아."

레이코가 깊이 생각하지 않고 말하자, 가게야마는 불만스러운 듯이 안경 안쪽의 눈을 가느다랗게 떴다.

"오른손잡이입니다. 아가씨도 화백의 자화상을 잘 보셨을 텐데요. 그림 속의 마쓰시타 화백은 오른손에 붓을 쥐고 있었습니다."

"아, 그렇구나. 확실히 마쓰시타 화백은 오른손잡이 같아. 그렇다는 얘기는……."

"그렇다는 얘기는 마쓰시타 화백이 프레스코화를 그린다고 하면 역시 벽 왼쪽 위부터 그리기 시작하는 것이 보통이라고 생각해야겠죠. 특별한 이유가 없는 한, 그럴 것입니다. 그러나 아이하라 미사키의 증언에 의하면, 실제 마쓰시타 화백은 왼쪽 위가 아니라 오른쪽 위부터 이 프레스코화의 제작에 착수했다고 합니다. 이것에는 어떤 이유가 있었을까요. 이 벽화 오른쪽 위에 뭔가 화백의 감성을 자극하는 매력적인 모티프라도 있었던 걸까요. 어떻습니까, 아가씨?"

"어떻다니……."

들을 것도 없이, 이미 레이코는 벽화의 오른쪽 위를 응시하고 있었다. 그러나 그곳에 그려져 있는 것은 가게야마가 말하는 매력적인 모티프는 아니었다.

"……저건 창문이네. 벽화 오른쪽 위에는 낡은 느낌의 닫힌 창문이 그려져 있어."

"그렇군요. 확실히 저건 닫힌 외여닫이 창."

가게야마는 손으로 은테 안경을 밀어 올렸다. 그리고 레이코를 향해서 진지한 얼굴로 말했다.

"아가씨와 가자마쓰리 님은 이 아틀리에의 문과 창문, 천장에 이르기까지 빈틈없이 조사하셨을 겁니다. 그렇다면 저 외여닫이 창도 당연히 조사하셨겠죠. 어, 조사하지 않으셨다고요?! 어째서입니까. 저렇게 눈에 띄는 장소에 커다란 창문이 있는데!"

"……."

레이코는 아연실색했다.

"하, 하지만 이건 그림이니까."

"확실히 그림입니다. 그와 동시에 이것은 회칠한 벽이기도 합니다. 벽에 창문이 나 있어도 전혀 이상할 게 없을 겁니다."

말하기가 무섭게 가게야마는 사다리를 일으켜, 그것을 벽화 오른편 가장자리에 세웠다. 고양이처럼 잽싸게 사다리를 올라가는 가게야마. 문제의 창이 있는 높이에 도달하자, 우선은 그림 속에 있는 창문의 상태를 눈으로 확인했다. 이어서 손을 왼편으로 뻗어서 프레스코화의 표면을 쓰다듬거나 두드렸다. 가자마쓰리 경부가 이전에 이 벽화에 대해서 '상처를 내면 몇 천만 엔'이라고 했었지만, 가게야마는 그런 것을 전혀 신경 쓰지 않는 눈치였다. 이윽고 그는 만족스러운 듯이 고개를 끄덕이고서, 뻗은 왼손을 그림 안의 창틀에 걸고는 사다리 아래의 레이코를 불렀다.

"보십시오, 아가씨. 이것이 밀실의 트릭입니다."

가게야마의 왼손이 가볍게 앞으로 당겨졌다. 그림 안의 외여닫이 창문이 소리도 없이 부드럽게 열렸다.

"여, 열렸어……. 그림 속의 창문이 열렸어! 말도 안 돼!"

레이코는 놀라움과 호기심을 억누르지 못하고 가게야마를 끌어내리고선 자기가 사다리에 올랐다. 그리고 열린 창문 안을 들여다보았다. 그곳에 있는 것은 어두운 공간. 그러나 건물 밖은 아니었다. 좁은 공간에는 아래로 향하는 계단이 나 있었다. 하지만 계단 끝은 깊은 어둠에 녹아들어 있어서 보이지 않았다.

"하지만 계단이 있다는 건 당연히 어딘가로 연결되어 있다는 얘기겠지."

레이코는 슈트의 윗주머니에서 펜 라이트를 꺼냈다.

"가, 가, 가보자, 가게야마."

"목소리를 떨고 계십니다, 아가씨."

그렇게 말하며 가게야마도 다크 슈트의 가슴에 오른손을 집어넣었다. 꺼낸 것은 검은 봉. 그러나 펜 라이트는 아니었다. 그가 그것을 한 번 휘두르자 검은 봉은 순식간에 오십 센티미터 길이의 막대기가 되었다. 특수경봉이다. 예전에는 혁명가가 휘두르고 요즘에는 무기 마니아에게 인기인, 별로 일반적이지 않은 무기다. 어쨌든 일개 집사에게 어울리는 무기는 아니지만, 가게야마가 항상 호신용으로 가지고 다니는 물건이다.

가게야마는 경봉 끝으로 창문을 가리키면서 레이코의 용기를 북돋은 듯이 말했다.

"자, 아가씨. 부디 마음껏 활약하시길. 저도 한 걸음 뒤에서 함께 하겠습니다!"

"당신이 먼저 가라고, 이 양반아! 당연한 거 아냐!"

이러저러해서 몇 분 후. 두 사람은 열린 창문을 통해 가게야마, 레이코의 순서로 그림 안으로 뛰어들었다. 사람 한 명이 간신히 지나갈 수 있을 정도로 좁고 경사가 급한 계단을, 두 사람은 가게야마가 든 펜 라이트의 불빛에 의지해서 내려갔다. 그것은 레이코에게 전에 없이 기묘한 체험이었다.

"지금, 우리들은 그림 뒤편에 있는 거구나……."

"네, 아마도 잠자는 공주의 배 근처가 아닐까 합니다……."

그러나 경사가 급한 계단은 계속 이어졌다. 레이코는 점차 불안해졌다. 가게야마의 표정을 엿볼 수 없다. 그것 때문에 레이코의 불안은 더욱 커졌다. 지금쯤이면 이미 우리들은 벽화 뒤편을 지나서 땅 밑으로 내려와 있는 것이 아닐까. 감각적으로 그렇게 생각했을 무렵, 계단은 직각으로 꺾어지며 진로를 바꾸었다. 몇 미터 정도 계단을 더 내려간 곳에서 앞에 가던 가게야마가 멈춰 섰다.

"문이 있습니다. 아무래도 지하실 같습니다만, 어떻게 하시겠습니까?"

"어, 어, 어떻고 뭐고, 여기까지 왔으니 여, 여, 열어봐야 할 것 아냐."

혼자였다면 일 초도 망설이지 않고 돌아가서 무장한 경관을 열

348

명 정도 불러왔을 참이다.

그런데도 어째서인지 가게야마 앞에서는 무턱대고 강한 체를 하게 된다. 더 냉정해져야 한다고 마음속으로 생각하면서도, 행동은 항상 그 반대다. 레이코는 평소보다 대담하게 명령했다.

"자, 열어, 가게야마!"

"괜찮으신 거군요." 어둠 속에 가게야마의 낮은 목소리가 울렸다. "……그러면."

끼이 하고 삐걱거리는 소리를 내며 나무로 된 문이 열렸다.

실내는 계단과 마찬가지로 깜깜했다. 레이코는 가게야마의 손에서 펜 라이트를 낚아채고 앞을 비췄다. 그곳은 아틀리에의 절반 정도 되는 공간이었다. 침대와 테이블, 작은 의자가 두 개. 한쪽 구석에는 커다란 옷장. 그 밖에는 아무것도 없는 텅 빈 공간이다.

사람의 모습은 없다……라고 생각한 그 순간!

"키에에에에에에엑!"

오싹한 기성이 정적을 깨며, 옷장 문이 벌컥 열렸다. 곧바로 레이코는 목소리 쪽으로 불빛을 향했다. 옷장 안에서 튀어나온 것은 한 명의 여자였다. 조명을 받고 번쩍 빛나는 것을 오른손에 쥐고 있다. 칼이다!

가게야마는 레이코 앞에 버티고 서더니, 눈앞에 휘둘린 칼을 특수경봉으로 받아냈다. 금속끼리 맞부딪치는 세찬 소리가 울려퍼지고, 암흑 속에 한순간 불꽃이 튀었다. 너무나 갑작스런 전개에 정신을 차리지 못하고 당황한 레이코. 그 손에서 펜 라이트가 미끄러져 떨어지면서 바닥을 데굴데굴 굴렀다.

"도망치십시오, 아가씨!"

설마. 적을 앞에 두고 도망은 있을 수 없다. 아가씨로서는 있을 수 있지만, 그래서는 형사로서 실격이다. 아니, 아가씨로서도 실격이겠지. 결심을 한 레이코는 가게야마와의 격투를 계속하는 수수께끼의 여자를 향해서 바로 옆에서 몸통 박치기를 날렸다.

그러나 레이코의 공격은 여자와 가게야마 둘 다를 날려버리는 모습이 되었다. 가게야마는 힘차게 벽에 충돌하며 "윽!" 하고 짧은 신음을 흘렸다. 특수경봉이 바닥에 떨어지며 떨그렁, 하고 마른 금속음을 냈다.

한편 반대 방향으로 날려간 수수께끼의 여자는 등부터 침대로 넘어졌다. 피해는 전혀 없다.

레이코는 자신의 한심함을 저주했다.

"어, 어떻게 이럴 수가…… 아군을 쓰러뜨려버렸어…… 나는…… 나란 여자는 정말!"

그러나 자신을 나무라고 있을 상황이 아니었다. 전혀 피해를 입지 않은 그 여자는 표적을 가게야마에서 레이코로 변경한 듯했다. 좀비처럼 침대에서 일어나더니 손에 든 나이프를 얼굴 높이로 들고 분노에 찬 눈으로 레이코를 노려보았다.

"……기기긱."

땅속 깊은 곳에서 솟아나는 듯한, 광기를 품은 목소리. 공포에 질린 나머지 레이코는 바닥에 쭈그린 채로 그대로 얼어버렸다.

"키이이이이이익!"

어두운 지하실에 다시 울려 퍼지는 괴성.

느릿한 발걸음으로 한 걸음 한 걸음 레이코에게 접근해오는 수수께끼의 여자. 레이코는 벽까지 후퇴했다. 그러나 더 이상 뒤가 없다고 단념한 그때.

어디에선가 바람처럼 나타난 그림자 하나. 그는 몸을 날려 방패가 되려고 하는 듯이 레이코 앞을 막아섰다. 다음 순간, 수수께끼의 여자가 칼을 휘둘렀다. 그 끝이 남자의 몸을 대각선으로 비스듬히 베었다. 여자는 기성을 질렀고 남자는 소리 없이 무릎부터 쓰러졌다.

"가게야마!"

대답은 없었다. 바닥에 쓰러진 남자의 몸은 꼼짝도 하지 않는다. 나이프를 든 수수께끼의 여자는 몹시 흥분했는지 거칠게 숨을 몰아쉬고 있다.

그때, 바닥에 두 손을 짚고 있던 레이코의 오른손에 닿는 것이 있었다. 가게야마의 특수경봉이었다.

딱딱한 감촉에 레이코는 정신을 차렸다. 그렇다, 아직 사건은 끝나지 않았다. 슬픔에 잠기는 것은 이 흉포한 여자를 얌전히 만든 뒤에 해도 늦지 않는다. 레이코는 눈물과 함께 공포를 떨쳐내고, 분노를 가슴에 담고 천천히 일어섰다. 고등학교 시절에 동경했던 여자 깡패의 분위기를 떠올리며 상대를 날카롭게 노려보고, 배에 힘을 줘 소리쳤다.

"거기, 너!"

레이코는 눈앞의 적에게 특수경봉 끝을 겨누고 분노에 찬 목소리로 쏟아냈다.

"너, 내 소중한 사람에게 끔찍한 짓을 했겠다! 열 배로 갚아줄 테니 열 배로 후회하라고!"

특수경봉을 쥔 레이코는 하나의 기(氣)의 덩어리가 되어, 어째서인지는 모르겠지만 사츠마 번 전통의 기합소리와 함께 상대를 향해 덤벼들었다.

"체스토오옷!"

"키에에에엑!"

어두운 지하실에 두 개의 그림자와 두 개의 기합이 교차했다. 내리 휘둘린 나이프와 쳐 올려지는 특수경봉. 두 개의 무기가 서로의 몸을 스쳤다. 그러나 레이코는 곧바로 몸을 돌리며 다시 일격을 날렸다. 경봉의 끝이 상대의 목덜미에 파고들었다. 퍽, 하는 충격이 손에 전해졌다.

윽! 하고 신음 소리를 낸 여자는 한순간 몸을 그대로 멈추더니, 이윽고 힘이 다한 듯이 털퍼덕 하고 바닥에 쓰러졌다. 모든 것이 눈 깜짝할 사이에 벌어진 일이었다.

그러나 레이코는 수수께끼의 여자의 정체에는 눈길도 주지 않고 곧바로 소중한 사람 곁으로 달려갔다. 몸을 날려서 레이코를 지켜준 생명의 은인. 그 몸은 바닥에 쓰러져 있다. 어둠 속에서 레이코는 그의 상처 입은 몸을 두 손으로 안아 일으키고 이름을 불렀다.

"가게야마, 가게야마!"

그러나 이름을 불린 그녀의 시종은 등 뒤에서 그 부름에 답했다.

"네, 무슨 일이십니까, 아가씨?"

"응?!"

그 순간 어두운 지하실에 절규가 울려 퍼졌다.

"꺄아아아아아아아아악!"

레이코는 자신이 지른 비명에 졸도할 것 같았다. 돌아보니 확실히 가게야마로밖에 생각되지 않는 장신의 남성의 실루엣이 레이코를 내려다보고 있었다. 뭐가 뭔지 영문을 알 수 없었다.

"그렇게 놀라시면 곤란합니다. 저는 유령이 아닙니다. 아가씨의 몸통 박치기에 휘말려서 잠시 정신을 잃고 있었던 것뿐입니다."

"어, 뭐어?! 어떻게 된 거야. 가게야마가 여기 있다는 건, 저기…… 그럼 이건 누구야?!"

레이코는 자기도 모르게 생명의 은인을 '이것'이라고 불렀다.

그때 가게야마가 지하실의 조명 스위치를 찾아서 불을 켰다. 간신히 밝아진 실내. 비로소 레이코는 자신의 팔에 안겨 잠자는 남자의 모습을 확인하고 자신의 눈을 의심했다. 남자는 하얀 양복 차림이었다.

"…… 가가가가, 가자마쓰리 경부!"

양복의 가슴은 비스듬히 베여서 너덜너덜했다. 그렇지만 가자마쓰리 경부의 몸에 커다란 상처는 보이지 않았다. 언뜻 보기에는 크게 피를 흘린 듯 보이지만, 그것은 그의 양복이 너무 하얗기 때문에

핏자국이 아주 눈에 띄는 것뿐이었다. 실제로는 찰과상에서 피가 배어난 정도였다.

레이코는 무슨 일이 일어났는지 전혀 영문을 알 수 없었지만, 우선 상대의 몸을 양손으로 안고 슬픈 눈물을 흘릴 장면은 아니라고 판단하고 경부의 몸을 일단 바닥에 눕혔다. 경부는 기절해 있었다……기보다, 자는 숨소리를 내고 있을 뿐이었다.

한편, 가게야마는 마찬가지로 바닥에 쓰러진 수수께끼의 여자의 상태를 확인했다. 레이코도 가게야마의 등 뒤에서 그 여자의 얼굴을 들여다보았다. 마쓰시타 도모에 부인인가? 나카자토 마키? 아니다. 갸름한 얼굴에 머리카락이 긴 미녀다. 나이는 삼십 대인가. 감색 원피스에서는 육감적인 몸의 곡선이 엿보인다.

"아가씨는 이 여성을 본 기억이 없으십니까?"

"아니, 몰라. 처음 보는 사람이야. 하지만 듣고 보니 확실히 어딘가에서 본 것 같은 기분이……. 누구야, 이 사람?"

"이름은 저도 알 수 없습니다. 아가씨의 말씀 중에서도 한 번도 등장하지 않았습니다. 어쨌든 이 여자는 사건 직후부터 계속 이 지하실에 틀어박혀 있었으니까요. 다만 아가씨는 이 여성의 모습을 몇 번이나 보셨습니다. 실물을 보는 것은 처음이라고 해도 그림 속에서는 몇 번이나 보셨을 겁니다."

"아!"

듣고 보니 비로소 느낌이 왔다.

"그렇구나, 이 여자가 잠자는 공주구나."

칼을 들고 덤벼드는 이미지가 너무 강렬해서 깨닫지 못했다. 그러나 지금 정신을 잃고 조용히 쓰러져 있는 모습을 보니 그 정체는 확실했다. 그녀가 바로 잠자는 공주. 그림의 모델이 된 여성인 것이다. 그렇다는 얘기는…….

"이 사람이 마쓰시타 화백을 죽인 진범이란 얘기야?"

"그렇습니다."

가게야마는 조용히 고개를 끄덕였다.

"도모에 부인은 마쓰시타 화백이 삼 년 전부터 나카자토 마키와 불륜 관계여서 그녀를 모델로 벽화를 그렸을 거라고 의심했다고 하셨죠. 그 의심은 절반은 맞고 절반은 틀렸던 것입니다. 화백이 사귀고 있던 사람은 이 여성입니다. 이름은 모르겠으니 그냥 '범인'이라고만 하기로 하죠."

그렇게 가정한 가게야마는 설명을 계속했다.

"마쓰시타 화백과 범인과의 관계는 삼 년 전부터 몰래 이어지고 있었겠죠. 밀회 장소는 아틀리에 바로 아래에 비밀리에 만들어진 이 지하실입니다. 그리고 그 입구는 그림 속의 창문입니다. 상당히 멋들어진 밀회 장소 아닙니까? 아마도 화백은 이 이상적인 환경을 손에 넣기 위해서 별관의 아틀리에를 만들고, 그 벽에 거대한 프레스코화를 그렸던 것으로 생각됩니다."

"그렇다면 마쓰시타 화백의 창작 원천은 여색 밝힘증이란 얘기가 되는데."

"네. 마쓰시타 화백의 창작 원천은 여색 밝힘증입니다."

"그렇게 확실히 단언해버려도 괜찮겠어?! 죽은 화백이 화낼 거라고."

레이코의 걱정을 제쳐두고, 가게야마는 단단히 이야기를 계속했다.

"그러나 삼 년을 넘은 불륜 관계에도 끝내 파멸이 찾아왔습니다. 헤어지자는 이야기가 꼬였는지 돈 문제가 있었는지는 알 수 없습니다. 어쨌든 두 사람 사이에 다툼이 생기고, 범인은 화백을 칼로 찌르고 말았습니다. 그것이 어젯밤에 일어난 아틀리에의 사건입니다."

"당연히 범인은 아틀리에에서 도망치려고 했겠지."

"물론입니다. 그러나 운 나쁘게도 별관 현관에는 이미 나카자토 마키와 아이하라 미사키가 다가와 있었습니다. 마쓰시타 화백의 비명을 들은 두 사람은 지금 당장이라도 아틀리에로 뛰어 들어오겠죠. 독 안에 든 쥐가 된 범인에게 도망칠 곳은 하나밖에 없었습니다. 범인은 급히 벽화에 사다리를 걸치고 올라가서 그림 안의 외여닫이 창을 열고 그 안으로 숨어들었습니다. 사다리를 쓰러뜨린 것도 범인일 겁니다. 벽화의 오른쪽 끝에 사다리를 남겨두면 수사원 중 누군가가 그림 안의 창문 트릭을 알아차릴지도 모릅니다. 그렇게 생각하고 한 행동으로 보입니다."

"그렇구나. 그리고 첫 발견자 두 사람이 아틀리에로 뛰어 들어왔을 때, 그림 안의 창문은 딱 닫혀 있어서 현장은 완전히 밀실처럼 보였어. 그런 거였지?"

"네. 한편 지하실에 몸을 숨긴 범인은 말 그대로 밀실에서 나가려야 나갈 수 없는 상태에 빠져버렸습니다. 이로써 범인도 몹시 난처했을 거라고 생각됩니다. 저희들이 들어왔을 때에 범인이 비정상적으로 흥분해 있던 모습을 보셨겠죠. 발견하는 것이 조금 더 늦어졌더라면 범인 자신의 몸도 파멸을 맞았을 것이 틀림없습니다."

"확실히……."

기성을 지르던 범인의 모습을 떠올리고 레이코는 몸을 떨었다.

이렇게 해서 모든 수사원을 의문에 빠트렸던 밀실 살인의 수수께끼는 가게야마의 혜안에 의해 해결의 길로 인도되었다. 범인의 정체를 포함해서 알 수 없는 부분도 많지만, 그것은 범인이 깨어나면 이야기해주겠지. 다만 정신적으로 문제가 있는 그녀의 입으로 진상을 듣는 것이 쉽지 않을 것 같은 기분도 들지만 일단 그것은 접어두고…….

"그런데, 이제부터 어떡하는 게 좋다고 생각해? 기절한 범인과 기절한 가자마쓰리 경부."

가게야마는 은색 안경의 브리지를 손끝으로 밀어 올리면서 냉정하게 대답했다.

"우선 범인에게는 아가씨의 손으로 수갑을."

"그러네, 일단 내 공적이니까. 그러면 가자마쓰리 경부는?"

"아가씨의 손으로 병원으로 옮겨드려야 하지 않을까요? 오늘 밤 경부님의 활약을 생각하면 그 정도의 배려는 당연합니다. 어쨌든 가자마쓰리 경부님은 아가씨의 생명의 은인……."

"말하지 마, 가게야마!"

레이코는 귀를 누르며 집사의 말을 막았다.

"설령 그것이 사실이더라도, 지금은 인정하고 싶지 않아!"

"그런 말씀은 하지 마시고, 자, 이것을 받아주십시오."

가게야마가 어디에선가 꺼내들어 내민 것은 열쇠였다. 자동차 키였다.

"뭐야, 이거 리무진 키?"

미심쩍다는 얼굴로 레이코가 물었다.

"아뇨, 그렇지는 않습니다."

가게야마는 무표정하게 고개를 저었다.

"혹시 재규어의 키야?"

겁먹으면서 확인하는 레이코.

"밤이므로 부디 안전운전을 하시길."

의미심장하게 미소 짓는 집사 가게야마.

레이코는 깊은 한숨을 내쉬고, "어쩔 수 없지. 이번만 특별히"라고 말하며 재규어의 키를 순순히 받아들었다.

"아아……. 결국, 드디어, 마침내 그 차를 타게 되는구나……."

그리고 날짜가 넘어가는 한밤중.

후추 병원을 향해 구니타치의 밤거리를 질주하는 낯익은 재규어의 모습이 있었다. 은색의 차체는 보름달의 달빛을 반사하며 눈부시게 반짝였다. 운전석에는 익숙하지 않은 왼쪽 핸들에 악전고투하는 레이코가, 옆의 조수석에는 의식불명의 경상(?)을 입고 새근 새근 행복한 얼굴로 자고 있는 가자마쓰리 경부가 있었다. 레이코는 자는 이를 깨우지 않도록 조심조심 운전하려고 무진 애를 썼다. 그럼에도 불구하고 갑자기 조수석에서 울리는 가자마쓰리 경부의 목소리.

"…… 호쇼 형사…… 나중에 내 재규어로, 드라이브라도……."

"무, 무슨 소린가요! 이미 드라이브 하고 있다구요, 경부님……. 아, 뭐야, 잠꼬댄가."

레이코는 운전석에서 가슴을 쓸어내리며 한숨을 쉬었다. 조수석의 상사에게 다시 한 번 눈길을 준다.

가자마쓰리 경부. 성 말고는 이름도 모른다. 알고 싶다고 생각한 적도 없다. 어린애 같은 삼십대 남자. 독신. 엘리트. '가자마쓰리 모터스'의 도련님. 그리고 오늘부터는 생명의 은인.

레이코는 기분 나쁜 예감을 떨쳐버리듯이 휘휘 고개를 젓고 앞을 향했다.

어느샌가 등 뒤에서 쫓아온 전장 칠 미터의 리무진이 두 사람을 태운 재규어를 천천히 추월해간다. 운전석에서 씩 미소 짓는 가게야마의 얼굴이 눈앞에 떠오를 것만 같다.

"저 폭언 집사, 정말 무슨 생각을 하고 있는지……."

레이코는 리무진 뒤를 쫓듯이 차의 속도를 높였다. 조수석에서는 여전히 경부의 잠꼬대가 이어지고 있었다. 꿈속의 경부는 레이코와의 드라이브를 포기한 것 같았다.

"…… 그러면, 호쇼 형사…… 나중에, 나하고 최고의 저녁 식사를……."

자기도 모르게 레이코는 차의 액셀러레이터를 콱 밟았다.

으르렁거리는 소리를 내는 영국 차의 폭음이 가자마쓰리 경부의 말을 깨끗하게 지워버렸다.

두 사람을 태운 재규어는 야수 같은 기세로 구니타치의 밤을 질 주했다.

『수수께끼 풀이는 저녁 식사 후에』 2권은 어떠셨는지요. 2권에서도 가게야마와 레이코 콤비는 변함없고, 가벼운 분위기 속에서 치밀하게 깔려 있는 복선들도 여전합니다. 일본에서는 대히트를 기록한 1권에 이어 2권도 초판만 20만 부를 찍었고 100만 부 전후의 판매고를 올리며 승승장구했다고 합니다. 같은 시기에 방영한 소설 원작의 드라마도 꽤 괜찮은 평을 들었다는 후문입니다.

드라마 이야기가 나와서 말인데, 2011년과 2012년 사이에 히가시가와 도쿠야의 작품 중 세 편, 『수수께끼 풀이는 저녁 식사 후에』 『이제 유괴 따위 안 해』 『방과 후는 미스터리와 함께』가 일본에서 TV 드라마로 제작되었습니다. 작가가 참 복도 많다는 생각도 들고, 일본에서 『수수께끼』의 열풍이 참 대단했구나 하는 생각도 듭니다. 작품들이 드라마로 만들기 쉬운 구성이라는 점도 있겠군요. 우리나라에서도 히가시가와 도쿠야의 작품을 드라마로 리메이크 하면 재미있을 거란 생각도 듭니다. 그러고 보니 혹시라도 국내에서 『수수께끼』의 드라마 리메이크가 이루어진다면, 그때는 꼭 가자마쓰리 역으로 젊은 배우를 써줬으면 하는 작은 바람이 있습니다. 드라마 〈수수께끼〉에서는 가자마쓰리 역으로 중견 배우가 캐스팅 되어 느끼하고 코믹한 연기를 했는데, 덕분에 저는 2권을 작업하는 내내 젊은 경부 가자마쓰리가 아니라 중년 경부 가자마쓰리의 모습이 떠오르는 바람에 이미지 일치가 되지 않아 은근히 고생했거든요.

국내에는 작년 봄의 1권 뒤로 한 해만에 찾아뵙는 2권입니다. 그동안에 국내에서도 히가시가와 도쿠야의 작품들이 다수 소개되었습니다. 많은 독자들에게 인정받고 있는 듯해서 역자 중 한 사람으로서 기분이 좋습니다. 『밀실의 열쇠를 빌려드립니다』를 필두로 한 '이카가와 시 시리즈'나 『방과 후는 미스터리와 함께』의 '코이가쿠보 학원 탐정부 시리즈'도 유머 미스터리로서 여전한 재미를 보여주고 있으니, 히가시가와 도쿠야란 작가가 마음에 드신 분들께서는 한 번 읽어보시는 것도 괜찮으리라 봅니다.
앞으로도 이 작가의 재미있는 미스터리가 국내에 계속 소개되기를 바랍니다. 좋은 작품 맡겨주신 편집부 분들께 감사드립니다.

2012년 9월
현정수

옮긴이 현정수

일본 소설 전문 번역가. 옮긴 책으로는 『수수께끼 풀이는 저녁 식사 후에』 『이제 유괴 따위 안 해』 『이력서』 『여름휴가』 『빙글빙글 도는 미끄럼틀』 『절대 최강의 사랑노래』 『해질녘의 매그놀리아』 『금지된 낙원』 『그리고 명탐정이 태어났다』 『해피엔드에 안녕을』 등이 있다. 순문학에서 장르 문학, 라이트 노벨에 이르기까지 장르를 넘나들며 활동하고 있다.

수수께끼 풀이는 저녁 식사 후에 2

1판 1쇄 발행 2012년 9월 21일
1판 8쇄 발행 2015년 6월 15일
2판 1쇄 발행 2016년 9월 30일

지은이 히가시가와 도쿠야 **옮긴이** 현정수
펴낸이 김영곤 **펴낸곳** 아르테
문학출판사업본부 본부장 신우섭
해외문학팀 손미선 제갈은영 **디자인** 공중정원 박진범
문학영업마케팅팀 권장규 김한성 오서영 임동렬 김선영 정지은

출판등록 2000년 5월 6일 제406-2003-061호
주소 (우 10881) 경기도 파주시 회동길 201(문발동)
대표전화 031-955-2100 **팩스** 031-955-2151 **이메일** book@book21.co.kr

아르테는 (주)북이십일의 문학 브랜드입니다.

(주)북이십일 경계를 허무는 콘텐츠 리더

아르테 채널에서 도서 정보와 다양한 영상자료, 이벤트를 만나세요!
가수 요조, 김관 기자가 진행하는 팟캐스트 '[북팟21] 이게 뭐라고'
페이스북 facebook.com/21arte   블로그 arte.kro.kr
인스타그램 instagram.com/21_arte   홈페이지 arte.book21.com

ISBN 978-89-509-6659-1 04830
    978-89-509-6663-8 04830(세트)
책값은 뒤표지에 있습니다.